EL PALACIO MALVADO

EL PALACIO MALVADO

LOS ROYAL
LIBRO 3

erin watt

Traducción de
TAMARA ARTEAGA PÉREZ Y YULISS M. PRIEGO

Primera edición en este formato: julio 2024
Título original: *Twisted Palace*

© Erin Watt, 2016
© de la traducción, Tamara Arteaga Pérez y Yuliss M. Priego, 2017
© de esta edición, Futurbox Project, S. L., 2024
Se declara el derecho moral de Erin Watt a ser reconocida como la autora de esta obra.
Todos los derechos reservados, incluido el derecho de reproducción total o parcial de la obra.

Diseño de cubierta: Meljean Brook

Publicado por Wonderbooks
C/ Roger de Flor n.º 49, escalera B, entresuelo, despacho 10
08013, Barcelona
info@wonderbooks.es
www.wonderbooks.es

ISBN: 978-84-18509-89-6
THEMA: YFM
Depósito Legal: B 11581-2024
Preimpresión: Taller de los Libros
Impresión y encuadernación: Liberdúplex
Impreso en España – *Printed in Spain*

A los lectores que se enamoraron de esta serie.
Vosotros hicisteis que esta historia cobrara vida
como nunca podríamos haber imaginado. Gracias.

Capítulo 1
Reed

—¿Dónde has estado entre las ocho de la tarde y las once de esta noche?

—¿Cuánto tiempo llevabas acostándote con la novia de tu padre?

—¿Por qué la mataste, Reed? ¿Te hizo enfadar? ¿Amenazó con contar vuestra aventura a tu padre?

He visto suficientes series policíacas como para saber que hay que mantener la boca cerrada cuando se está en un interrogatorio. Eso, o pronunciar las cinco palabras mágicas: «Quiero ver a mi abogado», que es exactamente lo que he repetido una y otra vez durante la última hora.

Si fuese menor de edad estos cabrones no se habrían atrevido a interrogarme sin que mis padres o un abogado estuvieran presentes. Supongo que, como tengo dieciocho años, creen que es justo. O que soy lo bastante idiota como para responder sus importantes preguntas sin mi abogado.

A los agentes Cousins y Schmidt no parece importarles mi apellido. Por alguna razón, encuentro ese hecho un tanto refrescante. Siempre me he librado de todos mis problemas por el mero hecho de ser un Royal. Si me meto en líos en el colegio, mi padre firma un cheque y mis pecados se olvidan. Desde que tengo uso de razón, las chicas han hecho cola para acostarse conmigo y poder contar a sus amiguitas que se han tirado a un Royal.

No es que quiera que las chicas hagan cola por mí. Solo hay una que me interese ahora mismo: Ella Harper. Me mata que haya tenido que verme salir esposado de casa.

Brooke Davidson está muerta.

Todavía no me hago a la idea. La novia cazafortunas y rubia platino de mi padre estaba bastante viva cuando me fui del ático hace un rato. Sin embargo, no les contaré eso a los agentes. No soy estúpido; le darán la vuelta a todo lo que diga.

Frustrado por mi silencio, Cousins estrella ambas manos sobre la mesa de metal que hay entre nosotros.

—¡Respóndeme, pedazo de mierda!

Aprieto los puños bajo la mesa, pero enseguida obligo a mis dedos a relajarse. Este es el último lugar del mundo donde debo perder los nervios.

Su compañera, una mujer callada llamada Teresa Schmidt, le dedica una mirada de advertencia.

—Reed —dice con voz dulce—, no podemos ayudarte a menos que cooperes. Y queremos ayudarte.

Arqueo una ceja. ¿En serio? ¿Están con lo de poli bueno y poli malo? Supongo que han visto las mismas series que yo.

—Chicos —suelto sin pensar—, empiezo a preguntarme si tenéis problemas de oído o algo. —Sonrío con suficiencia y me cruzo de brazos—. Ya he pedido que venga mi abogado, así que ahora tenéis que esperar hasta que llegue para hacer preguntas.

—Podemos hacerte preguntas —replica Schmidt—, y tú responderlas. No hay ley que lo contradiga. También puedes ofrecer información. Por ejemplo, aceleraría el proceso que nos explicaras por qué tienes sangre en la camiseta.

Contengo el impulso de llevarme una mano al costado.

—Esperaré hasta que llegue Halston Grier, pero gracias por su aportación.

El silencio se instala en la pequeña salita.

Cousins rechina los dientes. Schmidt se limita a suspirar. A continuación, ambos agentes arrastran las sillas hacia atrás y abandonan la estancia sin mediar palabra.

Royal – 1

Policía – 0

Pese a que está claro que se han rendido conmigo, se toman su tiempo para concederme lo que les he pedido. Me quedo allí sentado, solo, durante una hora. Me pregunto cómo narices ha llegado mi vida a este punto. No soy ningún santo y nunca he dicho que lo fuera; me he metido en muchas peleas. Soy un bruto cuando he de serlo.

Sin embargo, yo no soy este tío. El tío al que sacan esposado de su casa, el que tiene que ver el miedo reflejado en los ojos de su novia mientras lo meten a empujones en un coche patrulla.

Para cuando la puerta se abre de nuevo, un sentimiento de claustrofobia se ha apoderado de mí y me hace ser más grosero de lo que debería.

—Ya era hora —espeto al abogado de mi padre.

El hombre cano de cincuenta y tantos está enfundado en un traje a pesar de lo tarde que es. Me dedica una sonrisa triste.

—Bueno, parece que estamos de buen humor.

—¿Dónde está mi padre? —exijo saber mientras miro por encima del hombro de Grier.

—Está en la sala de espera. No puede entrar.

—¿Por qué?

Grier cierra la puerta y se acerca a la mesa. Coloca el maletín encima y abre los broches de oro.

—Porque no hay restricción que impida que los padres testifiquen en contra de sus hijos. El privilegio de confidencialidad se extiende solo hacia los cónyuges.

Por primera vez desde que me arrestaron, me siento mareado. ¿Testificar? Esto no irá a juicio, ¿verdad? ¿Hasta dónde piensan llevar los polis esta mierda?

—Reed, respira.

Se me revuelve el estómago. Maldita sea. Odio haber mostrado un ápice de impotencia frente a este hombre. Yo no demuestro debilidad, nunca. La única persona con la que bajo la guardia es Ella. Esa chica tiene el poder de derrumbar mis barreras y *verme* de verdad. A mi verdadero yo, y no al cabrón frío y cruel que el resto del mundo ve.

Grier saca una libretita amarilla y una pluma de oro. Se acomoda en la silla que hay frente a mí.

—Te sacaré de aquí —promete—. Pero primero necesito saber a qué nos enfrentamos. Por lo que he podido recabar de los agentes a cargo de la investigación, hay un vídeo de seguridad donde se te ve entrar hoy en el ático de O'Halloran a las ocho cuarenta y cinco. El mismo vídeo te muestra saliendo de allí unos veinte minutos después.

Miro a mi alrededor en busca de cámaras o algún equipo de grabación. No hay ningún espejo, así que no creo que haya nadie observándonos desde una sala contigua. O al menos eso espero.

—Todo lo que digamos aquí queda entre nosotros —me asegura Grier cuando repara en mi expresión recelosa—. No pueden grabarnos. Confidencialidad entre abogado y cliente y todo eso.

Suelto el aire con suavidad.

—Sí, he estado en el ático. Pero no la he matado, joder.

Grier asiente.

—Está bien. —Anota algo en la libreta—. Retrocedamos todavía más. Quiero que empieces desde el principio. Cuéntame qué había entre Brooke Davidson y tú. Cualquier detalle, por pequeño que parezca, es importante. Necesito saberlo todo.

Ahogo un suspiro. Genial. Esto va a ser divertido.

Capítulo 2

Ella

Los chicos Royal tienen sus habitaciones en el ala sur, mientras que las *suites* de su padre están al otro lado de la mansión, así que giro a la derecha en lo alto de las escaleras y me deslizo por el reluciente suelo de madera hacia la puerta de Easton. No responde cuando llamo. Juro que este chico podría dormir mientras pasa un huracán por encima de la casa sin enterarse de nada. Golpeo un poco más fuerte. Como no oigo nada, abro la puerta y me lo encuentro despatarrado bocabajo sobre la cama. Me acerco y le sacudo el hombro. Gime algo. Lo sacudo de nuevo y siento que el miedo me atenaza la garganta. ¿Cómo puede seguir profundamente dormido? ¿Cómo ha sido capaz con toda la conmoción que ha habido abajo?

—¡Easton! —exploto—. ¡Despierta!

—¿Qué pasa? —Gruñe y levanta un solo párpado—. Mierda, ¿ya es hora de ir al entrenamiento?

Se gira y aparta las mantas, dejando a la vista más piel de la que necesito ver. Encuentro tirados en el suelo unos pantalones de chándal y se los lanzo sobre la cama. Aterrizan en su cabeza.

—Levántate —suplico.

—¿Por qué?

—¡Porque el cielo se está derrumbando!

Parpadea adormilado.

—¿Eh?

—¡Que se va todo a la mierda! —grito, luego me obligo a respirar hondo y a intentar calmarme. No funciona—. Tú ven a la habitación de Reed, ¿vale? —espeto.

Debe percibir una ansiedad incontrolable en mi voz, porque sale de la cama sin demora alguna. Veo más piel desnuda antes de salir por la puerta.

En vez de dirigirme a la habitación de Reed, acelero por el pasillo hasta llegar a mi propio cuarto. Esta casa es enorme y preciosa, pero todos los que viven en ella están bastante jodidos. Incluida yo.

Supongo que sí soy una Royal.

Pero no, no lo soy. El hombre que hay en la planta de abajo es un recordatorio de ello. Steve O'Halloran, mi padre no tan muerto.

Una ola de emoción me recorre al completo y amenaza con doblarme las rodillas y provocarme un ataque de histeria. Me siento fatal por haberlo dejado allí abajo; ni siquiera me presenté antes de darme la vuelta y subir corriendo las escaleras. Pero vaya, Callum Royal hizo exactamente lo mismo. Estaba tan embargado por la preocupación hacia Reed que solo espetó: «No puedo lidiar con esto ahora mismo. Steve, espérame aquí». Pese a la culpabilidad que siento, encierro a Steve en una cajita al fondo de mi mente y le planto una placa de acero encima. Ahora mismo no puedo pensar en él, mi prioridad es Reed.

No pierdo tiempo en mi habitación y saco mi mochila de debajo de la enorme cama. Siempre la guardo en un lugar al que pueda tener fácil acceso. Abro la cremallera y suspiro de alivio al ver la cartera de piel donde guardo la paga mensual que Callum me da.

Cuando me mudé aquí, Callum prometió pagarme diez mil dólares al mes si no intentaba huir. Por mucho que al principio odiara la mansión de los Royal, no tardé en cogerle cariño. Hoy en día no puedo imaginarme viviendo en ningún otro lugar. Me quedaría incluso sin el incentivo de la paga. Sin embargo, después de todos los años que viví sin apenas dinero —y por mi naturaleza generalmente desconfiada—, nunca le dije a Callum que parase.

Ahora estoy inmensamente agradecida por ese incentivo: tengo suficiente en la mochila como para mantenerme durante meses, incluso más.

Me echo la mochila al hombro y luego me precipito hacia la habitación de Reed justo cuando Easton sale al pasillo. Su pelo oscuro apunta en cien direcciones distintas, pero ahora al menos lleva los pantalones puestos.

—¿Qué coño pasa? —exige saber mientras me sigue al interior del cuarto de su hermano mayor.

14

Abro la puerta del vestidor de Reed y examino frenéticamente la gran estancia. Encuentro lo que buscaba en una de las baldas inferiores de una estantería al fondo del vestidor.

—¿Ella? —insiste Easton.

No respondo. Frunce el ceño cuando me ve arrastrar una maleta azul marino por la alfombra color crema.

—¡Ella! Maldita sea, ¿quieres responderme? La expresión ceñuda se transforma en una de asombro cuando empiezo a meter cosas en la maleta. Algunas camisetas, la sudadera verde favorita de Reed, vaqueros, un par de camisetas sin mangas... ¿Qué más le haría falta? Calzoncillos, calcetines, un cinturón...

—¿Por qué haces una maleta con la ropa de Reed? —Easton prácticamente me grita y su tono brusco me saca de golpe de mi ataque de pánico.

La desgastada camiseta gris que tengo en la mano cae sobre la alfombra. El corazón se me acelera cuando recuerdo la gravedad de la situación.

—Han arrestado a Reed por matar a Brooke —suelto de golpe—. Tu padre está con él en la comisaría.

Easton se queda boquiabierto.

—¿Qué cojones? —exclama. Luego pregunta—: ¿La poli ha venido mientras cenábamos?

—No, después de que volviéramos de D. C.

Todos menos Reed hemos ido hoy a cenar a Washington D. C. Así es como se las gastan los Royal: están tan forrados que Callum tiene varios aviones privados siempre a su disposición. Probablemente ayude el hecho de que sea el dueño de una compañía que los diseña, pero aun así sigue siendo muy surrealista. Que hayamos cogido un avión desde Carolina del Norte hasta Washington D. C. solo para ir a cenar es una auténtica locura.

Reed no ha venido porque le dolía el costado. Lo apuñalaron la otra noche en el puerto y había dicho que los analgésicos lo dejaban demasiado atontado como para viajar con nosotros. Pero no lo suficiente como para no ir a ver a Brooke, al parecer.

Dios. ¿Qué ha hecho?

—Hace unos diez minutos —añado con voz débil—. ¿No has oído a tu padre gritar al agente?

—No he oído una mierda. Yo... ah... —La vergüenza se refleja en sus ojos azules—. Me bebí un vodka con algo de droga cuando estuve en casa de Wade. Luego volvimos a casa y me quedé dormido justo después.

Ni siquiera tengo energía para cantarle las cuarenta. Los problemas de adicción de Easton son serios, pero el *asesinato* del que acusan a Reed es un millón de veces más urgente en este momento.

Cierro los puños. Si Reed estuviese aquí ahora mismo le pegaría un puñetazo, tanto por mentirme como por que lo hayan arrestado.

Easton por fin rompe el atolondrado silencio.

—¿Crees que lo hizo?

—No. —Por muy segura que suene al hablar, por dentro no dejo de temblar.

Al volver de la cena vi que se le habían saltado los puntos de la herida y tenía sangre en el abdomen. No obstante, opto por esconder esos detalles incriminatorios a Easton. Confío en él, pero rara vez está sobrio. Debo proteger a Reed a toda costa y quién sabe lo que puede salir de la boca de Easton cuando está borracho o colocado.

Trago en seco y me concentro en la tarea: proteger a Reed. Meto con prisa unas cuantas prendas más en la maleta y cierro la cremallera.

—No me has dicho por qué estás haciendo la maleta —dice Easton, frustrado.

—Por si tenemos que huir.

—¿Tenemos?

—Reed y yo. —Me pongo en pie y me precipito hacia el armario de Reed para vaciar su cajón de los calcetines—. Quiero estar preparada por si acaso, ¿vale?

Eso es lo único que se me da a la perfección: estar preparada para escapar. No sé si llegaremos a ese punto. A lo mejor Reed y Callum entran en cualquier momento por la puerta y anuncian: «¡Todo solucionado! ¡Han retirado los cargos!». A lo mejor le niegan a Reed la fianza o el aval o como narices se diga y no vuelve a casa nunca más.

Si ninguna de esas dos cosas sucede, quiero estar preparada para salir del pueblo en un santiamén. Mi mochila siempre está llena de todo lo que necesito, pero Reed no es tan planificador como yo. Es impulsivo. No siempre piensa antes de actuar…

«¿Antes de matar?», me pregunto, pero aparto de mi mente ese pensamiento tan horrible de inmediato. No, Reed no podría haber hecho algo así.

—¿Por qué gritáis? —se queja una voz adormilada desde la puerta—. Se os oye desde el otro lado del pasillo.

Los gemelos Royal de dieciséis años entran en la habitación. Los dos llevan una manta alrededor de la cintura. ¿Es que nadie en esta familia cree en los pijamas?

—Reed ha matado a Brooke —les cuenta Easton a sus hermanos.

—¡Easton! —salto, enfadada.

—¿Qué? ¿No puedo decir a mis hermanos que nuestro otro hermano acaba de ser arrestado por homicidio?

Tanto a Sawyer como a Sebastian se les corta la respiración.

—¿Lo dices en serio? —exige saber Sawyer.

—La poli se lo acaba de llevar —susurro.

Easton parece un poco mareado.

—Yo solo digo que no se lo habrían llevado si no tuviesen alguna clase de prueba contra él. A lo mejor es por el... —Dibuja un círculo frente al abdomen.

Los gemelos parpadean, asombrados.

—¿Qué? ¿El bebé? —pregunta Seb—. ¿Por qué habría de importarle a Reed el engendro de Brooke?

Mierda, se me había olvidado que los gemelos no están al tanto. Saben que Brooke estaba embarazada —todos estábamos allí cuando nos dieron la horrible noticia—, pero ignoran todo lo demás.

—Brooke amenazó con decir que Reed era el padre del niño —admito.

Los dos pares idénticos de ojos azules se abren como platos.

—No lo era —digo con firmeza—. Solo se acostó con ella un par de veces y fue hace más de seis meses. La gestación no estaba tan avanzada.

—Lo que sea. —Seb se encoge de hombros—. ¿Lo que dices es que Reed dejó preñada a la prometida de mi padre y luego la mató porque no quería tener un mini Reed correteando por aquí?

—¡Que no era suyo! —grito.

—¿Entonces era de papá? —pregunta Sawyer con voz queda. Vacilo.

—No lo creo.

—¿Por qué no?

—Porque...

Ugh. Los secretos de esta casa podrían llenar medio océano. Pero ya me he cansado de guardarlos. No nos han traído nada bueno.

—Se hizo la vasectomía.

Seb entrecierra los ojos.

—¿Te lo contó él?

Asiento.

—Dijo que se la hizo después de que vosotros nacierais porque vuestra madre quería tener más hijos, pero no podía por culpa de su estado de salud.

Los gemelos intercambian otra mirada y se comunican en silencio. Easton se frota el mentón.

—Mamá siempre quiso una niña. Hablaba mucho de eso, decía que una niña nos ablandaría a todos. —Tuerce los labios—. Pero a mí las chicas no me ablandan para nada.

La frustración se acumula en mi garganta. Por supuesto que Easton tenía que hacer alguna referencia sexual, siempre lo hace. Sawyer contiene una carcajada bajo una mano mientras que Seb sonríe abiertamente.

—Supongamos que tanto Reed como mi padre dicen la verdad. Entonces, ¿quién la dejó embarazada?

—A lo mejor nadie —sugiere Easton.

—Tiene que haber alguien —digo. Ni Reed ni Callum dudaron nunca del embarazo de Brooke, así que debe de ser cierto.

—No necesariamente —argumenta Easton—. Quizá mintió. A lo mejor su plan era fingir un aborto cuando papá se casara con ella.

—Enfermizo, pero posible.

Seb asiente, claramente de acuerdo con la idea.

—¿Por qué no crees que Reed la haya matado? —me pregunta Easton, con sus ojos azules brillando de curiosidad.

—¿Por qué crees que es capaz de hacerlo? —replico.

Se encoge de hombros y mira a los gemelos en vez de a mí.

—Podría serlo, si ella realmente fuera una amenaza para la familia. Tal vez se enzarzaron en una discusión y ocurrió un accidente. Hay muchas explicaciones posibles.

La sensación de náuseas en mi estómago amenaza con tumbarme. El escenario que pinta Easton es... posible. A Reed se le habían saltado los puntos, estaba manchado de sangre. ¿Y si...?

—No —niego con voz ahogada—. No lo haría. Y no quiero que ninguno de nosotros hable de ello nunca más. Es inocente. Fin de la historia.

—¿Entonces por qué estás preparada para poner pies en polvorosa?

La pregunta de Easton hace eco en el dormitorio. Contengo un gemido de agonía y me restriego los ojos con ambas manos. Tiene razón: una parte de mí ya ha decidido que Reed podría ser culpable. ¿Acaso no es el motivo por el que tengo su maleta y mi mochila listas para marcharnos?

El silencio se alarga durante unos minutos hasta que lo rompe el inconfundible sonido de unos pasos en algún lugar de la planta inferior. Como los Royal no tienen criados que duerman en la mansión, los chicos se tensan al instante al oír signos de vida abajo.

—¿Ha sido la puerta de entrada? —pregunta Seb.

—¿Ya han vuelto? —exige saber Sawyer.

Me muerdo el labio.

—No, no ha sido la puerta. Es... —Se me cierra la garganta otra vez. Me había olvidado de Steve. ¿Cómo he podido olvidarme de él, maldita sea?

—Es ¿qué? —me presiona Easton.

—Steve —confieso.

Todos me miran fijamente.

—Steve está abajo. Se presentó en la puerta justo cuando se llevaban a Reed.

—Steve —repite Easton, ligeramente aturdido—. ¿El tío Steve?

Sebastian suelta un sonido ronco.

—¿El tío Steve *muerto*?

Rechino los dientes.

—No está muerto. Se parece a Tom Hanks en *Náufrago*, eso sí. Sin la pelota de voleibol.

—Joder.

Cuando Easton hace el amago de dirigirse a la puerta, lo agarro de la muñeca y tiro de él hacia atrás. No tengo suficiente fuerza, pero el gesto basta para detenerlo y ladea la cabeza para escrutarme durante un segundo.

—¿No quieres bajar y hablar con él? Es tu padre, Ella.

El miedo regresa con toda su fuerza.

—No. Solo es el hombre que dejó embarazada a mi madre. Ahora mismo no puedo lidiar con él. Yo... —Trago saliva de nuevo—. No creo que se haya dado cuenta de que soy su hija.

—¿No se lo has dicho? —exclama Sawyer.

Niego con la cabeza lentamente.

—¿Puede uno de vosotros bajar y... no sé... llevarlo al cuarto de invitados o algo?

—Yo lo haré —se ofrece Seb al instante.

—Voy contigo —añade el gemelo—. Esto tengo que verlo.

Los llamo cuando se precipitan hacia la puerta.

—Chicos, no digáis nada sobre mí. En serio, no estoy preparada para eso, esperemos hasta que Callum vuelva a casa.

Ellos intercambian otra de esas miradas en las que toda una conversación tiene lugar en un segundo.

—Vale —dice Seb, y luego se marchan a toda prisa para saludar a su tío no-muerto.

Easton se acerca a mí. Su mirada aterriza en la maleta, junto al armario, y luego se centra en mi rostro. Me agarra de la mano y entrelaza sus dedos con los míos en un santiamén.

—No te vas a ir, hermanita. Sabes que es una idea estúpida, ¿verdad?

Miro fijamente nuestros dedos entrelazados.

—Eso es lo que hago, East. Soy una fugitiva.

—No. Eres una luchadora.

—Puedo luchar por otra gente, como mi madre o Reed o tú, pero... no se me dan bien mis propios problemas. —Me muerdo el labio inferior con más fuerza—. ¿Por qué está Steve aquí? Se supone que estaba *muerto*. ¿Y cómo han podido arrestar a Reed? —Me tiembla muchísimo la voz—. ¿Y si va a la cárcel por culpa de todo esto?

—No irá. —Su mano aprieta la mía con firmeza—. Reed volverá, Ella. Mi padre se ocupará de todo.

—¿Y si no puede?

—Lo hará.

Sin embargo, ¿y si no puede?

Capítulo 3
Ella

He pasado la noche en vela y ahora espero en la sala de estar que da al porche delantero. Hay un banco de lujo colocado bajo el enorme ventanal que conforma la pared frontal de la casa. Me dejo caer sobre el almohadón y fijo la mirada en el camino circular que hay más allá de las ventanas. Tengo el móvil en el regazo, pero no ha pitado en toda la noche ni durante la mañana. No he recibido ni una llamada, ni un mensaje. Nada.

Mi imaginación se dispara y se me ocurren toda clase de escenarios: está en una celda, está en una sala de interrogatorios, tiene grilletes en las muñecas y en los tobillos, un poli le golpea por no responder sus preguntas. ¿Tendrá que quedarse en la cárcel hasta el juicio? No sé cómo va todo esto del arresto, de los cargos o del juicio.

Lo que sí sé es que, cuanto más tiempo pasan Reed y Callum fuera de casa, más se me cae el alma a los pies.

—Buenos días.

Casi me caigo del banco al oír una voz masculina familiar. Por un segundo pienso que alguien ha entrado en la casa, o que son los agentes, que han vuelto para investigar. Sin embargo, cuando miro hacia la puerta, veo a Steve O'Halloran. Se ha afeitado la barba y está enfundado en unos pantalones formales y un polo. Ya no tiene pinta de indigente, sino que parece el padre de cualquier estudiante de Astor Park, el colegio privado al que los Royal y yo vamos.

—¿Ella, verdad? —Sus labios componen una sonrisa vacilante.

Asiento con brusquedad, coloco el teléfono bocabajo y me giro de nuevo hacia el ventanal. No sé cómo actuar cerca de él.

Anoche me escondí en mi habitación mientras Easton y los gemelos se ocupaban de Steve. No sé qué historia le habrán contado sobre mí, pero es obvio que no tiene ni idea de quién soy, ni de la carta que le envió mi madre antes de que se fuera al viaje en ala delta en el que supuestamente falleció.

Easton pasó a verme antes de irse a la cama y me informó de que Steve estaba en el cuarto de invitados verde. Yo ni sabía que había un cuarto de invitados verde, ni dónde estaba exactamente.

Una sensación asfixiante de ansiedad hace que quiera echar a correr para esconderme. En realidad eso era precisamente lo que pretendía, pero me había encontrado de todas formas. Enfrentarme a mi padre me intimida más que pelearme con cien chicas malas en el colegio.

—Bueno, Ella. Estoy un pelín confuso.

Me sobresalto al reparar en la cercanía de su voz. Miro de nuevo por encima del hombro y lo veo en pie, a tan solo un par de pasos de mí. Hundo los talones en el cojín del banco y me obligo a no moverme. Solo es un hombre: dos piernas, dos brazos. Solo es un hombre que recibió una carta de una mujer moribunda en la que le hablaba de su hija perdida, y en vez de buscar a esa mujer y a esa niña, se fue de aventura. Esa clase de hombre.

—¿Me has oído? —Ahora suena incluso más perplejo, como si no pudiera decidir si le ignoro o si tengo problemas de oído.

Lanzo una mirada de desesperación hacia la puerta. ¿Dónde está Easton? ¿Y por qué no ha vuelto Reed ya a casa? ¿Y si nunca vuelve a casa?

Siento que el brutal miedo que me atenaza la garganta terminará por ahogarme.

—Te he oído —murmuro por fin.

Steve se acerca todavía más. Huelo el jabón o el champú que ha usado esta mañana.

—No sé qué esperaba cuando me bajé de aquel taxi anoche, pero... —Su tono se vuelve irónico—. Pero vamos, esto no. Por lo que me ha contado East, ¿entiendo que han arrestado a Reed?

Muevo la cabeza otra vez para asentir. Por alguna razón, me molesta que llame «East» a Easton. Ese apelativo suena mal en los labios de un extraño.

«No es un extraño. Los conoce desde que nacieron», me replico de inmediato y trago saliva. Supongo que es cierto. Supongo que, si alguno de los dos es un extraño para los Royal, soy yo y no Steve O'Halloran. Creo que Callum me dijo una vez que Steve es el padrino de todos los chicos.

—Pero nadie ha caído en explicarme quién eres *tú*. Sé que he estado fuera durante un tiempo, pero la casa de los Royal lleva años siendo una residencia de solteros.

Un escalofrío me recorre la espalda. No. Dios, no. No puedo mantener esta conversación ahora, pero Steve escruta mi rostro con sus ojos azul claro. Espera una respuesta y sé que he de ofrecerle *algo*.

—Soy la pupila de Callum.

—La pupila de Callum —repite, incrédulo.

—Sí.

—¿Quiénes son tus padres? ¿Son amigos de Callum? ¿Los conozco? —pregunta, medio para sí.

El miedo me paraliza, pero por suerte no tengo que responder porque de repente veo que el Town Car negro se detiene en la entrada de casa. ¡Han vuelto!

Me bajo apresuradamente del banco y llego al recibidor en cuestión de dos segundos. Un agotado Callum y un Reed igual de cansado entran, pero ambos se detienen en seco al verme.

Reed se gira. Sus vívidos ojos azules se cruzan con los míos y nos miramos fijamente. El corazón me da un vuelco y luego late a toda pastilla. Me lanzo hacia él sin mediar palabra y me atrapa. Hunde una mano en mi pelo y con la otra rodea mi cintura. Me cuelgo de él y pego mi pecho contra el suyo, mis muslos contra los suyos, como si pudiera protegerlo con este simple abrazo.

—¿Estás bien? —susurro contra su pectoral izquierdo.

—Sí. —Tiene la voz grave, ronca.

Las lágrimas anegan mis ojos.

—Tenía miedo.

—Lo sé. —Su aliento me roza la oreja—. Todo saldrá bien, te lo prometo. Vamos arriba y te lo explico.

—No —interviene Callum con sequedad al escuchar la promesa de Reed—. No le contarás nada, a menos que quieras que Ella sea una testigo.

¿Testigo? Ay, Dios. ¿La policía va a hablar con *testigos* y Reed me dice que todo saldrá bien?

Unos pasos se acercan hacia nosotros. Reed me suelta y sus ojos se abren como platos al ver al hombre alto y rubio que entra en el recibidor.

—¿Tío Steve? —suelta.

—Reed. —Steve asiente a modo de saludo.

Callum se gira hacia mi padre.

—Steve, Dios, me olvidé de que habías vuelto. Pensaba que lo había soñado todo. —Su mirada se desvía de mi padre a mí y viceversa—. ¿Os habéis presentado?

Asiento con vehemencia e intento comunicarle con los ojos que no quiero que salga el tema padre-hija. Callum frunce el ceño, pero desvía su atención cuando Steve dice:

—Acabábamos de presentarnos justo cuando habéis llegado. Y no, no lo has soñado. Sobreviví.

Los dos hombres se miran un momento. Luego ambos avanzan y se intercambian un abrazo masculino que incluye varias palmadas en la espalda.

—Joder, qué gusto volver a casa —dice Steve a su viejo amigo.

—¿Y cómo es que estás aquí? —Callum retrocede, consternado—. ¿Dónde narices has estado metido estos últimos nueve meses? —En un tono medio enfadado, medio sorprendido, añade—: Me gasté cinco millones de dólares en una partida de búsqueda y rescate.

—Es una larga historia —admite Steve—. ¿Por qué no nos sentamos y te pongo al día...?

El sonido de unos pasos en la escalera lo interrumpen. Los tres hermanos Royal más jóvenes aparecen en el descansillo de la primera planta y centran toda su atención en Reed.

—¡Te dijimos que volvería! —se jacta Easton mientras baja los escalones de dos en dos. Está totalmente despeinado y no lleva nada más que unos bóxers, pero eso no es impedimento para estrechar a Reed en un rápido abrazo—. ¿Estás bien, hermano?

—Sí —gruñe Reed.

Sawyer y Sebastian rodean todo el grupo y se centran en su padre.

—¿Qué ha pasado en comisaría? —exige saber Sawyer.

—¿Qué pasará ahora? —añade Seb.

Callum suspira.

—He llamado a un amigo, un juez que conozco, y ha venido esta mañana para determinar la fianza de Reed. Mañana tengo que entregar en los juzgados su pasaporte. Mientras tanto, nos toca esperar. Puede que tengas que quedarte aquí un poco más, Steve —informa a mi padre—. Tu casa está acordonada por ser la escena del crimen.

—¿Por qué? ¿Por fin alguien se ha cargado a mi amada esposa? —pregunta Steve con voz seca.

Lo miro, sorprendida. La mujer de Steve, Dinah, es una mujer horrible y malvada, pero no me puedo creer que bromee sobre su muerte. Al parecer Callum tampoco, porque responde con dureza:

—No es algo sobre lo que bromear, Steve. Pero no, es Brooke quien ha muerto. Y acusan a Reed, falsamente, de tener algo que ver.

Reed tensa los dedos junto a los míos.

—¿Brooke? —Steve arquea las cejas de forma exagerada—. ¿Cómo ha ocurrido?

—Un golpe en la cabeza —dice Reed con tranquilidad—. Y no, no se lo di yo.

Callum fulmina a su hijo con la mirada.

—¿Qué? —gruñe Reed—. Son hechos, y no les tengo miedo. Fui allí porque me llamó. Todos estabais fuera y me encontraba mejor, así que fui. Discutimos y me marché. Cuando me fui, estaba enfadada pero viva. Esa es la historia.

«¿Y los puntos?», quiero gritar. «¿Y la sangre que vi en tu cintura cuando volví de la cena?» Las palabras se me quedan estancadas en la garganta y me hacen toser con violencia. Todo el mundo me mira un instante, hasta que por fin Easton habla:

—Vale, si esa es la historia, yo me la creo.

La expresión de Reed se ensombrece.

—No es una historia. Es la verdad.

Easton asiente.

—Como he dicho, te creo, hermano. —Su mirada viaja hacia el recién llegado—. Ahora preferiría oír la historia del tío Steve. ¿Has vuelto del país de los muertos? Eso mola.

—Sí, no nos quiso contar nada anoche —gruñe Sebastian, y mira a su padre—. Quería esperarte.

Callum suspira.

—¿Por qué no vamos a la cocina? Me vendría bien un café. El de la comisaría me ha provocado acidez.

Todos seguimos al cabecilla de la familia Royal hasta la enorme y moderna cocina de la que me enamoré en cuanto me mudé aquí. Callum se acerca a la cafetera y los demás nos reunimos alrededor de la mesa. Nos sentamos como si este fuera cualquier otro domingo, no el domingo después de que Reed fuera arrestado por homicidio y un hombre muerto saliera del mar y llamara a nuestra puerta.

Todo es tan surrealista que no le veo el más mínimo sentido.

Reed se sienta en la silla contigua a la mía y apoya una mano en mi muslo, aunque no estoy segura de si es para consolarme a mí o a sí mismo. Quizá sea para consolarnos a ambos.

Tras sentarse en su sitio, Easton va directo al grano.

—¿Así que por fin nos vas a contar por qué no estás muerto? —pregunta a mi padre.

Steve esboza una pequeña sonrisa.

—Aún no sé si esto os alegra o bien os entristece.

«Ninguna de las dos opciones», estoy a punto de soltar. Me las apaño para contener la respuesta en el último segundo, pero es la verdad. La aparición de Steve es más confusa que cualquier otra cosa. Y quizá también un poco aterradora.

—Nos alegra —responden los gemelos al unísono.

—Obviamente —conviene Easton.

—¿Cómo es que estás vivo? —Esta vez es Reed. Su voz es dura y su mano se mueve con dulzura por mi muslo, como si notara lo nerviosa que estoy.

Steve se echa hacia atrás sobre la silla.

—No sé qué te habrá contado Dinah sobre nuestro viajecito.

—Fuisteis a volar en ala delta y ambos arneses fallaron —dice Callum mientras se une a nosotros en la mesa. Coloca una taza de café frente a Steve, luego se sienta y da un sorbo a la suya—. Dinah consiguió activar su paracaídas de emergencia, pero tú caíste en el océano. Me pasé cuatro semanas buscando tu cuerpo.

Una sonrisa de suficiencia aparece en el rostro de Steve.

—Y solo gastaste cinco millones, has dicho. ¿No te habrás vuelto un rácano, no, viejuno?

Callum no lo encuentra gracioso. Su expresión se vuelve más pétrea.

—¿Por qué no volviste derechito a casa cuando te rescataron? Han pasado nueve meses, por el amor de Dios.

Steve se pasa una mano temblorosa por el mentón.

—Porque no me rescataron hasta hace unos días.

—¿Qué? —Callum parece sorprendido—. ¿Y dónde narices has estado todos estos meses?

—No sé si es por la enfermedad o la malnutrición, pero no me acuerdo de todo. La marea me arrastró hasta una playa de Tavi, una isla diminuta a unos trescientos kilómetros al este de Tonga. Estuve gravemente deshidratado y semiinconsciente durante semanas. Los nativos me cuidaron, y habría regresado antes, pero la única manera de salir de la isla es en un barco pesquero que va dos veces al año para comerciar con los isleños.

«Tu padre está hablando», me dice mi cerebro. Busco en su rostro algún parecido conmigo y lo único que encuentro es el color de ojos. Aparte de eso, yo tengo los rasgos de mi madre, su cuerpo, su pelo. Soy una versión más joven y de ojos azules de Maggie Harper, pero no debe de haberle causado ninguna impresión a Steve, porque no muestra signo alguno de reconocimiento.

—Al parecer los isleños recolectan unos particulares huevos de gaviota que se venden como *delicatessen* en Asia. El barco pesquero me llevó hasta Tonga, donde mendigué hasta poder regresar a Sydney. —Le da un sorbo a su café antes de soltar la gran obviedad del siglo—: Es un milagro que siga vivo.

—¿Cuándo llegaste a Sydney? —pregunta Sebastian.

Mi padre arruga los labios en un gesto pensativo.

—No lo recuerdo. ¿A lo mejor hace tres días?

Callum se resiste.

—¿Y no pensaste en llamar y decirnos que estabas vivo?

—Tenía unos asuntos de los que ocuparme —dice Steve, tenso—. Sabía que, si llamaba, te subirías al primer avión y no quería que me distrajeran de mi búsqueda de respuestas.

—¿Respuestas? —repite Reed, con un tono mucho más duro que antes.

—Fui a buscar al guía que llevó la expedición en ala delta y recuperé mis cosas. Me había dejado el pasaporte, la cartera, ropa.

—¿Lo encontraste? —Easton también está enganchado a la historia. Todos lo estamos.

—No. El guía turístico llevaba meses desaparecido. En cuanto me topé con ese callejón sin salida, fui a la embajada estadounidense y ellos me trajeron a casa. Vine directo aquí desde el aeropuerto.

—Menos mal que no fuiste a tu casa —murmura Callum con voz sombría—. Podrían haberte arrestado también.

—¿Dónde está mi mujer? —pregunta Steve, receloso—. Dinah y Brooke son amigas muy íntimas.

—Dinah sigue en París.

—¿Qué hacían allí?

—Brooke y ella estaban de compras —Callum hace una pausa—. Para la boda.

Steve resopla.

—¿Qué imbécil se ha dejado engañar?

—Este. —Callum se señala a sí mismo.

—Estás de coña.

—Estaba embarazada. Pensé que era mío.

—Pero te hiciste la vas… —Steve se detiene con brusquedad y se apresura a mirar a toda la mesa por si alguien se ha dado cuenta de su metedura de pata.

—¿La vasectomía? —termina Easton.

Los ojos de Callum se dirigen a mí antes de dirigirse a su hijo.

—¿Lo sabéis?

—Yo se lo conté. —Levanto el mentón—. Hay demasiados secretos estúpidos en esta casa.

—Estoy de acuerdo —declara Steve. Se gira para clavar esos familiares ojos azules en mí—. Callum —dice sin apartar la mirada de la mía—. Ahora que he respondido todas tus preguntas, a lo mejor puedes responder una mía. ¿Quién es esta encantadora muchachita?

La mano de Reed se tensa sobre mi muslo. El nudo que tengo en el estómago parece un bloque de cemento en estos instantes, pero en algún momento tenía que salir a la luz la verdad. Ahora es tan buen momento como cualquier otro.

—¿No me reconoces? —pregunto antes de esbozar una pequeña sonrisa—. Soy tu hija.

Capítulo 4

Ella

No creo que Steve O'Halloran sea un hombre al que se pille con la guardia baja muy a menudo. Su cuerpo parece petrificado por la sorpresa y toda su expresión transmite su enorme desconcierto.

—Mi… —No termina la frase y se gira hacia Callum en busca de… ¿ayuda? ¿Apoyo? No estoy segura.

En cualquier caso, para tratarse de un hombre que ha preguntado como si nada si alguien se había cargado a su mujer, no parece tener ni idea de cómo manejar la revelación —bastante menos dramática— de que está sentado en la misma mesa que su hija.

—Hija —finaliza Callum con amabilidad.

Steve parpadea rápidamente.

—¿Te acuerdas de la carta que recibiste antes de que Dinah y tú os fuerais de viaje? —pregunta Callum.

Steve niega con la cabeza lentamente.

—Una carta… ¿de quién?

—De la madre de Ella.

—Maggie —digo con voz ronca. Al pensar en mi madre siempre me duele el corazón—. La conociste hace dieciocho años cuando estabas de viaje en el mar. Vosotros dos… eh…

—Os acostastcis. Follasteis. Retozasteis como animales —ofrece Easton.

—La madre de Ella se quedó embarazada. —Callum continúa antes de que su hijo diga el millón de cosas inapropiadas que tiene en la punta de la lengua—. Intentó ponerse en contacto contigo durante el embarazo, pero no lo logró. Cuando le diagnosticaron cáncer, envió una carta a tu antigua base con la esperanza de que encontraran la forma de entregártela. Y lo hicieron. La recibiste hace nueve meses, justo antes de marcharte.

Steve vuelve a parpadear. Tras unos segundos, consigue enfocar la vista y se queda mirándome atentamente. Con curiosidad. Con satisfacción.

Me remuevo en la silla y eso hace que Reed me acaricie la pierna para que me tranquilice. Sabe que no me gusta ser el centro de atención y ahora mismo todos me miran.

—Eres la hija de Maggie —repite Steve en un tono de voz entre maravillado e interesado—. ¿Falleció?

Asiento, porque el nudo que tengo en la garganta es demasiado grande como para hablar.

—Eres... mi hija. —Las palabras salen despacio, como si probara su sabor.

—Sí —logro articular.

—Guau. Bueno. Vale. —Se pasa una mano por su pelo largo—. Yo... —Sus labios esbozan una sonrisa irónica—. Supongo que tenemos mucho de que hablar, ¿eh?

El miedo me atenaza el vientre. No estoy preparada para esto, no sé qué decirle a este hombre o cómo comportarme cerca de él. Puede que los Royal lo conozcan desde hace años, pero para mí es un extraño.

—Supongo —murmuro mientras desvío la mirada hacia abajo, a mis manos.

Callum se apiada de mí y sugiere:

—Pero eso puede esperar hasta que te instales.

Steve mira a su viejo amigo.

—Supongo que me dejarás quedarme aquí hasta que la policía libere mi ático.

—Por supuesto.

Mi ansiedad crece. ¿No puede quedarse en un hotel o algo? Sí, la mansión Royal es enorme, pero vivir en la misma casa que mi supuesto padre muerto me pone nerviosa.

¿Por qué? ¿Por qué no me lanzo a sus brazos y le agradezco a Dios que esté vivo? ¿Por qué no estoy encantada con la idea de poder conocerlo en profundidad?

«Porque es un extraño», me respondo. Esa es la única respuesta que tiene sentido ahora mismo. No conozco a Steve O'Halloran y no se me da bien abrirme a nuevas personas. Pasé toda mi infancia yendo de un lugar a otro, procurando no acercarme demasiado a nadie. Sabía que en cualquier momento mamá diría que teníamos que hacer las maletas, y entonces tendría que despedirme.

Cuando vine a Bayview no planeaba establecer ningún vínculo con nadie. Sin embargo, de algún modo terminé con una mejor amiga, un novio, con unos hermanastros a los que adoro y un hombre —Callum— que, por muy jodido que esté, se ha convertido en una figura paterna para mí.

No sé dónde encaja Steve y todavía no estoy preparada para averiguarlo.

—Eso nos dará a Ella y a mí tiempo para conocernos en su propio territorio —comenta Steve y me doy cuenta de que me sonríe.

Logro corresponderle con otra sonrisa.

—Chachi.

«¿Chachi?»

Reed me pellizca el muslo de forma juguetona y me giro para verlo contener una carcajada. A lo mejor Steve no es el único conmocionado ahora mismo.

Por suerte, la discusión enseguida se desvía hacia la Atlantic Aviation, el negocio de Callum y Steve. Percibo que mi padre no parece interesado en los detalles insignificantes, únicamente presta atención a un proyecto al que los dos se refieren con términos imprecisos. Callum me dijo una vez que hacían muchos trabajos para el gobierno. Al final, los dos hombres se disculpan y se dirigen al estudio de Callum para hablar del último informe trimestral de la empresa.

Ya a solas con los hermanos, busco en sus rostros alguna señal que revele que están tan asustados como yo.

—¿Es extraño, verdad? —suelto al ver que nadie dice nada—. Es decir, ha vuelto de la *muerte*.

Easton se encoge de hombros.

—Te dije que el tío Steve tenía huevos.

Sawyer se ríe por lo bajo.

Le lanzo una mirada de preocupación a Reed.

—¿Tendré que mudarme con él y con Dinah?

Eso basta para espabilar a toda la cocina.

—Ni de coña —contesta Reed de inmediato, con voz grave y firme—. Mi padre es tu tutor legal.

—Pero Steve es mi padre biológico. Si quiere que viva con él, entonces tendré que marcharme.

—Ni de coña —repite entre dientes, separando las palabras.

—Eso no pasará —conviene Easton. Incluso los gemelos asienten con vehemencia.

El calor invade mi pecho. A veces no puedo creer que todos nos odiáramos cuando llegué aquí por primera vez. Reed estaba decidido a destruirme, sus hermanos me provocaban e ignoraban a partes iguales, yo fantaseaba todos los días con la idea de huir... Y ahora no me imagino mi vida sin los Royal. Otra oleada de ansiedad me revuelve el estómago al recordar dónde ha pasado Reed la noche. Hay una posibilidad muy real de que desaparezca de mi vida, si la policía cree que mató a Brooke.

—Vamos arriba —propongo con voz temblorosa—. Quiero que me cuentes todo lo que ha pasado en comisaría.

Reed asiente y se levanta sin decir nada. Cuando Easton también se pone en pie, Reed alza una mano.

—Ya te pondré al día más tarde. Deja que hable primero con Ella.

Easton probablemente ve el miedo reflejado en mi rostro, porque, por una vez en su vida, hace lo que se le dice.

Entrelazo los dedos con los de Reed mientras subimos las escaleras traseras. No pierde el tiempo y, en cuanto estamos solos en mi habitación, cierra la puerta con pestillo y me abraza. Su boca aterriza sobre la mía antes de que pueda parpadear. El beso es sensual, desesperado, todo lengua. Pensé que estaba demasiado cansada como para sentir algo que no fuera, bueno, cansancio, pero mi cuerpo entero se tensa y me duele cuando los expertos labios de Reed me provocan y me llevan hasta el límite de la inconsciencia.

Gimo a modo de protesta cuando se separa y eso hace que él se ría entre dientes.

—Pensé que íbamos a hablar —me recuerda.

—Tú eres el que me ha besado —refunfuño—. ¿Cómo voy a concentrarme en hablar con tu lengua en mi boca?

Me coloca sobre la cama. Un segundo después, estamos tumbados de lado, cara a cara y con las piernas entrelazadas.

—¿Te asustaste? —susurro.

Su precioso semblante se suaviza.

—No realmente.

—Te arrestaron por asesinato —digo, angustiada—. Yo *sí* me habría asustado.

—No he matado a nadie, Ella. —Alarga la mano y acaricia mi mejilla con las yemas de los dedos—. Te lo juro, Brooke estaba viva cuando me marché del ático.

—Te creo.

Es cierto. Reed no es un asesino. Tiene sus defectos, muchos, pero nunca le quitaría la vida a nadie.

—¿Por qué no me dijiste que habías estado allí? —pregunto con voz dolida—. ¿Qué te dijo Brooke? Y la sangre de tu costado...

—Se me saltaron los puntos. No te mentí sobre eso. Debió de ocurrir de camino a casa, porque no sangraba cuando estuve allí. No te lo dije porque estaba hasta arriba de analgésicos cuando volviste, y luego empezamos a tontear... —Suspira—. Me distraje. Y, la verdad, no me pareció importante. Iba a decírtelo por la mañana.

No veo nada más que sinceridad en su rostro, en su voz. Me pego a la palma de su mano, que sigue apoyada en mi mejilla.

—¿Quería dinero?

—Sí —dice con voz monótona—. Estaba atacada porque mi padre le había pedido cita para la prueba de paternidad. Quería proponerme un trato: si le cedía mi fondo de fideicomiso, ella sacaría el dinero y se marcharía. No tendríamos que volver a verla.

—¿Y le dijiste que no?

—Por supuesto. No iba a entregarle a esa mujer ni un centavo. La prueba de paternidad habría demostrado que el bebé no era ni mío ni de mi padre, así que supuse que solo tendríamos que esperar unos cuantos días más. —Sus ojos azules se oscurecen—. No pensé que fuese a morir, joder.

—¿Crees que fue un accidente? —Me aferro a esa pequeña posibilidad porque, francamente, no entiendo cómo ha podido ocurrir esto.

Brooke es —era— horrible, pero ninguno de nosotros la quería muerta. Que se fuese, a lo mejor. Pero no muerta. O, al menos, no yo.

—No tengo ni idea —responde Reed—. No me sorprendería que Brooke tuviese enemigos que desconocemos. Podría haber cabreado a alguien lo suficiente como para que decidiera cascarle la cabeza.

Me encojo de dolor.

—Lo siento —murmura apresuradamente.

Me siento y me froto los ojos, cansados.

—¿Qué pruebas tiene la poli?

—Un vídeo de mí entrando y saliendo del edificio —admite—. Y algo más también.

—¿El qué?

—No lo sé. No nos lo han dicho todavía. El abogado de mi padre dice que es normal, que todavía están reconstruyendo los hechos en mi contra.

Vuelvo a sentir náuseas.

—No tienen pruebas suficientes. No pueden. —Mis pulmones se contraen y me cuesta respirar—. No puedes ir a la cárcel, Reed.

—No voy a ir.

—¡Eso no lo sabes! —Salto de la cama—. Vámonos ahora mismo. Tú y yo. Ya te he hecho la maleta.

Reed se sacude de la sorpresa.

—Ella...

—Lo digo en serio —interrumpo—. Tengo mi carné de identidad falso y diez mil dólares en efectivo. Tú también tienes uno falso, ¿no?

—Ella...

—Comenzaríamos de cero en algún lugar —insisto, desesperada—. Yo conseguiré un trabajo de camarera, y tú puedes trabajar en la construcción.

—¿Y después qué? —Su voz y sus gestos son amables cuando se levanta y tira de mí hacia él—. ¿Vivir escondidos el resto de nuestra vida? ¿Mirar por encima del hombro, preocupados por que la policía nos encuentre y se me lleven?

Me muerdo el labio con fuerza.

—Soy un Royal, nena. Yo no huyo. Yo lucho. —Su mirada se vuelve dura como el acero—. No he matado a nadie y no iré a prisión por algo que no he hecho. Te lo prometo.

¿Por qué todo el mundo siente la necesidad de hacer promesas? ¿No saben que las promesas siempre se rompen?

Reed me da un apretón en el hombro.

—Los cargos desaparecerán. El abogado de mi padre no permitirá...

Un chillido desagradable lo corta. Ambos nos giramos hacia la puerta, pero el grito no ha venido del segundo piso, sino de abajo. Reed y yo nos salimos corriendo de mi cuarto y llegamos al descansillo al mismo tiempo que Easton.

—¿Qué narices ha sido eso? —exige saber él.

Eso ha sido Dinah O'Halloran. Me doy cuenta cuando echo un vistazo por encima de la barandilla del balcón. La esposa de Steve está en medio del recibidor, debajo de nosotros, con el rostro más blanco que un fantasma y una mano levantada. Mira boquiabierta a su marido no-muerto.

—¿Qué pasa aquí? —grita, horrorizada—. ¡¿Estás *aquí*?! La voz suave de mi padre llega hasta nosotros.

—Hola a ti también, Dinah. Es maravilloso volver a verte.

—Estás... estás... —tartamudea—. ¡Estás muerto! ¡Tú moriste!

—Lamento decepcionarte, pero no, estoy vivito y coleando.

Primero oímos sus pasos y luego Callum llega a la altura de Steve.

—Dinah —dice con voz tensa—. Iba a llamarte.

—¿Entonces por qué no lo has hecho? —ruge y se balancea sobre sus tacones de trece centímetros—. ¿No has tenido tiempo de coger el teléfono para decirme que *mi marido está vivo?*

Por mucho que no me guste Dinah, no puedo evitar sentirme un poco mal por ella. Es obvio que está sorprendida y confusa por la situación, y no la culpo. Ha entrado y se ha encontrado con un fantasma.

—¿Qué haces aquí? —le pregunta Steve.

Hay algo en su tono indiferente que me molesta. Entiendo que Dinah sea una zorra, ¿pero no puede al menos abrazarla o algo? Es su *mujer*.

—He venido a ver a Callum. —Dinah parpadea sin cesar, como si no pudiese decidir si Steve está realmente aquí o si es una alucinación—. La policía... me dejaron un mensaje en el contestador. Dijeron que mi ático... —Se apresura a corregirse—, nuestro ático... dijeron que es la escena de un crimen.

Ojalá pudiera ver la expresión en el rostro de Steve, pero está de espaldas a la escalera. Solo cuento con las expresiones de Dinah para calibrar las suyas, y está claro que lo que ve en su semblante la pone extremadamente nerviosa.

—Me dijeron que Brooke está muerta.

—Ese parece ser el caso —confirma Callum.

—¿Cómo es posible? —lamenta Dinah. Su voz tiembla con violencia—. ¿Qué le ha pasado?

—No lo sabemos todavía...

—¡Y una mierda! El agente me dijo que habían detenido a un sospechoso para interrogarlo.

Reed y yo nos alejamos despacio de la barandilla, pero es demasiado tarde: Dinah nos ha visto. Sus mordaces ojos verdes nos fulminan y suelta un grito de ira:

—¡Es él, ¿verdad?! ¡Reed la ha matado!

Callum da un paso al frente y entra en mi campo de visión. Sus hombros son como dos bloques de granito, rígidos y firmes.

—Reed no tiene nada que ver con esto.

—¡Iba a tener un hijo suyo! ¡Tiene *todo* que ver con esto!

Me encojo de dolor.

—Vamos —murmura Reed, y me coge de la mano—. No tenemos por qué escuchar esto.

Pero sí tenemos. No vamos a oír otra cosa cuando la noticia de la muerte de Brooke salga a la luz. Todos se enterarán de su aventura. Sabrán que estaba embarazada, que él fue al ático esa noche, que lo han interrogado y acusado de asesinarla. En cuanto la historia salte a la luz pública, los buitres pulularán a nuestro alrededor. La gente nos acosará y Dinah O'Halloran llevará las riendas de todo.

Tomo una bocanada de aire con la esperanza de tranquilizarme, pero no funciona. Me tiemblan las manos y el corazón me late demasiado rápido: cada latido tiembla de miedo y lo siento directamente en mis huesos.

—No puedo perderte —susurro.

—No lo harás.

Me aleja del descansillo y me abraza. Easton desaparece en el interior de su habitación mientras yo escondo el rostro contra el musculoso pecho de Reed.

—Todo saldrá bien —dice con voz ronca acariciándome el pelo.

Siento los latidos de su corazón contra mi mejilla. Son más regulares que los del mío, fuertes y estables. No tiene miedo.

Y si Reed, el chico al que acaban de arrestar, no tiene miedo, entonces he de concederle un voto de confianza. Tomaré prestada su fuerza y convicción y me permitiré creer que quizá, por primera vez en mi mierda de vida, todo saldrá bien.

Capítulo 5

Reed

—Ten en cuenta que la gente ya está hablando, hermano —murmura Easton por lo bajo.

Meto mis cosas en la taquilla con demasiada fuerza antes de escrutar la estancia. Normalmente hay cháchara y risas en las taquillas antes de nuestro entrenamiento matutino, pero hoy todo el mundo está callado. Varios pares de ojos evitan mi mirada. Termino por centrarme en Wade, quien me guiña un ojo y levanta el dedo pulgar. No estoy seguro de lo que eso significa, pero le agradezco su apoyo. Le devuelvo el gesto y asiento levemente. A su lado, nuestro *tackle* izquierdo, Liam Hunter, se me queda mirando. Asiento también en su dirección solo para cabrearlo. Quizá venga hacia mí y podamos liberar algo de nuestra agresividad en el suelo de azulejos. Levanto las manos para incitarle a que se acerque, pero luego la reprimenda del abogado resuena en mis oídos:

—Nada de peleas o castigos en el colegio. Nada de mal comportamiento. —Papá se había quedado junto a Grier fuera de la comisaría y fruncía el ceño mientras el abogado me leía la cartilla—. Un paso en falso y el fiscal te acosará. Ya tienes cargos por haberle dado una paliza a aquel chaval del colegio el año pasado.

Tuve que morderme la lengua hasta hacerme sangre para no defenderme. Grier sabe por qué le destrocé la cara a aquel chico, pero yo nunca le haría daño a una mujer. Aunque, si hubiese alguna que se lo mereciera de verdad, esa era Brooke Davidson. No la he matado, pero no lamento ni un poquito que esté muerta. De eso estoy más que seguro.

—No deberías estar aquí —dice una voz grave y furiosa a mi espalda.

Saco de un tirón la cinta adhesiva atlética de mi bolsa antes de girarme para mirar cara a cara a Ronald Richmond.

—¿No? —pregunto como si nada mientras me siento en el banquito de metal frente a mi taquilla.

—El entrenador expulsó a Brian Mauss porque pegó accidentalmente a su novia.

Pongo los ojos en blanco.

—Vamos, ¿me dices que su cara cayó accidentalmente sobre su puño, llevó el ojo morado tres semanas y tuvieron que retocar digitalmente todas las fotos de la fiesta de bienvenida? ¿A ese tipo de accidente te refieres?

A mi lado, Easton se ríe. Termino de envolverme las manos y le lanzo a East la cinta.

Ronnie frunce el ceño.

—Casi como tú cargándote a la vulgar novia de tu padre.

—Bueno, entonces quizá tengas que rechazar la invitación de Brian el Maltratador, porque yo no he matado a nadie. —Le dedico la más simpática de las sonrisas.

Ronnie levanta la barbilla.

—Eso no es lo que anda diciendo Delacorte.

—Daniel ya no está, no puede hablar una mierda. —Mi padre hizo que mandaran a ese cabrón violador a una prisión militar juvenil.

—No hablo de Daniel —replica con desdén mi compañero de equipo—. El juez Delacorte se tomó ayer unas copas con mi padre y dijo que tu caso está cerrado. El vídeo demuestra que entraste y saliste del apartamento. Espero que te guste que te den por el culo, Royal.

Easton hace ademán de ponerse de pie, pero lo agarro de la muñeca y lo obligo a sentarse de nuevo. A nuestro alrededor, el equipo parece intranquilo y algunos cuchichean.

—El juez Delacorte tiene las manos más sucias que un mendigo —respondo con frialdad. Intentó sobornar a mi padre para evitar que castigara a Daniel. No funcionó, así que supongo que ahora vendrá a por mí para devolvérsela a mi padre.

—A lo mejor no deberías estar aquí. —La voz queda de Liam Hunter atraviesa el vestuario.

Todos nos giramos hacia él, sorprendidos. Hunter no suele hablar mucho, le va más la acción en el campo. Nunca viene con nosotros pese a las numerosas invitaciones que sé que le llegan. Es reservado. La única persona a la que he visto con él es Wade, pero bueno, todos se llevan bien con Wade.

Arqueo una ceja hacia mi amigo, que responde con un breve encogimiento de hombros. Está tan confuso como yo en lo referente a sus pensamientos.

—¿Tienes algún problema conmigo, Hunter? Dilo.

Esta vez, cuando Easton se pone en pie, no lo detengo. En lo que a mí respecta, permanezco sentado. Por mucho que me guste resolver las discusiones con los puños, la advertencia del abogado me pesa sobre los hombros.

—Queremos ganar el Campeonato Estatal —señala Hunter—. Eso implica cero distracciones y tú eres una distracción. Aunque no lo hayas hecho, atraerás muchísima atención negativa.

¿Aunque no lo haya hecho? Hay un gran trecho entre pegarle una paliza a un chico por intentar difamar a mi madre y matar a alguien, pero todo el vestuario parece obviarlo hoy.

—Gracias por tu apoyo —resopla East con sarcasmo.

Wade decide intervenir.

—Reed tiene mucho genio. No te ofendas, hermano —me dice.

—No te preocupes. —No tiene ningún sentido fingir que no me gusta la violencia física. Sin embargo, que me guste pegarles un puñetazo en la cara a algunos no me convierte automáticamente en un asesino—. Como no lo he hecho, todo pasará pronto.

—Mientras tanto, habrá un circo montado a tu alrededor. —Ronnie decide seguirle el rollo a la estúpida idea de Hunter—. Nos preguntarán constantemente sobre ello, cuando la atención debería estar puesta en el fútbol. Para empezar, este es el último año para la mitad de nosotros. ¿Es así como queremos salir?

Muchos compañeros asienten y están de acuerdo. El estatus lo es todo para muchos de estos chicos, y graduarse con un campeonato de fútbol en su poder les dará mucho material del que alardear. Pero nunca me imaginé que me colgarían por los huevos solo para poder ganar un maldito partido.

Relajo los dedos despacio. «Nada de violencia», me recuerdo. «Nada».

Wade nota que se me agota la paciencia y se levanta.

—Ronnie, tenemos una docena de periodistas que relatan nuestros partidos, y la mayoría nos chupan tanto el culo que no me hace falta que me tire a nadie cuando suena el último silbato. Además, Reed es uno de nuestros mejores defensas. Sin él, voy a tener que anotar cinco, quizá seis *touchdowns*, y no quiero trabajar tanto. —Se gira hacia Hunter—. Entiendo lo que dices, pero Reed no será una distracción, ¿verdad que no, tío?

Niego con la cabeza con brusquedad.

—No, estoy aquí para jugar al fútbol, nada más.

—Eso espero —dice el hombretón.

Entonces caigo en la cuenta de lo que realmente le preocupa a Hunter: él es un estudiante becado en Astor y necesitará otra beca para la universidad. Le preocupa que mi drama espante a las universidades.

—Los cazatalentos seguirán viniendo a los partidos para verte, Hunter —lo tranquilizo.

Él parece dubitativo, pero Wade se manifiesta a mi favor.

—Sin duda. A todos se les cae la baba contigo. Además, cuantas más victorias, mejor para ti, ¿verdad?

Eso parece satisfacer a Hunter, porque no pone más objeciones.

—¿Ves? —dice Wade con alegría—. Todo va bien. Así que dejémonos la piel en el entrenamiento y luego hablamos sobre a quién vamos a llevar al Baile de Invierno el mes que viene.

Uno de nuestros receptores se ríe por lo bajo.

—¿En serio, Carlisle? ¿Qué pasa, ahora somos un puñado de chicas?

Con eso, el ambiente en el vestuario se aligera.

—Menuda mierda —espeta Ronnie—. No debería estar aquí, joder.

O puede que no. Suspiro pesadamente.

Al ver la dura mirada de Ronnie, East se pega una palmada en el pecho.

—Vamos, Richmond, hagamos unos cuantos ejercicios Oklahoma. A lo mejor si consigues tumbarme una vez, no te preocupas tanto por la prensa.

Ronnie se ruboriza. El ejercicio Oklahoma requiere que un jugador plaque a otro mientras sus compañeros de equipo rondan alrededor. East casi nunca pierde, y mucho menos contra Ronnie.

—Que te den, Easton. Ese es el problema con vosotros, los Royal: pensáis que la violencia lo resuelve todo.

Mi hermano da un paso al frente.

—Es fútbol, tiene que ser violento.

—Entiendo. Entonces supongo que matar a una mujer que no os cae bien también es algo natural para vosotros, ¿no? —Una sonrisa maliciosa tuerce su boca—. Supongo que por eso vuestra madre se suicidó. Estaría harta de lidiar con psicópatas.

Esa es la gota que colma el vaso y soy incapaz de controlarme. De repente lo veo todo rojo. Ese pedazo de mierda puede decir lo que quiera de mí, ¿pero de mi madre? Ni de coña. Me lanzo sobre él de inmediato y le pego un puñetazo en el mentón antes de caer ambos al suelo. Hay gritos a nuestro alrededor, manos que me sujetan por el cuello y la espalda de la camiseta, pero nadie es capaz de apartarme.

Oigo un crujido desagradable. Una satisfacción primigenia me llena cuando veo correr la sangre de Ronnie desde sus orificios nasales. Le he roto la nariz y me importa una mierda. Le atizo otro golpe, un puñetazo en la barbilla, antes de que consigan apartarme de él.

—¡Royal! ¡Dónde tienes la puta cabeza!

La rabia desaparece al instante y es reemplazada por un nudo de ansiedad. El entrenador me pone en pie y me mira con el rostro rojo y los ojos encendidos por la furia.

—Ven conmigo —gruñe, y me agarra con brusquedad de la parte inferior del jersey.

El vestuario está más callado que un funeral. Ronnie lucha por ponerse en pie y se limpia la nariz ensangrentada. Los otros jugadores me miran con aprehensión. Antes de que el entrenador me saque a rastras por la puerta, reparo en la expresión intranquila de East, la de frustración de Wade y la resignada de Hunter.

La vergüenza me embarga. Maldita sea, mi intención era demostrar a estos chicos que los Royal no respondemos a cualquier gilipollez con violencia y, ¿qué he hecho? Liarme a puñetazos. Joder.

Capítulo 6

Ella

La noticia del arresto de Reed se expande como la pólvora. Mientras trabajo tras el mostrador de la pastelería, oigo murmullos y siento el peso de las miradas de la gente. El nombre de los Royal se menciona con frecuencia. Una mujer mayor con mucho estilo, que entra cada lunes para tomarse un bizcocho de arándanos y una taza de té Earl Grey, me pregunta categóricamente:

—¿Eres tú la pupila de los Royal?

—Sí. —Paso su tarjeta platino y se la devuelvo.

Ella aprieta sus labios rosas.

—No parece un buen ambiente para una muchachita.

—Es el mejor hogar que he tenido hasta ahora. —Me arden las mejillas, en parte por vergüenza, pero también por indignación.

Pese a todos sus defectos —y los Royal tienen muchos—, mi afirmación es totalmente cierta. Nunca he tenido nada mejor. Durante mis primeros diecisiete años viví con mi veleidosa madre, con una mano delante y otra detrás. Vivía cada día con la duda de si tendríamos suficiente para comer o un techo sobre nuestras cabezas para pasar la noche.

—Pareces una chica simpática —responde la mujer. Su forma de comportarse me dice que se reserva la opinión sobre ese comentario.

Sé lo que piensa. Puede que sea una chica simpática, pero vivo con esos malvados Royal y uno de ellos aparece en la portada del *Bayview News* como presunto sospechoso por la muerte de Brooke Davidson. No hay mucha gente que sepa quién era Brooke más allá de que alguna vez fue la acompañante de Callum, pero todos conocen a los Royal. Son la empresa más grande de Bayview, si no del Estado entero.

—Gracias. Le traeré su pedido cuando esté listo. —La despacho con una educada sonrisa y me giro hacia el próximo cliente, una mujer profesional, más joven, que está claramente dividida entre oír el cotilleo o ir a la cita para la cual se ha vestido con tanta elegancia.

Cuando le hago un gesto con la mano para que me pase su tarjeta, ella se decanta por no llegar tarde a su cita. Gran decisión, señora.

La cola avanza y con ella los comentarios: algunos no son más que susurros, pero otros retumban intencionadamente por toda la cafetería. Los ignoro todos. También mi jefa, Lucy, los ignora, aunque en su caso se debe más a lo ocupada que está que a una deliberada indiferencia.

—Menuda mañana más rara, ¿verdad? —comenta Lucy cuando cuelgo mi delantal en el perchero de atrás. Está de harina hasta las cejas.

—¿Por qué lo dices? —finjo no saber de qué me habla.

Cojo una magdalena y un dónut para Reed de los montones de pasteles en proceso de enfriarse. Si yo estuviera en su situación sería incapaz de dar un bocado, pero ese chico debe de tener un estómago de hierro. Al parecer, que lo acusen por asesinato no le quita ni una pizca de hambre.

Lucy se encoge de hombros.

—El ambiente estaba extraño. Todos andaban muy callados.

—Es lunes —digo, y esa respuesta parece satisfacerla.

Después de guardar los dulces, me echo la mochila al hombro y me encamino hacia Astor Park. Es difícil de creer que tan solo hayan pasado unos cuantos meses desde que empecé el colegio aquí. El tiempo vuela cuando te enfrentas a los abusones y te enamoras.

Easton es el único que me espera en los escalones cuando llego después del trabajo. Frunzo el ceño, porque Reed siempre suele estar con él, pero no veo a mi chico por ninguna parte. Está claro, por lo solo que se encuentra Easton, que los estudiantes de Astor Park están al corriente de las noticias; cualquier otro día estaría rodeado de chicas.

—¿Qué me has traído, hermanita? —Easton se acerca a mí corriendo y me quita la caja de cartón de las manos.

—Donuts, magdalenas. —Echo otro vistazo alrededor—. ¿Dónde está Reed?

Easton no levanta la vista de la caja, así que no percibo su expresión. Sí me fijo en que sus hombros se tensan un poco.

—Hablando con el entrenador. —Es todo lo que dice.

—Oh. Vale. ¿En plan reunión o algo así?

—Algo así.

Entorno los ojos.

—Hay algo que no me estás contando, ¿verdad?

Antes de que tenga oportunidad de responder, Val corre en nuestra dirección.

—¡Hola, nena! —Me rodea los hombros con un brazo. O todavía no ha leído los periódicos o no le importa. Espero que sea lo último.

—Hola, Val. —Al saludarla, no se me pasa por alto la expresión de alivio que aparece en el rostro de Easton. Está claro que me oculta algo.

La mirada de Val se desliza hasta la caja de cartón.

—Dime que me has traído algo —ruega.

—Una magdalena con trocitos de chocolate —sonrío, divertida, mientras ella saca la magdalena y le da un enorme bocado—. ¿Una mala mañana?

—No te haces a la idea. La alarma de Jordan sonó a las cinco de la mañana y no se despertó hasta que *Rise* de Katy Perry sonó por quinta vez. Es oficial: odio a Katy Perry y a Jordan.

—¿Eso es lo que te hace odiar a Jordan? —En las crónicas de las chicas malas, Jordan Carrington podría ser la santa patrona. Hay muchísimas cosas por las que odiarla aparte de sus gustos musicales.

Val se ríe.

—Entre otras cosas. En fin, eres una diosa. Y una soldado, porque tu mañana ha debido de ser mil veces peor que la mía.

Frunzo el ceño en su dirección.

—¿A qué te refieres?

Arquea una ceja y eso hace que su rostro de duendecillo se parezca aún más a uno de verdad.

—Me refiero a que Reed le ha pegado una paliza a Ronald Richmond en el entrenamiento. Todos hablan de ello, ha pasado hace apenas una hora.

Me quedo boquiabierta. Luego me giro y fulmino a Easton con la mirada.

—¿Reed le ha pegado una paliza a alguien? ¿Por qué no me lo has dicho?

Sonríe con un trozo de dónut en la boca y me veo obligada a esperar a que trague antes de obtener una respuesta.

—Porque no tiene importancia, ¿vale? Richmond habló más de la cuenta y Reed le paró los pies. Ni siquiera lo han expulsado ni nada. El entrenador le ha dado un aviso... Ya estoy de camino a la entrada principal. ¡No me puedo creer que Reed se haya metido en una pelea y que Easton no me lo haya dicho!

—¡Espera! —me grita Val.

Me detengo y dejo que me alcance, pero acelero de nuevo el paso en cuanto se pone a mi lado. A lo mejor soy capaz de interceptar a Reed antes de que entre a su primera clase. Sé que puede arreglárselas en una pelea, pero quiero verlo con mis propios ojos y asegurarme de que está bien.

—He leído el periódico esta mañana —dice Val en voz baja mientras me sigue el paso a grandes zancadas—. Mis tíos estaban hablando de ello. Las cosas andan mal en el palacio Royal, ¿eh?

—Peor que mal —admito.

Ya estamos a medio camino del ala de los de último curso cuando suena el timbre de la primera clase. Mierda. Me paro de golpe; no sé si correr para ver a Reed o llegar a tiempo a mi clase. Val me pone la mano en el brazo y resuelve mi dilema:

—Si ya está en clase, el profesor no te dejará entrar y hablar con él —señala.

Tiene razón. Hundo los hombros y doy media vuelta. De nuevo, Val me sigue el ritmo.

—Ella.

No me detengo.

—Ella. Vamos. Espera. —Me agarra de nuevo del brazo y veo preocupación en su rostro cuando me examina—. No ha matado a nadie.

Ni siquiera soy capaz de explicar lo aliviada que me siento de oírla decir eso. Mis propias dudas sobre la inocencia de Reed no han dejado de carcomerme por dentro desde que lo arrestaron. Me odio a mí misma por considerar la posibilidad de que lo haya hecho, pero cada vez que cierro los ojos recuerdo sus puntos saltados, la sangre, y que no me dijo nada sobre haber ido al ático.

—Por supuesto que no —me obligo a decir.

Entorna los ojos.

—¿Entonces por qué pareces tan preocupada?

—No estoy preocupada. —Espero que mi tono firme sea convincente. Creo que sí, porque sus rasgos se relajan—. Es solo que... todo se ha complicado tanto, Val. El arresto de Reed, Steve ha vuelto...

—¿Qué? —exclama.

Me lleva un segundo recordar que ni siquiera le he contado lo de mi padre todavía. No quería hacerlo enviándole un mensaje y ayer no tuve tiempo de llamarla por culpa del caos que había en casa.

—Sí, Steve ha vuelto. ¡Sorpresa! No está muerto, al parecer.

Val se muestra un poco aturdida.

—¿Estás de coña, no?

—No. —Antes de poder darle más detalles, el segundo timbre suena. Eso significa que tenemos aproximadamente un minuto para llegar a clase—. Te lo explicaré todo en el almuerzo, ¿de acuerdo?

Val asiente despacio, todavía con la sorpresa impresa en el rostro. Nos separamos en el siguiente pasillo y me dirijo a mi primera clase.

En los tres segundos que me lleva sentarme en mi pupitre, descubro que Val no es la única que ha leído el periódico. Cuando la profesora se coloca un momento de espaldas a la clase, algún imbécil se inclina dos pupitres más atrás para decirme en un susurro alto:

—Puedes venir a vivir a mi casa si tienes miedo de que te maten en la cama, Ella.

Lo ignoro.

—O a lo mejor eso es lo que os pone a las tías como tú.

Cuando pisé el Astor Park por primera vez aprendí muy rápido que la mayoría de los chicos aquí no se merecen ni mi tiempo ni mi esfuerzo. El campus es precioso y parece una imagen de postal, con sus terrenos verdes bien cuidados y sus altos edificios de ladrillo, pero está lleno de los adolescentes más infelices e inseguros que he tenido la desgracia de conocer.

Me giro en mi silla, me inclino hacia atrás, más allá de la mesa de Bitsy Hamilton, y fulmino con la mirada al gilipollas que ha hablado.

—¿Cómo te llamas?

Parpadea.

—¿Qué?

—Tu nombre —repito con impaciencia—. ¿Cuál es?

Bitsy levanta una mano para esconder una sonrisa. El rostro del imbécil se retuerce y una mueca de indignación aparece en su rostro.

—Aspen —responde con severidad.

—¿Aspen? ¿En serio? —Menudo nombre más tonto.

Bitsy apenas puede contener la risa.

—Sí que es Aspen, de veras —dice medio ahogada.

—Madre mía, vale. En fin, *Aspen*. He lidiado con más cosas en mi corta vida de lo que tú llegarás a experimentar jamás, así que todos los insultos estúpidos que se te ocurran solo te harán parecer patético. No me importa una mierda lo que pienses de mí. En realidad, si no me dejas en paz y te planteas siquiera volver a mirar en mi dirección, volverte completamente loco será mi único propósito este semestre. Meteré marisco podrido en tu taquilla. Te romperé los deberes. Diré a todas y cada una de las chicas de este colegio que tienes gonorrea. Haré que se recreen imágenes tuyas llevando ropa interior de mujer y que las distribuyan en tamaño póster por todo el colegio. —Le sonrío con frialdad—. ¿Quieres que te ocurra todo eso?

El rostro de Aspen se queda blanco como la nieve de la ciudad por la que lo bautizaron.

—Solo bromeaba —murmura.

—Tus bromas son una mierda. Espero que tu papi te busque trabajo, porque no creo que tú, con tu diminuto cerebro, seas capaz de superar la universidad.

Luego me giro y vuelvo a encarar la parte delantera del aula.

A la hora del almuerzo, nuestra mesa está apagada. Pongo a Val al día acerca de la repentina reaparición de Steve, pero no tengo ocasión de contarle cuánto me ha alterado eso, porque Reed, Easton y Wade se nos unen en vez de sentarse en la mesa de los jugadores de fútbol.

Esa es la primera señal de que pasa algo. Es decir, han acusado a Reed de asesinato, así que la vida va mal en general, pero el hecho de que no se siente con sus compañeros de equipo indica que las cosas están peor de lo que pensaba.

—¿De verdad no te has metido en ningún lío por pelearte en el colegio? —murmuro en su dirección mientras se acopla en el asiento que hay junto al mío.

Él niega con la cabeza.

—Me han puesto un aviso. —Me mira con expresión atormentada—. El problema es que mi padre y su abogado se enterarán y no les hará mucha gracia.

A *mí* no me hace ninguna, pero le dedico una sonrisa porque ya está bastante estresado. Es solo que... Quiero a Reed, de verdad que sí, pero su mal genio es su peor enemigo. Si no se controla, las cosas podrían empeorar un millón de veces más para él.

Al otro lado de la mesa, Val remueve su ensalada de col en el plato. Alterna la mirada entre Wade y su plato. Él hace exactamente lo mismo: mira a Val con disimulo y después se centra de nuevo en su hamburguesa. Se esfuerzan mucho por no cruzar la mirada y, por alguna razón, eso me anima. Me alegra ver que no soy la única que se siente como una desgraciada.

La culpa me invade de inmediato, porque si Val evita a Wade con tanto esmero y él está demasiado avergonzado como para mirarla a los ojos, entonces algo malo debe de haber sucedido. Me apunto una nota mental para preguntárselo a Val cuando estemos solas.

—Y... —dice Wade cuando el silencio se vuelve insoportablemente largo—. ¿Quién tiene ganas de que llegue el Baile de Invierno?

Nadie responde.

—¿En serio? ¿Nadie? —Dirige una mirada incisiva hacia Val—. ¿Y tú qué, Carrington? ¿Vas a ir con alguien?

Ella le dedica una fría mirada.

—No iré.

La mesa se queda otra vez en silencio. Val picotea su ensalada con la misma energía que yo lo hago con el pollo en mi plato.

—¿No tienes hambre? —pregunta Reed con voz ronca.

—No tengo mucho apetito —admito.

—¿Estás preocupada? —murmura.

—Un poco.

Más bien mucho, pero escondo la verdad y esbozo otra sonrisa. Creo quc Reed ve a través de ella, porque se inclina y me besa. Dejo que me distraiga con su boca porque me sabe a gloria, pero en el fondo sé que esto es solo una cura temporal.

Me aparto y le digo exactamente eso:

—No conseguirás que deje de preocuparme a base de besos.

Su mano recorre mi costado hasta acoplarse justo bajo mi pecho. Su pulgar roza la curva inferior y me estremezco. Lo miro atentamente a sus ojos azules, llenos de una perversa promesa, y decido que a lo mejor sí puede quitarme la preocupación con besos. Aparto unos cuantos mechones de su pelo sedoso de su cara y pienso que ojalá estuviésemos solos y pudiera cumplir sus silenciosas promesas. Sus manos tiran de mí hacia adelante para poder besarme otra vez. Esta vez abro la boca y dejo que su lengua entre.

—No hagáis eso mientras como —se queja Easton—. Me quitáis el apetito.

—No creo que eso sea posible —dice Val.

Sonrío contra la boca de Reed y luego me acomodo de nuevo en mi asiento.

—Pues yo me estoy poniendo cachondo. ¿Alguien quiere venirse conmigo al baño? —pregunta Wade animadamente.

Val mantiene la boca cerrada con firmeza.

—Todo irá bien —me tranquiliza Reed—. Menos el estómago de Easton, quizá. Puede que necesite atención médica después de meterse todos esos carbohidratos. —Hace un gesto hacia la montaña de pasta en el plato de Easton.

—Soy un ávido comensal —responde su hermano.

Intento seguir el mismo camino que Reed para animar el ambiente.

—¿Cuál fue tu excusa la semana pasada cuando te comiste una caja entera de galletas?

—Solo tenía hambre. Además, eran galletas. ¿Quién necesita una excusa para comer galletas?

—Tengo la impresión de que es una pregunta sexual —añade Wade—. Y la respuesta correcta es que nadie, nunca, necesita una excusa para comer galletas.

—Pero sí que se necesita permiso —comenta Val con sequedad y mira a Wade directamente por primera vez desde que se ha sentado a nuestra mesa—. Y si te comes las galletas de otra persona, entonces las demás pastelerías no se interesarán en ofrecerte las suyas.

Luego se levanta de la mesa y se va.

—¡Eh! —grita Wade a su espalda—. ¡Yo solo me comí esas galletas una vez y únicamente porque la pastelería de la que quería las galletas estaba cerrada!

Se levanta de la mesa y se corre detrás de Val. Easton, Reed y yo permanecemos sentados en la mesa, perplejos por lo que acaba de suceder.

—Tengo la sensación de que no hablaban de galletas —declara Easton.

No me digas. De todas formas, por mucho que odie ver a Val enfadada, no puedo evitar envidiar sus preocupaciones. Los problemas amorosos son mucho más sencillos de manejar cuando no estás preocupada porque tu novio pueda ir a la cárcel.

Capítulo 7

Reed

En el preciso instante en que atravieso la puerta de entrada, mi padre aparece en el vestíbulo y me apunta con el dedo.

—Te quiero en mi estudio. Ahora.

Ella y yo intercambiamos una mirada alarmada. No hay que ser muy listo para saber que ya le ha llegado la noticia de mi pelea con Richmond. Mierda. Quería contárselo yo.

—¿Voy contigo? —pregunta Ella con una mueca.

Tras un segundo de duda, sacudo la cabeza.

—Nah. Ve arriba y haz deberes o algo. No será agradable. —Al verla vacilar, le doy un pequeño empujoncito—. Ve. Yo subo enseguida.

Espero en la entrada hasta que desaparece en el piso de arriba y luego suelto el suspiro infeliz que he contenido durante todo el día. El colegio ha sido una puta mierda hoy, y no solo porque le haya partido la nariz a un compañero de equipo. Los murmullos y las miradas me han afectado. Normalmente no me importa en absoluto lo que mis compañeros piensen de mí, pero hoy la tensión en el aire era casi asfixiante.

Todos se preguntan si he matado a Brooke. La mayoría lo cree, incluso algunos de mis propios compañeros de equipo. Joder, a veces pienso que hasta Ella lo cree. No me lo ha dicho, pero durante la hora del almuerzo la he pillado observándome cuando creía que no estaba atento y tenía una expresión extraña en el rostro. Ni siquiera sé describirla. No era de duda en sí, sino de aprehensión, tal vez. También he visto un atisbo de tristeza.

Me he dicho a mí mismo que estaba sacando las cosas de quicio, pero una parte de mí se pregunta si ella de verdad tiene dudas, si me observa de esa manera para decidir si está saliendo con un asesino o algo por el estilo.

—Reed.

La dura voz de mi padre me saca de mi ensimismamiento. Recorro el pasillo hasta su estudio y mi ánimo se hunde por completo cuando diviso a Grier detrás del imponente escritorio. Mi padre se sienta en un sillón cercano.

—¿Qué pasa? —pregunto al instante.

—¿De verdad tienes que preguntar? —La expresión en el rostro de mi padre es seria y amenazadora—. Recibí una llamada del director esta mañana. Me ha contado tu rabieta en los vestuarios. Me enfado.

—No era una rabieta. Richmond estaba diciendo mierdas de mamá.

Por primera vez en la vida, la mención de mi madre no logra que se suavice.

—Como si hubiese insultado a Jesucristo, ¡no puedes meterte en peleas en el colegio, Reed! Ya no, ¡y menos cuando estás acusado de asesinato en segundo grado!

La vergüenza y la ira se adueñan de mi interior. El rostro de mi padre está rojo, tiene los puños apretados en los costados, pero más allá de la furia reflejada en sus ojos, veo algo más: decepción. No recuerdo la última vez que me importó haber decepcionado a mi padre, pero ahora mismo sí me importa.

—Siéntate, Reed —pide Grier, que tiene preparada la pluma dorada sobre su libretita—. Hay unos cuantos asuntos que debemos tratar.

Reacio, me acerco a unas de las sillas acolchadas y me siento. Mi padre se acomoda en la otra con el cuerpo tenso.

—Discutiremos el tema de la pelea en un momento —dice Grier—. Primero tienes que contarme por qué han encontrado tu ADN en las uñas de Brooke.

Me quedo completamente a cuadros.

—¿Qué?

—Hoy he hablado con el fiscal de distrito adjunto y también con los agentes a cargo de la investigación. Estaban esperando a que se llevara a cabo la prueba de ADN antes de divulgar los detalles, pero ya tienen los resultados y, créeme, estaban ávidos por compartirlos. —El rostro de Grier se torna más serio—. Han encontrado células de piel en las uñas de Brooke. El ADN coincide con el tuyo.

—¿Cómo se han hecho con mi ADN? —exijo saber—. Yo no les di una muestra.

—Lo tienen desde tu último arresto.

Me encojo de dolor. «Último arresto». Suena fatal.

—¿Pueden hacer eso?

—Cuando te fichan, es para siempre. —El abogado remueve unos cuantos papeles mientras mi padre me observa con expresión sombría—. Vamos a repasar esa noche, paso a paso y segundo a segundo. No te dejes nada: si te tiraste un pedo, quiero saberlo. ¿Qué hiciste después de ir a ver a Brooke?

—Volví a casa.

—¿Justo después?

—Sí.

El semblante de Grier se endurece.

—¿Estás seguro de eso?

Frunzo el ceño.

—Eso... creo.

—Respuesta incorrecta. La cámara de seguridad te grabó llegando una hora después.

—¿Llegando a dónde?

—Aquí —espeta, molesto—. Tu casa tiene cámaras de seguridad, Reed, ¿o es que lo has olvidado?

Miro a mi padre, que asiente con tristeza.

—Hemos comprobado las cintas mientras estabas en clase —me cuenta—. Según las cámaras, llegaste a casa a las diez de la noche.

—Una hora después de que abandonaras el ático de O'Halloran —señala Grier.

Me esfuerzo en hacer memoria sobre esa noche.

—Conduje un rato por la ciudad —digo despacio—. Seguía cabreado por la conversación con Brooke. Quería calmarme antes de...

—No —interrumpe mi padre.

—No, ¿qué? —Estoy muy confuso ahora mismo.

—Eso no lo digas, ¿me oyes? No puedes insinuar, ni siquiera entre nosotros, que necesitabas calmarte esa noche. Discutiste con Brooke, pero no fue gran cosa —dice con firmeza—. Estabas calmado cuando llegaste y cuando te fuiste.

La frustración se arremolina dentro de mí.

—¿Qué importa si conduje durante una hora o tres o diez? —exploto—. Sus cintas revelan que salí del ático veinte minutos después de llegar allí. ¿Qué importancia tiene que llegara a casa una hora después?

—Reclamarán las grabaciones de tus cámaras de seguridad —le comenta Grier a mi padre, como si yo no hubiese hablado siquiera—. Solo es cuestión de tiempo.

—Otra vez, ¿y qué importa? —presiono.

Grier me señala con la pluma.

—Importa porque mentiste. Si mientes una sola vez en el estrado, te crucificarán.

—¿El estrado? ¿Tendré que testificar? —El torbellino de emociones hace que se me encoja el estómago. Todo este tiempo me he estado diciendo que la policía encontraría al verdadero asesino durante la investigación, pero parece que piensan que soy *yo*.

—Los agentes se percataron de que te tocaste la cintura unas cuantas veces y que te manchaste la camiseta de sangre a lo largo del interrogatorio.

—Mierda —murmuro. Siento como si me hubiesen atado una cuerda al cuello.

—¿Eso cómo sucedió? —me presiona Grier.

—No lo sé. ¿A lo mejor mientras conducía? ¿O cuando me estiré para alcanzar algo?

—¿Y cómo te hiciste esa herida?

No hay que ser abogado para saber que mi próxima admisión va a sonar mal.

—Me apuñalaron en el muelle.

—¿Y por qué fuiste allí?

—Para pelear —murmuro en voz baja.

—¿Perdón?

—Para pelear. Fui a pelearme.

—¿Fuiste a pelearte? —repite.

—No hay ninguna ley que prohíba pelear.

Uno de los tipos con los que peleo en el muelle es el hijo de un procurador general adjunto. Dice que, si todos estamos de acuerdo en participar, no hacemos nada malo. Querer que nos peguen no es ningún delito.

Sin embargo, supongo que puede servir como prueba de que alguien es violento y posiblemente homicida.

—¿Sin intercambio de dinero? Conozco a un tal Franklin Deutmeyer, también conocido como Dos de Bastos, que dice que Easton Royal apuesta con él en los partidos de fútbol. ¿Me estás diciendo que nunca apuesta en tus peleas? —Grier no espera a que le mienta—. Hemos entrevistado a Justin Markowitz, quien afirma que hay mucho movimiento de dinero.

No parece necesitar una respuesta y, efectivamente, Grier se inclina hacia adelante como si estuviese a punto de soltar el argumento final para dejarme sin recursos.

—Peleas por dinero. Peleas porque te hace sentir bien. Mandaste a un chaval al hospital sin razón...

Esta vez lo interrumpo:

—Insultó a mi madre.

—¿Igual que el tal Richmond al que le has partido la nariz hoy? ¿También él ha insultado a tu madre?

—Sí —digo con severidad.

—¿Y Brooke, qué? ¿También insultó a tu madre?

—¿Qué insinúas? —gruñe mi padre.

—Insinúo que tu hijo tiene mal carácter —espeta Grier—. Solo hace falta respirar sobre la tumba de su madre y...

Mi padre se encoge de dolor.

—... y pierde el control. —Grier arroja la pluma sobre la mesa y me fulmina con la mirada—. El fiscal se está frotando las manos con este caso, no sé por qué. Tienen muchos sin resolver, homicidios que ocurren habitualmente debido al tráfico de drogas, corredores de apuestas como Dos de Bastos que aceptan dinero de menores... pero les gusta este caso y les has gustado tú como culpable. Nuestros investigadores han indagado un poco y hay rumores de que Dinah O'Halloran puede haber mantenido una relación con el fiscal de distrito, Pat Marolt.

Ahora es mi padre quien maldice.

—Mierda.

La cuerda se tensa aún más.

—Interrogarán a todos y cada uno de tus compañeros de clase. Si has tenido problemas con alguno de ellos, es mejor que me lo cuentes ahora.

—Se supone que eres uno de los mejores abogados del estado —dice mi padre con impertinencia.

—Me pides que obre un milagro —le devuelve Grier.

—No —interrumpo—. Te pedimos que descubras la verdad. Porque, aunque no me importe recibir unos cuantos puñetazos en la cara, sí que me importa ir a la cárcel por algo que no he hecho. Soy un cabrón, de eso no hay duda, pero no pego a las mujeres y nunca, jamás, mataría a una.

Papá se acerca y apoya una mano en mi hombro.

—Tú gana este caso, Grier. No me importa lo que tengas encima de la mesa ahora mismo. Nada importa hasta que Reed esté libre.

El *o no tengas* está implícito.

Grier aprieta los labios, pero no hace ninguna objeción. En cambio, se pone en pie, recoge sus papeles y dice:

—Me pondré a ello.

—¿Qué deberíamos hacer mientras la investigación esté en marcha? —pregunta mi padre mientras acompaña a Grier hasta la puerta.

Me quedo sentado en la silla y me pregunto cómo cojones ha llegado mi vida a este punto. Bajo la mirada hasta mis manos. ¿La maté? ¿Soñé que salía del ático? ¿Sufro alguna especie de pérdida de memoria temporal?

—Sonreíd, actuad como de costumbre, y tú finge no ser el culpable.

—No lo soy —gruño.

Grier se detiene en el pasillo.

—El fiscal necesita medios, un motivo y la oportunidad de demostrar el delito. Alguien estrelló la cabeza de Brooke contra la chimenea con la fuerza suficiente como para lograr que su cerebro se descolgara de la espina dorsal. Tú eres fuerte y grande y te gusta pegar a la gente. Te tienen grabado en vídeo en los momentos clave y tienen un motivo. Oh, ¿y Ella Harper?

Me tenso.

—¿Qué pasa con ella?

—Aléjate de ella —dice Grier con voz carente de emoción—. Es tu mayor debilidad.

Capítulo 8

Ella

Reed me está esperando en las escaleras cuando llego al colegio. Esta vez es Easton el que falta, pero casi que agradezco estar a solas con Reed, sobre todo después de lo de anoche. Su reunión con Callum y Grier lo dejó taciturno y callado; fue la primera noche en muchísimo tiempo que no durmió en mi cuarto. No le supliqué que se quedara, pero sí lo presioné para que hablara conmigo.

Por lo poco que me contó, supongo que el abogado está preocupado por sus peleas y porque no tiene coartada que justifique la hora que tardó en llegar a la mansión Royal después de salir del ático. Esa parte es la que no entiendo del todo. ¿Qué más da si no se fue directo a casa? No significa que hiciese nada sospechoso, sobre todo porque los polis saben que se marchó del ático veinte minutos después de llegar allí.

Aun así, si a Grier y a Callum les preocupa tanto, debe de ser importante. Así que eso es lo primero que le digo a Reed tras darle un beso a modo de saludo.

—Sigo sin entender por qué esa hora en la que estuviste conduciendo importa tanto.

Sus ojos se oscurecen, y, combinados con su camisa suelta y su americana desabotonada, le dan la apariencia de un chico malo. A mí no me atraían los chicos malos antes de conocerlo, pero en él lo encuentro tremendamente irresistible.

—No importa nada —murmura.

—¿Entonces por qué el abogado está tan preocupado por ello?

Reed se encoge de hombros.

—No lo sé, pero no quiero que *tú* te preocupes por eso, ¿vale?

—No puedo evitarlo. —Vacilo. No quiero sacar de nuevo a colación esta idea porque sé que lo cabrea, pero lo suelto—.

Todavía tenemos tiempo de huir —sugiero, y luego miro en derredor para asegurarme de que nadie esté pendiente de nuestra conversación. Bajo la voz y susurro—: No quiero quedarme sentada y esperar a que te encierren.

Reed suaviza su expresión.

—Nena, eso no pasará.

—¿Cómo lo sabes? —Un sentimiento de impotencia me arrolla—. Ya perdí a la única otra persona que significaba algo para mí. No quiero perderte a ti también.

Con un suspiro, Reed me estrecha entre sus brazos y me da un beso en la frente.

—No me perderás.

Su boca baja todavía más y encuentra la mía. Desliza la lengua entre mis labios, lo cual me roba el aliento y logra que se me doblen un pelín las rodillas. Me agarro a sus bíceps para no caerme.

—Eres la persona más fuerte que conozco —susurra contra mis labios—. Así que sé fuerte por mí, ¿vale? No huiremos. Vamos a quedarnos y a luchar.

Antes de poder responder, el ruido de un motor llama mi atención. Me giro justo a tiempo para ver entrar en la calle un coche patrulla que se detiene frente al edificio principal del colegio. Ambos nos tensamos de inmediato.

—¿Están aquí por ti? —pregunto nerviosa.

Su expresión se ensombrece otra vez. No aparta la vista del coche patrulla.

—No lo sé. —Su rostro se enturbia cuando un hombre bajo, fornido y calvo se baja del asiento del conductor—. Mierda.

—¿Lo conoces? —siseo.

Él asiente.

—El agente Cousins. Es uno de los polis que me interrogaron la otra noche.

Ay, Dios. Esto no puede ser bueno. Cousins se acerca a nosotros con paso firme en cuanto nos ve en los escalones.

—Señor Royal —saluda con frialdad.

—Agente —responde Reed, igual de frío.

Existe un tenso momento de silencio antes de que el agente desvíe su aguda mirada hacia mí.

—Ella O'Halloran, supongo.

—Harper —escupo.

Él pone los ojos en blanco, lo cual me parece un tanto grosero.

—Bueno, señorita *Harper*. Usted es, de hecho, la primera persona en mi lista esta mañana.

Frunzo el ceño en su dirección.

—¿En su lista de qué?

—De testigos. —Cousins me sonríe. Parece un engreído con esos aires de superioridad—. El director me ha dado permiso para entrevistar a algunos alumnos en su oficina. Si me sigue por aquí, por favor...

Me quedo quieta. Callum ya me advirtió de que esto podría suceder, así que estoy preparada:

—Lo siento, pero eso no va a suceder. Mi tutor debe estar presente para llevar a cabo cualquier entrevista. —Le devuelvo la sonrisa, también muy engreída—. Y también mi abogado.

El agente abre los ojos de par en par.

—Ya veo, así es como vamos a jugar. —Asiente con cortesía—. Entonces me pondré en contacto con su tutor.

Después, pasa por nuestro lado y desaparece por las puertas de entrada. En cuanto se va, mi fachada de seguridad se esfuma y miro a Reed con urgencia.

—¿Hablará con estudiantes hoy? ¿Con quién?

—No lo sé —dice Reed, serio.

—Ay, Dios, Reed, esto es malo. Muy, muy malo.

—No pasará nada —asegura, pero a su tono le falta su confianza habitual—. Vamos. Tenemos que ir a clase. Mándame un mensaje si tienes problemas, ¿vale?

—¿Por qué iba a tener problemas? —tanteo con inquietud.

Su respuesta es enigmática.

—Los chicos están revueltos.

Toda esta conversación —y el agente Cousins que aparece de la nada— no ha servido en absoluto para aliviar mi angustia, y creo que Reed lo sabe, pero dibuja una nueva sonrisa y me acompaña a clase como si no pasara nada. Tras un beso rápido se aleja en la dirección opuesta. Soy incapaz de deshacerme de la preocupación. Me pesa como una manta enorme, y para cuando entro en la clase de química y me acomodo en mi sitio habitual, junto a Easton, la desesperación se ha filtrado ya por cada poro de mi cuerpo.

—¿Qué pasa? —pregunta de inmediato.

Me inclino hacia él para susurrárselo al oído:

—La poli está aquí para interrogar a la gente sobre Reed.

Easton permanece impertérrito.

—Nadie de aquí sabía siquiera lo de Reed y Brooke —me responde—. Las charlas no servirán para nada.

Examino la clase para cerciorarme de que nadie nos presta atención.

—Pero todos saben lo de sus peleas. —Otra idea se me ocurre—. Y Savannah sabe lo de Dinah.

Frunce el ceño.

—Eso no tiene nada que ver con Brooke.

—No, pero puede que le den la vuelta a esa información.

—Uno las manos cuando el nerviosismo regresa, con mucha más fuerza que antes—. Si averiguan que Dinah chantajeaba al hermano de Reed, puede que se les ocurra alguna teoría estúpida en la que Reed fuese al ático en busca de Dinah y matara a Brooke en vez de a ella.

Es un pensamiento ridículo, pero es lo bastante plausible como para que Easton se preocupe.

—Mierda.

—Si hablan con Savannah, ¿crees que dirá algo?

Niega con la cabeza despacio.

—No creo…

No es suficiente para mí. Ni de lejos.

—Tenemos inglés con ella después. Hablaré con ella.

—¿Y qué? ¿La amenazarás con partirle las piernas si se va de la lengua? —Su sonrisa es débil y forzada.

—No, pero me aseguraré de que se entere de lo importante que es que no saque el tema de Gideon y Dinah.

—Sav odia a los Royal —dice con voz cansada—. Le digas lo que le digas, no creo que la convenzas para que mantenga la boca cerrada.

—A lo mejor no, pero debo intentarlo.

Después de química, corro hacia la primera planta para intentar interceptar a Savannah Montgomery antes de que llegue a nuestra clase de inglés.

La exnovia de Gideon es la persona más contradictoria que he conocido nunca. Fue quien me enseñó el Astor Park cuando llegué y, aunque fue un poco cabrona ese día, también me ofreció muchos consejos sobre cómo sobrevivir en este colegio. A pesar de haber mantenido las distancias y no hablarnos demasiado en clase, también me advirtió sobre Daniel Delacorte, e incluso nos ayudó a Val y a mí a vengarnos de ese pervertido. Así que supongo que es una aliada, ¿no?

Sinceramente, no lo sé. Algunos días es difícil de leer, y otros, totalmente imposible. Hoy es uno de esos en los que es ilegible. Frunce el ceño cuando me ve deambular junto a la puerta, pero me saluda y no suena demasiado hostil.

—¿Podemos hablar un momento? —pregunto con voz suave.

La sospecha se refleja en sus ojos.

—¿Por qué?

Hago acopio de algo de paciencia.

—Porque tenemos que hablar.

—La clase está a punto de empezar.

—El señor Winston siempre llega diez minutos tarde, y lo sabes. Tenemos tiempo. —Le suplico con los ojos—. ¿Por favor?

Tras un segundo, asiente.

—Vale, pero que sea rápido.

Caminamos en silencio por el pasillo hacia un grupo de taquillas colocadas en el pasillito. En cuanto estamos solas, no pierdo el tiempo.

—La policía ha venido hoy para entrevistar a algunos amigos y compañeros de Reed.

No parece muy sorprendida.

—Sí, lo sé. Ya me ha llegado la orden de ir a la oficina de Beringer. Hablaré con ellos a la hora del almuerzo. —Pone los ojos en blanco—. Querían sacarme de clase y yo me he quedado en plan «y una mierda». No voy a perder clases porque un Royal haya matado a la novia de su padre.

Me encojo de dolor como si me hubiera pegado una bofetada.

—Reed no ha matado a nadie —replico entre dientes.

Savannah se encoge de hombros.

—Tampoco me importa si ha sido así. Nunca me gustó Brooke.

Arrugo la frente. ¿Acaso conocía Savannah a Brooke? Me quedo un poco confundida durante un segundo, hasta que caigo en la cuenta de que sí la conocía: se refirió a ella como un «extra» el día que me dio el *tour* por Astor Park, y salió con Gideon un año entero, así que tuvo que encontrársela en la casa un montón de veces.

—Esa mujer era basura —añade—. Una cazafortunas con C mayúscula.

—Aun así, Reed no la mató.

Arquea una ceja de forma perfecta.

—¿Eso es lo que quieres que le diga a la poli?

Me trago mi frustración.

—Puedes decirles lo que quieras, porque no lo hizo. Quería hablarte de otra cosa.

—¿Qué otra cosa?

Echo un vistazo al pasillo. Está vacío.

—Lo de Gideon y Dinah.

Según Reed, Dinah cogió el teléfono de Gid y robó los desnudos que él y Savannah se habían intercambiado. Con esa munición, mantiene una acusación por corrupción de menores, ya que Savannah solo tenía quince años por aquel entonces y Gideon dieciocho.

Al pronunciar el nombre de Gideon, la expresión precavida de Savannah se transforma en otra de pura malicia.

—¿Te refieres a cuando mi exnovio se zumbó a esa asquerosa asaltacunas? —espeta.

—Sí, y a que esa asquerosa asaltacunas le chantajea con las fotos que *tú* le enviaste —le devuelvo.

Esta vez es su turno para acusar el comentario y encogerse como si la hubiera golpeado.

—¿Insinúas que es culpa mía que Gid esté metido en este lío? ¡Porque no es así! Él me engañó. Fue él quien se tiró a esa horrible mujer, y fue culpa *suya* que se obsesionara con él y le robara el teléfono. ¡Lo único que hice fue mandarle fotos a mi novio, Ella!

No quiero perder el control de la conversación, así que me apresuro a hablar con un tono calmado y nada amenazador.

—No te culpo para nada —le prometo—. Lo que digo es que estás metida en esto lo quieras o no. Gideon podría meterse en muchos problemas si la poli averigua lo de Dinah y las fotos.

Savannah no responde.

—Sé que lo odias, pero también sé que no quieres que vaya a la cárcel. Contarle eso a la policía solo serviría para que, de algún modo, usen esa información en contra de Reed. —La miro fijamente—. Y Reed es inocente. —O al menos eso creo.

Se queda en silencio un largo rato, tanto que no estoy segura de que me haya entendido. Al final suelta un suspiro pesado y asiente.

—Vale. Mantendré la boca cerrada.

El alivio me inunda, pero Savannah no me da la oportunidad de agradecérselo. Simplemente se aleja sin mediar palabra.

Capítulo 9

Ella

No vuelvo a ver a Savannah en todo el día. En cualquier otra situación no le daría la menor importancia porque no tenemos más clases juntas, pero la paranoia me está afectando. Me había dicho que hablaría con el agente a la hora del almuerzo. Creía que me buscaría después para contarme cómo ha ido la charla, pero no lo ha hecho y tampoco la he visto por los pasillos durante la tarde.

En el almuerzo, no obstante, Val ha confesado que los agentes habían dejado un mensaje a sus padres esta mañana pidiendo permiso para entrevistarla. Supongo que sus tíos son como Callum, porque insistieron en estar presentes en los interrogatorios de Val y Jordan.

Exacto, Jordan. Al parecer ella también está en la lista de Cousins. Eso me molesta sobremanera porque sé que dirá un montón de cosas horribles sobre Reed.

No estoy segura de con quiénes han hablado hoy aparte de Savannah. Temo la hora de mi propia entrevista, pero con suerte Callum la aplazará todo lo posible. A lo mejor hasta que los agentes hagan su estúpido trabajo y encuentren al verdadero asesino.

«Si es que hay un verdadero asesino...» Un grito silencioso se forma en mi garganta y me detengo en pleno aparcamiento. Odio no poder acallar estos pensamientos. Odio seguir teniendo dudas con respecto a Reed. Él insiste en que no mató a Brooke, jura que no lo hizo. Entonces, ¿por qué no soy capaz de creerlo al cien por cien?

—El aparcamiento es para los coches, hermanita, no para las personas. —Me giro y me encuentro a Easton, que me sonríe de oreja a oreja. Me da un empujoncito y añade—: La pobre Lauren lleva intentando salir de esa plaza unos... oh, ¿dos minutos?

Mi mirada se desvía hacia el BMW rojo con el motor en marcha. Por supuesto, Lauren Donovan me saluda con la mano y me mira con una expresión de disculpa en el rostro, como si fuese ella la que me molesta y no al contrario.

Le pido perdón con un gesto de la mano a la novia de los gemelos y me aparto apresuradamente de su camino.

—Estaba en mi mundo —le digo a Easton.

—¿Sigues preocupada por las entrevistas?

—Sí. Pero esta mañana he hablado con Savannah y me ha prometido que no diría nada sobre lo de Gideon.

Easton asiente.

—Eso es bueno, al menos.

—Sí.

—Ella —dice Reed, detrás de nosotros—. ¿Vuelves a casa conmigo?

Me giro justo cuando él entra en el aparcamiento con Sebastian a su lado. De nuevo, la paranoia ataca.

—¿Qué ha pasado? ¿No tienes entrenamiento?

Sacude la cabeza.

—East sí, pero yo tengo justificación. Papá me acaba de mandar un mensaje: quiere que vuelva directamente a casa.

El miedo me atenaza la espalda.

—¿Por qué? ¿Qué pasa?

—No lo sé. —Reed parece frustrado—. Solo me ha dicho que es importante y ya lo ha hablado con el entrenador.

La expresión de su rostro es dura, así que está preocupado. Me estoy dando cuenta de que Reed se pone borde cuando se siente arrinconado, y este rincón lleno de policías, investigadores y la posible cárcel debe de ser el más pequeño y solitario del mundo.

—¿Quiere que vaya yo también? —pregunto con tacto.

—No, pero yo sí. —Reed mira a su hermano más pequeño—. Seb, ¿te parece bien volver a casa con el coche de Ella?

Sebastian asiente.

—No hay problema.

Le lanzo las llaves. Lo observo dirigirse hacia mi descapotable mientras Easton se va trotando al entrenamiento de fútbol. Reed y yo nos subimos a su Range Rover, pero no estoy segura de por qué me ha pedido que lo acompañe, porque no me dirige la palabra durante los primeros cinco minutos del trayecto.

Miro por la ventanilla y me muerdo la uña del pulgar. Me resulta difícil tratar con el Reed silencioso. Me recuerda demasiado a cuando me mudé con los Royal. Lo único que obtenía de él eran miradas asesinas y comentarios cortantes, algo totalmente distinto a lo que estaba acostumbrada. Mi madre era algo —vale, muy— irresponsable, pero siempre estaba de buen humor y nunca ocultaba sus emociones, y tampoco lo hacía yo.

—Dilo —ladra Reed de repente. Me sobresalta.

—¿Decir el qué?

—Lo que sea que te tiene obsesionada. Te veo pensar, y si te muerdes el dedo un poco más, terminarás por arrancártelo.

Miro con desasosiego a las marcas dentales que tengo en los laterales del pulgar. Me froto la rojez y comento:

—No creí que fueras tan consciente de esto.

Me responde en un tono grave y ronco.

—Me fijo en todo lo que tenga que ver contigo, nena.

—Estoy preocupada. No dejas de repetirme que no lo esté, pero solo me pongo peor —admito—. En el colegio es fácil ver al enemigo, dividir a la gente en útiles o inútiles, los que están en tu bando o en el contrario. Esto parece demasiado grande.

«Demasiado escalofriante», pero eso no lo digo en voz alta. Reed no necesita oír mis miedos. Se los cargaría sobre sus hombros e intentaría acarrearlos junto a todo lo que lo atormenta.

—Todo se solucionará —repite por enésima vez mientras sus capaces manos guían al todoterreno por el camino asfaltado que lleva hasta la casa Royal—. Porque yo no lo hice.

—¿Entonces, quién?

—¿A lo mejor el padre del niño? Brooke probablemente chantajeara a más gente. Yo no fui el único idiota que... —Se detiene de forma abrupta.

Me alegro de que lo haga, porque no me gusta pensar en Reed teniendo sexo con nadie más, aunque fuese antes de mí. Dios, sería genial si fuera virgen.

—Deberías ser virgen —le informo.

Él suelta una risotada de sorpresa.

—¿Eso es lo que te tiene tan alterada?

—No, pero piensa en cuántos problemas se resolverían siendo así. No estarías metido en todo esto por Brooke. Las chicas del colegio no babearían por ti.

—Si fuera virgen, todas esas chicas intentarían metérseme en los pantalones para poder decir que fueron las primeras en escalar el Monte Reed. —Sonríe mientras se detiene junto al lateral de la casa.

Los Royal tienen una zona de aparcamientos en el patio, con un pavimento de ladrillo especial en forma de espiral que lleva hacia el garaje donde se guardan sus coches. El problema es que a ninguno le gusta usar el garaje, de modo que patio suele estar lleno de Rovers negros y la camioneta roja de Easton.

—Las chicas no somos así —objeto mientras me bajo del todoterreno y alargo el brazo para coger mi mochila—. No competiríamos para desflorarte.

La mano de Reed llega antes. Me quita la mochila con una sonrisilla de suficiencia.

—Las chicas sois exactamente así. ¿Por qué te crees que Jordan va siempre a por ti? Eres su competencia, nena. No importa cómo seas tú, la mayoría de la gente es muy competitiva. ¿Y las chicas del Astor? Esas son las peores. Si fuera virgen, tendrían otra competición más que ganar.

—Si tú lo dices.

Rodea el Rover para situarse delante de él y me pasa un brazo por encima de los hombros. Se inclina hacia mí hasta que su boca roza la curva superior de mi oreja.

—Podemos jugar a que yo soy el virgen y tú la experimentada... en cuanto te desvirgue —susurra.

Lo golpeo porque se lo merece, pero eso solo logra hacerlo reír más. Me alegro aunque se ría a expensas de mí; me gusta mucho más el Reed feliz que el callado y enfadado.

No obstante, su buen humor no dura mucho. Callum nos saluda en la puerta con una mirada adusta.

—Me alegra ver que te lo pasas bien —dice con un tono de voz neutro mientras entramos en la cocina.

Cuando atisbo a Steve junto a la encimera, pego un bote de la sorpresa. Sé que es una locura, pero aún me olvido de él. Es como si mi cerebro no fuera capaz de manejar más de una crisis a la vez, y que Reed pueda ir a la cárcel es lo único en lo que puedo centrarme. Cada vez que veo a Steve es como si me contaran que está vivo por primera vez.

No se me escapa cómo entrecierra los ojos cuando se fija en el brazo de Reed sobre mis hombros. La expresión de su rostro se parece ligeramente a una de desaprobación paternal, algo que no he experimentado hasta ahora porque mi madre era de lo más relajada en ese aspecto.

Me aparto del brazo de Reed con el pretexto de acercarme a la nevera.

—¿Quieres algo? —le ofrezco.

Reed me dedica una sonrisa divertida.

—Claro, ¿qué me ofreces?

Gilipollas. Sabe exactamente por qué me he separado de él en la puerta de la cocina y ahora se burla de mí. Reprimo las ganas de hacerle una peineta y saco un yogur.

Callum da una palmada para llamar nuestra atención.

—Coge una cuchara y venid a verme al estudio.

—A vernos —corrige Steve.

Callum hace un gesto con la mano y se va.

—Para ya con las insinuaciones —siseo en dirección a Reed mientras cojo una cuchara del cajón.

—¿Por qué? Mi padre sabe que estamos juntos.

—Pero Steve no —señalo—. Es raro, ¿vale? Finjamos ser...

Reed arquea una ceja.

—Amigos —termino, porque todas las alternativas son demasiado raras.

—¿Fingir? Creía que éramos amigos. Eso me ha dolido. —Se lleva una mano de forma exagerada hacia el pecho.

—No te ha dolido, mentiroso, pero puedo arreglarlo —replico y muevo la cuchara en su dirección de un modo amenazador—. No me da miedo llegar a las manos contigo, amigo.

—Me muero de ganas. —Sitúa una mano en mi cadera y me acerca—. ¿Por qué no llegas a las manos conmigo ahora mismo?

Me relamo los labios y su mirada se centra en mi boca.

—¡Reed! ¡Ella! —grita Callum—. Al estudio, ¡ya!

Me aparto de él.

—Vamos.

Juro que lo oigo murmurar «aguafiestas».

En la oficina de Callum encontramos a Steve apoyado contra el escritorio mientras que Callum se pasea por la estancia. Todo rastro de buen humor se evapora cuando diviso a Halson Grier sentado en una de las sillas de piel situadas frente al escritorio.

—Señor Grier —saluda Reed con tensión.

Grier se pone en pie.

—Reed. ¿Cómo vas, hijo?

Reed me rodea para estrechar la mano del abogado.

—¿Me voy? —pregunto, un poco incómoda.

—No, esto te incumbe, Ella —responde Callum.

Reed vuelve a mi lado de inmediato y coloca una mano en mi espalda de forma protectora. Me fijo por primera vez en que la corbata de Callum está torcida y que está un poco despeinado, como si se hubiese pasado la mano por ahí cientos de veces. Mi mirada se desvía hacia Steve, que lleva unos vaqueros y una camisa blanca ancha y no parece demasiado preocupado.

No sé de quién fiarme. Mis ojos se mueven intermitentemente entre el nervioso Callum y el calmado Steve. ¿Tiene esto que ver conmigo y no con el asesinato?

—Deberíais sentaros —recomienda Grier.

Niego con la cabeza.

—No. Prefiero estar de pie.

Sentarme me parece peligroso. Se tarda más en huir si se está sentado que si se está directamente en pie.

—¿Papá? —lo incita Reed.

Callum suspira y esta vez se pasa el dorso de la mano por el lateral de su rostro.

—El juez Delacorte me ha ofrecido algo interesante. —Hace una pausa—. Es en relación al ADN que encontraron bajo las uñas de Brooke.

Reed frunce el ceño.

—¿Qué pasa?

—Delacorte está dispuesto a perder esa prueba.

Me quedo boquiabierta. El padre de Daniel es *juez*. ¿Y está dispuesto a «perder» una prueba? Eso es lo más corrupto que he escuchado jamás.

—¿Cuál es el precio? —exijo saber.

Callum se gira hacia mí.

—Que se le permita a Daniel volver a Astor Park. Tendrás que retirar todas las acusaciones y admitir que te tomaste las drogas voluntariamente. —Mira a su hijo—. Cuando tú y tus hermanos la encontrasteis, ella se inventó la historia para que no la odiarais más de lo que ya lo hacíais. Ese es el precio.

Cada átomo de mi cuerpo se revuelve ante la escena que ha mencionado Callum. Junto a mí, Reed estalla como un volcán.

—¡Ese cabrón! ¡Ni de coña!

—Si lo hago... —intervengo y respiro hondo—. ¿Retirarán los cargos contra Reed? ¿El caso quedará en nada? —dirijo mis preguntas hacia el abogado.

—No lo harás —insiste Reed.

Coloca una mano sobre mi brazo, pero me libero de su agarre y avanzo hacia el abogado.

—Si lo hago —repito entre dientes—, ¿Reed se salvará?

Detrás de mí, Reed grita a su padre por considerar siquiera la idea. Callum intenta tranquilizarlo y le explica que él no me obliga a seguir esa senda, aunque está claro que quiere que lo haga. De lo contrario ni lo habría mencionado. Duele un poco, pero lo entiendo: Callum intenta salvar a su hijo de ir a prisión.

Steve, por otra parte, no dice nada. Se limita a asimilarlo todo. En cualquier caso, no me importa la opinión de ningún hombre en esta oficina. Solo el abogado tiene la respuesta que necesito.

Grier dobla sus manos perfectamente arregladas sobre su regazo; el caos de la habitación no le afecta en absoluto. No estoy segura de lo que ve cuando me mira. ¿Una chica frágil? ¿Una estúpida? ¿Una tonta? ¿Qué tal una que quiere a su novio tanto como para tragarse sus palabras por él?

Intento convencerme de que esto no sería nada. ¿Aguantar a Daniel Delacorte durante unos meses, aguantar a unos cuantos chicos horribles más de Astor Park susurrando a mis espaldas, tener una reputación como drogadicta? ¿Todo eso a cambio de la libertad de Reed?

Merecería la pena.

—No vendría mal —admite Grier por fin.

Y Reed pierde de nuevo los estribos.

Capítulo 10
Reed

—¡Ni de coña! —Al oír las palabras del abogado, abandono de inmediato el lado de mi padre y me dirijo, resuelto, al de Ella. Me interpongo entre ella y la serpiente antes de que le haga más daño—. Eso no pasará. Nunca.

Ella me aparta.

—¿Y qué pasa con la prueba del vídeo?

—Todo puede desaparecer —responde Grier—. Parece que Delacorte tiene mucha experiencia en esto de deshacerse de pruebas.

—No puedo creer que consideréis siquiera que es buena idea. Daniel no debería estar a menos de 150 kilómetros de Ella —digo, cabreado—. Esto es una mierda.

—Esa lengua —me reprende mi padre, como si alguna vez le hubiesen importado las imprecaciones que suelto.

—¿Ah, sí? —argumenta Ella—. ¿Y qué tal ir a la cárcel durante veinticinco años? Si me tengo que tragar el orgullo para que estés libre, no me parece tan mierda.

Nadie regaña a Ella por su lengua y eso me cabrea todavía más. Me giro hacia mi padre porque es a él a quien debo convencer. Ella no puede llevar a cabo esta locura sola: quienes pueden son mi padre y este abogado ruin.

—Es caer muy bajo. Ese hijo de puta es un psicópata, ¿y vosotros le dejaríais volver? Peor, ¿condenaríais a Ella a una vida llena de acoso?

Mi padre me fulmina con la mirada.

—Intentamos que no vayas a la cárcel. No es una idea genial, pero merece la pena valorarla. ¿Quieres que os trate a los dos como personas adultas? Pues tendréis que tomar decisiones adultas —espeta.

—La tomaré, entonces. Daniel se queda donde está y ganamos el caso con la verdad, porque yo no la he matado. ¡Joder! —pronuncio cada palabra con detenimiento para que no haya ninguna confusión.

Ella me agarra de la muñeca.

—Reed, por favor.

—Por favor, ¿qué? ¿Sabes cómo será en el colegio si dices que mentiste sobre Daniel? No podrás ir por los pasillos sola, alguno de nosotros tendría que estar contigo en todo momento. Jordan te haría pedazos.

—¿Te crees que me importa eso? Solo quedan unos cuantos meses.

—¿Y qué pasa el año que viene? Yo no estaré para protegerte —le recuerdo.

Steve, apostado contra el escritorio, entrecierra los ojos.

—Te agradezco el sentimiento, Reed, pero Ella no necesita tu protección. Tiene a su padre para protegerla. —Hace una mueca—. De hecho, creo que ya es hora de llevarme a mi hija a casa.

La sangre se me hiela en las venas. Ella se aferra a mí con más fuerza.

Steve se endereza.

—Callum, te agradezco que cuidaras de ella mientras no estaba, pero soy su padre. Ya tienes mucho encima con tus hijos, no hay razón para que Ella y yo estemos aquí.

Oh, no, de eso nada. Ella no va a dejarme a mí ni va a salir de esta casa.

—Papá —suelto a modo de advertencia.

—Steve, tu casa sigue acordonada —le recuerda Callum al otro hombre—. Y no parece que vaya a cambiar hasta dentro de un tiempo. —Mira al abogado en busca de confirmación.

Grier asiente.

—El sheriff nos dijo que seguirían con la búsqueda de pruebas durante otras dos semanas por lo menos.

—No pasa nada. Dinah y yo hemos conseguido el ático del Hallow Oaks. —Steve se mete una mano en el bolsillo y saca una llave de plástico de hotel—. He añadido tu nombre a la reserva, Ella. Esta es tu llave.

Ella no se mueve para cogerla.

—No. No dormiré en la misma casa que Dinah. —Apresuradamente, añade—: No te ofendas.

—Ella es una Royal —digo con frialdad.

La mirada de Steve se fija en cómo la mano de Ella me aprieta la muñeca hasta dejármela sin riego sanguíneo.

—Pues espero que no —murmura, divertido.

—Sé razonable, Steve —interviene mi padre—. Primero tenemos que arreglar tus asuntos. Hay muchos temas legales que
tratar. Esto es nuevo para todos.

—Ella tiene diecisiete años y eso significa que todavía está
bajo la autoridad de sus padres, ¿no es cierto, Halston?

El abogado levanta la cabeza.

—Correcto. —Se pone en pie y sacude las piernas—. Parece que tenéis asuntos privados que tratar. Me voy. —Se detiene
cuando está a medio camino de la puerta y frunce el ceño en mi
dirección—. Supongo que no necesito decirte que te mantengas
alejado del funeral el sábado, ¿verdad?

Le devuelvo el ceño fruncido.

—¿Qué funeral?

—El de Brooke —aclara mi padre, serio, antes de mirar a
Grier—. Y no, Reed no asistirá.

—Bien.

—¿Qué ha pasado con todo eso de la familia unida? —suelto, incapaz de tragarme el sarcasmo.

La respuesta de Grier es igual de mordaz.

—Podéis ser una familia unida en cualquier sitio menos en
ese funeral. Y, por el amor de Dios, Reed, mantén las manos
quietas. No más peleas en el colegio, ni tonterías, ¿está claro?

Sus ojos se detienen en Ella con una tácita advertencia. ¿Mi
mayor debilidad? Ni de coña. Ella es mi barra de acero, pero
Grier solo la ve como mi móvil. Me acerco más a ella. Él sacude
la cabeza y se gira hacia mi padre.

—Avísame si quieres fijar otra reunión con Delacorte —añade.

—No habrá ninguna reunión —espeto.

Mi padre le da una palmada al abogado en la espalda.

—Te llamo.

La frustración se adueña de mi garganta. Es como si ni siquiera estuviese aquí. Y, si nadie va a escucharme, ¿entonces qué
sentido tiene que esté?

—Vámonos —le digo a Ella.

La saco del estudio sin esperar ni su consentimiento ni el de nadie más. Un minuto después estamos en la planta de arriba, abro la puerta de su dormitorio y la empujo dentro.

—¡Es una estupidez! —estalla—. ¡No me mudaré a ningún hotel con Steve y esa mujer horrible!

—No —convengo y la miro mientras se sube a la cama. Se le levanta la falda del uniforme y obtengo una muy buena vista de su culo antes de que se siente y recoja sus piernas hacia su pecho.

—Y tú también estás siendo estúpido —gruñe—. Creo que deberíamos aceptar el trato con Delacorte.

—No —repito.

—Reed.

—Ella.

—¡Evitaría que fueses a la cárcel!

—No, me metería en el bolsillo de ese capullo para el resto de mi vida. No lo aceptaré, nena. En serio. Así que quítate la idea de la cabeza.

—Vale, imaginemos que no aceptamos el trato...

—No lo aceptaré.

—¿Y qué hacemos ahora?

Me quito la camisa blanca y los zapatos. Con los pantalones y una camiseta de tirantes puesta, me uno a Ella en la cama y la estrecho entre mis brazos. Ella se acurruca contra mí, pero solo durante un breve instante. Luego se sienta de nuevo y me mira con el cejo fruncido.

—Te he hecho una pregunta —gruñe.

Suelto una exhalación totalmente frustrada.

—No hay nada que podamos hacer, Ella. Lidiar con todo esto es el trabajo de Grier.

—Bueno, ¡pues no es que lo haga muy bien si te recomienda aceptar tratos con jueces corruptos! —Sus mejillas enrojecen de la ira—. Hagamos una lista.

—¿Una lista de qué? —pregunto, confuso.

—De toda la gente que podría haber matado a Brooke. —Se baja de la cama y se precipita hacia su escritorio, donde coge el ordenador portátil—. Aparte de Dinah, ¿quién más era cercano a ella?

—Nadie, por lo que tengo entendido —admito.

Ella se sienta en el borde de la cama y abre su ordenador.

—Esa no es una respuesta útil.

La exasperación me inunda.

—Es la única que tengo. Brooke no tenía amigos.

—Pero tenía enemigos, eso fue lo que dijiste, ¿verdad? —Abre un navegador y teclea el nombre de Brooke en la herramienta de búsqueda. Aparecen millones de resultados para un millón de Brooke Davidson diferentes—. Solo es cuestión de averiguar quiénes son esos enemigos.

Me apoyo sobre los codos.

—¿Ahora quién eres, Lois Lane o qué? ¿Vas a resolver el caso tú sola?

—¿Tienes una idea mejor? —argumenta.

Suspiro.

—Mi padre tiene investigadores. Te encontraron, ¿recuerdas?

La mano de Ella se detiene sobre el ratón, pero su vacilación solo dura un segundo antes de hacer clic en lo que parece ser la página de Facebook de Brooke. Mientras la página carga, me lanza una mirada reflexiva.

—El funeral —anuncia.

—¿Qué pasa con él? —pregunto con tiento. No me gustan los derroteros que está tomando esta conversación.

—Creo que debería ir.

Me falta tiempo para sentarme.

—Ni de coña. Grier dijo que no podíamos ir.

—No, dijo que *tú* no podías ir. —Su mirada regresa a la pantalla—. Oye, ¿sabías que Brooke tenía una carrera en la North Carolina State?

Ignoro su cotilleo inútil.

—No irás a ese funeral, Ella —gruño.

—¿Por qué no? Es el mejor sitio para enterarse de quién era cercano a Brooke. Puedo ver quién acude y... —Ahoga un grito—. ¿Y si el asesino se presenta?

Cierro los ojos y hago acopio de mi muy necesitada paciencia.

—Nena. —Abro los ojos—. ¿De verdad crees que quien sea que matara a Brooke va a llegar como si nada y decir: «¡Hola! ¡Soy el asesino!»?

La indignación se refleja en sus ojos azules.

—Por supuesto que no. ¿Pero nunca has visto documentales de crímenes en la tele? Los comentaristas del FBI siempre hablan de cómo los asesinos regresan a la escena del crimen o asisten al funeral de sus víctimas para burlarse de la policía.

La miro con incredulidad, pero ya se ha centrado otra vez en el ordenador.

—No quiero que vayas al funeral —digo entre dientes.

Ni siquiera me mira cuando contesta:

—Mala suerte.

Capítulo 11

Ella

—¿A qué monja has matado para conseguir ese modelito? —me pregunta Easton cuando me subo a su camioneta el sábado por la mañana temprano.

Le doy un golpe al salpicadero.

—Calla y conduce.

Mete la marcha de forma obediente y recorre el camino hacia el enorme portón de acero que bloquea la mansión de la calle principal.

—¿Por qué? ¿Quién viene detrás de nosotros? ¿Es Steve?

A pesar de que Steve vive ahora con Dinah en la *suite* del hotel Hallow Oaks, deambula por la mansión cuando y como quiere. Su presencia pone de buen humor a Callum, pero yo me siento incómoda y evito pasar tiempo con él en la medida de lo posible. Supongo que a nadie se le ha escapado ese hecho.

—Es Reed —respondo—. No quería que viniese hoy.

—Sí, tampoco es que le haga mucha gracia que yo también vaya.

Miro por la ventana para asegurarme de que no viene corriendo detrás de la camioneta ni nada por el estilo. No estaba precisamente contento cuando me he ido, pero tal y como le dije la otra noche, mala suerte. Planeo echarle el ojo a toda la gente que asista hoy al funeral de Brooke.

Además, alguien tiene que estar allí con Callum mientras entierran a su prometida. No podía dejarlo solo y, como Reed está fuera de toda cuestión y los gemelos se negaron, eso nos deja a Easton y a mí. Callum se fue antes que nosotros con su chófer, Durand, porque tiene asuntos que tratar en la ciudad después del funeral.

—¿Y qué has hecho? ¿Lo has sometido a base de sexo? ¿Está inconsciente de todo el placer que le has dado?

—Cállate.

Encuentro mi lista de reproducción de chicas al poder y la conecto al coche. Por desgracia, eso no basta para silenciar a Easton. Incluso lo empeora, porque grita por encima de la música.

—¿Aún no te has abierto de piernas? Mi pobre hermano tiene que tener las pelotas moradas ya.

—No voy a hablar de mi vida sexual contigo —le informo, y subo el volumen todavía más.

Easton se ríe durante los siguientes ocho kilómetros.

La triste verdad es que Reed es el que me tortura. Estas últimas tres noches ha vuelto a dormir en mi cama y hemos tonteado muchísimo. Le parece bien que lo toque donde quiera, le encanta cuando le hago mamadas y él es igual de generoso conmigo. Joder, se pasaría *horas* con la cabeza enterrada entre mis piernas si le dejara. ¿Pero la acción final? De eso no quiere ni hablar hasta que «todo esto de Brooke», como él lo llama, salga de la orden del día.

Estoy en un extraño estado de satisfacción y anticipación. Reed me lo da casi todo, pero no es suficiente. Aun así, sé que si la situación fuese al revés, él respetaría mi voluntad por completo, así que yo tengo que hacer lo mismo. Eso no quita que piense que es un fastidio.

Cuando llegamos a la funeraria, Callum se reúne con nosotros en la entrada. Lleva un traje negro que probablemente cueste más que mi coche y el pelo engominado hacia atrás, que le da un aspecto más joven.

—No tenías por qué esperarnos —le digo cuando nos ponemos a su altura.

Sacude la cabeza.

—Ya oíste a Halston, tenemos que demostrar que somos una familia unida. Por lo que, si estamos aquí juntos, todos creerán que somos una familia feliz e inocente.

No lo digo en voz alta, pero estoy bastante segura de que a nadie le pillará por sorpresa esta demostración de fuerza por parte de los Royal, teniendo en cuenta que formamos parte de la familia del presunto asesino.

Los tres entramos en el edificio de aspecto sombrío y Callum nos guía a través de un arco que hay a nuestra izquierda. En el interior hay una pequeña capilla con hileras de bancos de madera, una zona alzada con un podio y el féretro.

El pulso se me acelera en cuanto lo veo. Ay, Dios. No me puedo creer que Brooke esté ahí dentro.

Una idea morbosa me viene a la cabeza. Me pongo de puntillas y le susurro a Callum al oído:

—¿Le han hecho autopsia?

Responde con un simple movimiento de cabeza.

—Los resultados no han llegado todavía. —Hace una pausa—. Supongo que también harán una prueba de ADN del... eh... feto.

La mera idea me pone enferma porque, por primera vez desde que todo esto empezó, caigo en la cuenta de que fueron *dos* personas las que murieron en ese ático: Brooke y un bebé inocente.

Me trago el flujo de bilis que se me ha subido por la garganta y me obligo a apartar la vista del brillante ataúd negro. Opto por quedarme mirando la fotografía enmarcada que descansa junto a él sobre un caballete.

Brooke pudo haber sido una persona horrible, pero ni siquiera yo podría negar que era preciosa. La foto que han elegido muestra a una Brooke sonriente ataviada con un bonito vestido estampado. Su cabellera rubia está suelta y sus ojos azules brillan mientras le sonríe de oreja a oreja a la cámara. Está guapísima.

—Joder. Esto es deprimente —murmura Easton.

Totalmente.

Era tan pobre cuando ocurrió que no pude permitirme un funeral para mi madre. La misa costaba el doble que la cremación, así que decidí no celebrar ninguna en su memoria. De todas formas, no habría venido nadie. Aunque a mi madre le habría gustado, eso sí.

—¿Vienes? —me pregunta Easton, e indica con la cabeza la parte frontal de la sala.

Sigo su mirada hasta el féretro. Está abierto, pero me niego a acercarme. Así que sacudo la cabeza y encuentro un sitio más o menos a medio camino mientras Easton recorre el pasillo central con las manos metidas en los bolsillos. Su chaqueta se tensa sobre sus anchos hombros cuando se inclina hacia adelante. Me pregunto qué habrá visto.

Examino la estancia y me sorprendo un poco al ver el número de asistentes. O mejor dicho, la falta de ellos: hay menos de diez personas en la sala. Supongo que Brooke realmente no tenía amigos.

—¡*Fuera*!

Pego un bote ante el chillido de Dinah y me corrijo: Brooke tenía, al menos, una amiga.

Me lleva un segundo darme cuenta de que Dinah nos está hablando a *nosotros*. Nos lanza cuchillos con la mirada a Easton, que regresa del ataúd, y a mí.

—¡Esto es de vergüenza! —grita. Creo que nunca la había visto tan furiosa. Tiene el rostro enrojecido y sus ojos verdes brillan de pura ira—. ¡Los Royal no deberíais estar aquí! Y *tú*...

Ahora me habla a mí.

—¡Tú ni siquiera eres familia! ¡Fuera! ¡Todos vosotros!

No sé quiénes pueden ser inocentes, pero pondré a Dinah en lo alto de mi lista de sospechosos. Una mujer que sería capaz de chantajear a un pobre chico para que se acueste con ella también podría hacer muchas otras cosas terribles.

Callum se acerca con una expresión dura en el rostro. Steve, que está vestido con un traje negro parecido al suyo, lo sigue. Su mirada se posa sobre mi vestido (o saco) negro que encontré en la primera tanda de rebajas del centro comercial. Es dos tallas más grande, pero el único vestido que tengo es uno ajustado de mi madre. Ese era demasiado macabro —y *sexy*— como para llevarlo en un funeral.

—No nos vamos a ninguna parte —dice Callum con voz firme—. De hecho, tenemos más derecho que tú a estar aquí, Dinah. Yo estaba prometido con ella, por el amor de Dios.

—Ni siquiera la amabas —gruñe Dinah. Tiembla con tanta fuerza que todo su cuerpo se balancea—. ¡No era más que un juguete sexual para ti!

Recorro toda la estancia con la mirada para ver si alguien lo ha oído y está claro que todos se han enterado. Todas las miradas están puestas en esta confrontación, incluida la del pastor, que frunce el ceño desde el podio. No soy la única que se da cuenta.

—Dinah. —La voz de Steve suena grave y más autoritaria que nunca. Normalmente habla de forma relajada, pero no esta vez—. Estás montando un espectáculo.

—¡No me importa! —ruge—. ¡Este no es su sitio! ¡Ella era *mi* amiga! ¡Era como una hermana para mí!

—Era la prometida de Callum —espeta Steve—. Sean cuales fueran los sentimientos de él, sabemos cuáles eran los de ella: amaba a Callum y hubiese querido que estuviera aquí.

Eso hace callar a Dinah pero solo durante medio segundo. Luego dirige su furiosa mirada hacia mí.

—Bueno, ¡pero ella *no* debería estar aquí!

Steve abre los ojos de par en par de forma peligrosa.

—Y una mierda. Es mi hija.

—¡Ha sido tu hija durante cinco míseros minutos! ¡Yo soy tu maldita *mujer!*

El pastor carraspea con fuerza. Supongo que no le ha gustado que impreque en la casa de Dios.

—Estás comportándote como una niña —dice Steve con dureza—. Y te estás poniendo en ridículo. Así que te sugiero que te sientes antes de que te echen.

Eso la silencia por completo. Frunce el ceño de forma exagerada y después marcha hacia la parte frontal de la habitación, donde planta su trasero en uno de los bancos.

—Lo siento —se disculpa Steve, pero solo me mira a mí—. Está un poco... sensible.

Easton resopla con suavidad, como si dijera «¿Un *poco?*». Callum asiente con educación.

—Sentémonos. La misa está a punto de empezar.

Respiro aliviada cuando Steve se aleja para unirse a su horrible esposa. Me alegra que no se siente con nosotros. Cada vez que alguien me recuerda que soy su hija, mi incomodidad se dispara.

Para mi sorpresa, Callum también nos abandona y se sienta en un banco en primera fila, en el pasillo contrario al de los O'Halloran.

—Va a dar un discurso —me explica Easton.

—¿En serio? —pregunto y alzo las cejas.

—Era su prometido —responde, simplemente.

Cierto. Siempre me olvido de que no es de dominio público que Callum odiara a Brooke al final de su destructiva relación.

—Sería sospechoso si... Ah, joder. —Easton se detiene de forma abrupta y desvía su atención hacia la derecha.

La tensión se arremolina en mi cuello cuando veo qué le ha hecho maldecir. El agente de policía que vino a Astor Park a principios de semana —¿Cousins?— ha entrado en la capilla. Una mujer bajita y morena se encuentra a su lado. Ambos portan una placa dorada y brillante en sus cinturones.

Por muy nerviosa que me ponga su presencia, no puedo evitar sentir una oleada de triunfo. Ojalá Reed estuviese aquí para poder decirle: «¿Ves? ¡La poli está aquí porque también piensa que el asesino puede presentarse!».

—Espero que no intenten interrogarnos —murmuro a Easton mientras escruto a los presentes.

Uno de ellos podría ser el asesino. Mi mirada se detiene en la nuca de Callum. Él tenía un móvil, pero jamás dejaría cargar a su hijo con un crimen cometido por él. Además, Callum estaba en Washington D. C. con nosotros.

Muevo la vista hacia Steve. Pero ¿cuál sería su móvil? Si fuese Dinah la que ocupara el ataúd, él sería mi primer sospechoso. Pero ha estado fuera nueve meses, por lo que es imposible que pudiera ser el padre del hijo de Brooke. Lo descarto.

Al otro puñado de personas no las conozco. Debe de ser una de ellas. ¿Pero quién?

—Los abogados de papá intentan retrasarlo —comenta Easton—. Si ocurre, será la semana que viene. Aunque ya han hablado con Wade.

Tomo aire.

—¿Sí?

Me pregunto por qué Val no me ha dicho nada, pero luego pienso: «¿Y cuándo podría habérmelo dicho?». Apenas he pasado tiempo con mi mejor amiga desde que todo este lío empezó. Sé que me echa de menos, y yo también la echo de menos a ella, pero es difícil pasarlo bien, cotillear y salir cuando la vida va tan mal.

—Le preguntaron por la afición de Reed por las peleas —confiesa Easton—. Y por todas las chicas con las que ha estado.

—¿Qué narices? ¿Por qué es importante eso? —Me pongo extrañamente celosa. No me gusta que los polis diseccionen las relaciones previas de Reed. O, peor aún, la actual conmigo.

—No sé, yo solo te cuento lo que me dijo Wade. Y eso fue todo, básicamente. Ni siquiera hablaron con él de Brooke o...

—Se detiene de nuevo—. Vale, ¿en serio? Esto es muy raro.

Cuando me giro veo a Gideon dirigirse hacia nosotros. Easton me habla por la comisura de los labios.

—¿Por qué está Gid aquí? ¿Quién conduce durante tres horas para asistir al funeral de una zorra a la que ni siquiera soportaba?

—Le pedí que viniera —admito y él me mira con la boca abierta.

—¿Por qué?

—Porque tengo que hablar con él. —No le ofrezco más detalles y no tiene tiempo de interrogarme porque Gideon nos alcanza.

—Hola —murmura el mayor de los hermanos Royal, aunque sus ojos no están fijos en nosotros, están puestos en el féretro de Brooke.

¿Se estará imaginando a Dinah ahí? No me sorprendería que así fuera. La mujer de Steve ha estado chantajeando a Gideon desde hace unos seis meses, quizá más.

Me muevo en el banco para hacerle sitio y se sienta junto a Easton. Gideon es una anomalía en los Royal. Es un poco más delgado que sus hermanos menores y no tiene el pelo tan oscuro. Sin embargo, sí tiene los ojos azules.

—¿Qué tal van las clases? —pregunto, nerviosa.

—Bien.

No he pasado mucho tiempo con Gideon porque va a la universidad, que está a unas cuantas horas. Solo sé algunas pocas cosas sobre él: es nadador, salió con Savannah Montgomery, se acuesta o se ha acostado con Dinah y le enviaba fotos subidas de tono a su novia.

Si Gideon matara a alguien, sería a Dinah.

Sin embargo, Dinah y Brooke se parecen. Ambas tienen el pelo rubio y están peinadas como cualquier modelo de portada de revista. Ambas son finas como alfileres y tienen unas tetas enormes. De espaldas podrían confundirlas perfectamente.

—Gracias por venir —digo. De reojo, escruto su rostro, que está endurecido y tenso. ¿Será por culpabilidad?

—Aún no estoy seguro de por qué me has hecho venir —responde con brusquedad.

Vacilo.

—¿Te puedes quedar un rato después de la misa? Es raro hablar de cosas mientras... —Hago un gesto con la cabeza en dirección a la enorme fotografía de Brooke.

Él asiente.

—Sí. Hablamos después.

Easton suspira. También mira la foto fijamente.

—Odio los funerales.

—Yo nunca he estado en ninguno —confieso.

—¿Y el de tu madre? —pregunta con el ceño fruncido.

—No tenía dinero para celebrarlo. Pude pagar la cremación y luego arrojé las cenizas al océano.

Gideon se gira hacia mí con los ojos llenos de sorpresa y Easton suelta:

—Qué dices.

—Sí —confirmo, insegura de por qué ambos me miran con tanta intensidad.

—Nosotros lanzamos las cenizas de nuestra madre en el Atlántico —explica Gideon con voz queda.

—Papá iba a enterrarla, pero los gemelos tenían miedo de que los gusanos se colaran en el ataúd. Vieron un especial sobre eso en el Discovery Channel o alguna mierda de esas. Así que al final sucumbió y accedió a la cremación. —Una sonrisa se extiende por el rostro de Easton, pero no la falsa que siempre lleva puesta, sino una sincera y tierna—. Nos llevamos la urna y esperamos a que el sol saliera porque las mañanas eran su parte favorita del día. Al principio no hacía viento y el agua estaba clara como el cristal.

Gideon continúa la historia:

—Pero en cuanto las cenizas tocaron el agua, una ráfaga de aire enorme salió de la nada y el agua se retrajo tanto que te juro que podría haber andado durante un kilómetro y medio sin que el mar tocara mis rodillas.

Easton asiente.

—Fue como si el océano la quisiera.

Nos quedamos en silencio un momento mientras pensamos en nuestras pérdidas. El dolor por la muerte de mi madre no es tan intenso hoy, no cuando me siento entre los anchos hombros de los dos hermanos Royal.

—Es un recuerdo precioso —susurro.

La sospecha de que Gideon pueda ser el asesino se desvanece. Quería muchísimo a su madre. ¿De verdad podría matar a alguien?

Easton sonríe, travieso.

—Me gusta que nuestras madres nos vigilen desde cada costa.

No puedo evitar sonreír también.

—Y a mí.

Mi mirada vuelve a la primera fila, donde Steve y Dinah se han sentado, y mi sonrisa decae cuando me fijo en que Steve tiene el brazo estirado sobre el respaldo del asiento de su mujer. Está apoyada en él y sus hombros se sacuden un poco. Su pena me recuerda el motivo por el que estamos aquí. Esta no es ninguna reunión en el sótano de una iglesia, sino el funeral de una mujer tan solo diez años mayor que yo. Brooke era joven y, pese a todos sus defectos, no merecía morir, especialmente de forma tan violenta.

A lo mejor Dinah no es la asesina. Es la única de los presentes que muestra auténtico dolor.

El pastor se acerca al podio y nos pide que nos sentemos.

—Amigos y familiares, estamos reunidos hoy aquí para lamentar la pérdida de Brooke Ann Davidson. Pongámonos en pie, unamos nuestras manos y oremos juntos —entona el hombre de pelo cano.

La música empieza a sonar mientras todos nos ponemos en pie. Los chicos se llevan las manos a la corbata. Yo me coloco bien el vestido y a continuación les agarro las manos. No puedo evitar pensar que ojalá Reed estuviera aquí. Tras un momento de silencio, la voz grave del pastor recita una escritura acerca de que hay una hora para todo. Al parecer esta era la hora de Brooke de morir, con tan solo veintisiete años. No menciona a su bebé nonato en ningún momento, y eso hace que me pregunte si a lo mejor la policía tiene esa información protegida bajo secreto de sumario.

Al final de la oración nos indica que nos sentemos y, a continuación, Callum se encamina hacia el podio con paso firme.

—Qué incómodo —murmura Easton en voz baja.

Nadie diría que Callum puede estar sintiéndose igual. Habla con calma de las obras benéficas de Brooke, de su devoción hacia sus amigos y de su amor por el océano, y termina con la declaración de que se la echará de menos. Un discurso corto, pero sorprendentemente sentido. Cuando termina de hablar, asiente con educación en dirección a Dinah y se vuelve a sentar. Ella le devuelve el gesto.

De nuevo en el podio, el pastor pregunta si alguien más tiene algún recuerdo que desee compartir. Todos parecen girarse hacia Dinah, cuya única respuesta es un sonoro sollozo.

El pastor termina el servicio con otra oración y luego nos invita a quedarnos a tomar algo en la sala contigua. En total, la misa dura menos de diez minutos, y el poco tiempo que transcurre, al igual que la poca gente asiste al funeral de Brooke, me deja sin habla.

—¿Estás llorando? —me pregunta Easton con un ápice de preocupación.

—Esto es horrible.

—¿El qué? ¿El funeral en general o que papá haya subido a hablar?

—El funeral. Apenas hay gente.

Inspecciona la estancia.

—Supongo que no era una muy buena persona.

¿Tenía Brooke familia? Me esfuerzo en recordar si alguna vez me lo dijo, pero creo que nunca se lo pregunté. Su madre murió cuando era pequeña, eso sí lo sé.

—Tal vez, pero no creo que hubiese más gente en el mío —admito—. Apenas conozco a nadie.

—No, todos los lameculos del Estado estarían aquí para transmitirle sus condolencias a Callum. Sería grande. No tanto como el mío, pero de un tamaño considerable.

—Nada es tan grande como lo tuyo, ¿eh, Easton? —dice Gid con sequedad.

Abro los ojos como platos de la sorpresa. Creo que nunca lo había oído gastar una broma. Easton se ríe a carcajadas.

—Ya ves, hermano.

Su risa suena demasiado alta para Callum, que se gira y nos fulmina con la mirada. Easton se calla de inmediato. Parece ligeramente avergonzado. Gideon, por su parte, le devuelve la mirada asesina. Se cruza de brazos como si retara a su padre a venir y gritarnos. Callum devuelve su atención a Steve con un suspiro de resignación.

—¿Lista para hablar? —pregunta Gideon.

Asiento, sigo a los hermanos por el pasillo central y los tres entramos en el vestíbulo. Todos los demás se dirigen hacia la sala contigua para aceptar la invitación del pastor y tomar algo, pero nosotros nos quedamos allí.

—Reed y yo estuvimos hablando la otra noche —empiezo, aunque técnicamente era *yo* la que hablaba y Reed se limitaba a decirme que estaba loca—. Creemos que quizá deberíamos investigar el pasado de Brooke, averiguar si hay alguien más que quisiera verla... —Bajo la voz—. Ya sabes, muerta. Esperaba que tú pudieras ayudar con eso.

Parece sorprendido.

—¿Cómo esperas, exactamente, que ayude? Apenas la conocía.

Easton, no obstante, entiende al instante por qué quería hablar con Gideon del tema.

—Sí, pero te estás tirando a Dinah, y ella conocía a Brooke mejor que nadie.

Gideon aprieta la mandíbula.

—¿Lo dices en serio? ¿Me estás sugiriendo que me vuelva a meter en la cama de esa... esa... zorra —sisea—, solo para intentar sonsacarle información?

La ira que enrojece su rostro hace que dé un tímido paso hacia atrás. Es la primera vez que veo a Gideon perder los estribos. Siempre ha sido el más tranquilo de los Royal.

—No te pido que te acuestes con ella —protesto—, solo que le preguntes y le saques algunos detalles.

Me mira con incredulidad.

—¿De verdad eres tan inocente, Ella? ¿Crees que puedo pasar un segundo con esa mujer sin que intente follarme?

Me encojo de vergüenza.

—Así que olvídalo —espeta—. Desde que murió Brooke, Dinah ha estado demasiado afectada como para coger siquiera el teléfono para llamarme. Si se olvida de que existo, podré vivir mi puta vida sin tener que lidiar con ella. Espero que con el regreso de Steve se olvide de mi existencia.

—Lo siento —susurro—. Era una idea estúpida.

A mi lado, Easton sacude la cabeza con desaprobación.

—Vaya, Gid. Qué borde. ¿No quieres ayudar a Reed?

Su hermano se queda boquiabierto.

—No puedo creer lo que me acabas de decir. Por supuesto que quiero ayudar a Reed.

—¿Sí? Bueno, ambos sabemos que él se tiraría a todas las asaltacunas del estado si fuese *tu* cuello el que peligrara. Reed haría lo que fuera para salvarte.

No puedo discutirlo. Reed es leal hasta la muerte. Moriría por su familia. Joder, puede que incluso matara por ella. «¡Déjalo ya!», me reprocho al momento. Alejo ese horrible pensamiento de mi cabeza y me concentro en Gideon.

—Mira, no tienes que hacerlo si no te sientes cómodo. Lo único que te pido es que, si por alguna razón ves a Dinah, intentes preguntarle si hay alguien más que odiara a Brooke. En plan, si alguno de los que está aquí ahora mismo pudo haberla matado.

Se queda callado durante un momento.

—Vale. Veré qué puedo hacer.

—Gra...

—Pero solo si tú haces algo por mí —me interrumpe.

Arrugo la frente.

—¿Qué?

—¿Cuándo te vas a vivir con Steve?

—¿Qué? —suelto, totalmente perpleja.

—¿Cuándo te vas a vivir con Steve? —repite.

—¿Por qué tendría que irse a vivir con Steve? —exige saber Easton.

—Porque es su padre —dice Gideon con impaciencia antes de volver a centrarse en mí—. Dinah debe de guardar todo lo que usa para chantajearme en alguna parte. Necesito que lo encuentres y me lo devuelvas.

Frunzo el ceño.

—Aunque me fuera a vivir con Steve —Cosa que no pienso hacer—, no sabría dónde mirar primero.

—Debe de haber una caja fuerte o algo —insiste.

—Vale, y cuando encuentre esa mítica caja fuerte, ¿la abro con el poder de la mente o algo?

Gideon se encoge de hombros.

—Como si la sacas a martillazos de la pared. Le diremos a Steve que Reed y tú os habéis peleado.

Lo miro con la boca abierta.

—Esa idea es horrible y no lo voy a hacer.

Gideon me agarra del brazo.

—Yo no soy el único al que podrías salvar. —Habla en voz baja, mortalmente serio—. Savannah está metida hasta el cuello en esto. Dinah tiene a un fiscal de distrito metido en el bolsillo.

Me hizo una visita en State y me enseñó dos denuncias, una para Sav y otra para mí. Iban a acusarnos de cosas que no sabía siquiera que fuesen ilegales. Observo su pálido rostro y no puedo evitar compadecerme de él. Hay sudor en la parte superior de su frente.

—No sé —murmuro despacio, con cautela.

—Al menos piénsalo —suplica. Sus dedos sobre mi codo irradian tensión y desesperación.

—Haré lo que pueda —digo por fin. Puede que no sea íntima amiga de Gideon o Savannah, pero lo que Dinah les está haciendo no es justo.

—Gracias.

—Pero solo si tú me devuelves el favor —digo y alzo una ceja.

—Haré lo que pueda —me repite.

—¿Entonces Savannah se puede meter en un lío por haberte mandado esas fotos desnuda? —le pregunta Easton a su hermano cuando nos encaminamos hacia la salida.

—Dinah y el fiscal dicen que sí, pero no lo sé —admite Gideon—. No quería arriesgarme, así que rompí con ella. Esperaba que eso la dejara fuera de la ecuación, pero… —Maldice en voz baja—. Dinah nunca deja de recordarme que Savannah está metida en el ajo. Es su amenaza habitual cuando no me muestro muy cooperativo.

Guau. Cada vez que creo que Dinah O'Halloran no puede caer más bajo, la mujer me demuestra lo equivocada que estoy.

Con las manos hundidas en los bolsillos, Gid pasa junto a nosotros en dirección al aparcamiento. Se detiene con una mano sobre la puerta de su coche y mira por encima del hombro.

—¿Queréis saber quién está aquí? —recuerda y hace un gesto con la cabeza hacia la entrada—. Mirad el libro de visitas.

Easton y yo intercambiamos una mirada de *por-qué-no-hemos-pensado-en-ello-antes.*

—En fin, tengo que irme —murmura Gideon—. Me queda un largo camino de vuelta.

—Hasta luego, hermano —grita Easton.

Gideon se despide rápidamente con la mano antes de subirse al coche y alejarse.

—Me siento fatal por él —admito delante de Easton.

Sus ojos azules están inundados de dolor.

—Sí, yo también.

—Vamos a mirar el libro de visitas.

Me giro para regresar al interior, pero choco contra Callum.

—¿Volvéis a casa, niños? —pregunta. Steve está justo detrás de él. Dinah debe de seguir dentro, donde está el libro de visitas.

Easton le muestra sus llaves.

—En breve. Tengo que ir al lavabo.

Su padre asiente.

—Bien. Y preferiría que os quedarais en casa esta noche —añade, y le dedica a Easton una mirada de advertencia—. Ni fiestas ni peleas en el muelle. Lo digo en serio.

—Pediremos comida y pasaremos un rato junto a la piscina —promete Easton, sorprendentemente manso. Me enseña su móvil para indicarme que le echará una foto al libro de visitas mientras yo entretengo a nuestros padres—. Vuelvo enseguida.

Steve habla en cuanto Easton se aleja.

—En realidad, me gustaría que Ella volviese conmigo.

Mis ojos buscan de inmediato los de Callum. Debe de ver mi expresión llena de pánico, porque no tarda en rechazar la petición de Steve.

—No es buena idea. No creo que Ella deba estar junto a Dinah esta noche.

Articulo un «gracias» silencioso en dirección a Callum, pero Steve no parece muy contento con la decisión.

—Con todo el debido respeto, Callum, es mi hija, no la tuya. He sido más que comprensivo al dejarla quedarse contigo por ahora. Pero, sinceramente, no me siento cómodo con que siga viviendo en tu casa.

Callum frunce el ceño.

—¿Y eso por qué?

—¿Cuántas veces tenemos que hablar de esto? —Steve suena impaciente—. No es un buen ambiente para ella, no cuando Reed se enfrenta a una posible cadena perpetua. No cuando la poli os ronda y habla con todos sus compañeros del colegio. No cuando…

Callum lo corta, enfadado:

—Tu mujer ha atacado verbalmente a Ella antes de la misa. ¿De verdad crees que tu casa —La casa de *Dinah*— es mejor para Ella en este momento? Porque estás loco si de verdad lo crees.

90

Los ojos azules de Steve se oscurecen y se vuelven de un cobalto metálico.

—Dinah puede ser inestable, pero no la han acusado de asesinato, ¿verdad, Callum? Y Ella es *mi* hija...

—Esto no va contigo, Steve —gruñe Callum—. Por difícil que te resulte de creer, el mundo no gira a tu alrededor. He sido el tutor legal de Ella durante meses. La he vestido y alimentado y me he asegurado de que todas sus necesidades estuviesen cubiertas. Ahora mismo, *yo* soy lo más cercano a un padre para esta niña.

Tiene razón. Me quedo sin palabras ante el pasional discurso de Callum. Aparte de mi madre, nadie ha luchado realmente por mí antes. Nadie se había preocupado por que «mis necesidades estuviesen cubiertas».

Trago saliva y hablo en voz baja:

—Quiero volver con Easton.

Steve entrecierra los ojos en mi dirección. Creo que se siente traicionado, pero no siento ni una pizca de culpabilidad.

—Por favor —añado, y miro fijamente a Steve—. Ya lo dijiste antes... Dinah está muy sensible ahora mismo. Será mejor para las dos que yo no esté cerca, al menos durante un tiempo. Además, la casa de los Royal está muy cerca de la pastelería.

—¿La pastelería? —pregunta, perplejo.

—Su trabajo —aclara Callum con cierta brusquedad.

—Trabajo por las mañanas en una pastelería cerca del colegio —explico—. Si me quedo en la ciudad, contigo, tendré que añadirle otros treinta minutos de camino, y ya me tengo que levantar al amanecer. Así que... eh... sí. Me viene mucho mejor.

Aguanto la respiración mientras espero su respuesta. Tras una larga pausa, Steve asiente con brusquedad.

—Vale, puedes volver a casa de Callum. Pero no es permanente, Ella —me advierte—. Necesito que lo recuerdes.

Capítulo 12

Ella

—¿Hay algo en especial que quieras de la pastelería esta mañana? —le pregunto a Reed mientras aparca frente a French Twist.

Se gira y me mira con el ceño fruncido desde el asiento del conductor.

—¿Acaso intentas sobornarme con comida?

Pongo los ojos en blanco.

—No, solo intento ser una buena novia. ¿Y vas a dejar ya de enfurruñarte? El funeral fue hace dos días, no puedes seguir enfadado conmigo.

—No estoy enfadado contigo. Estoy decepcionado —dice con solemnidad.

Me quedo boquiabierta.

—¡Ay, Dios! Ni se te ocurra venderme esa mierda de «no estoy enfadado, estoy decepcionado». Lo pillo, no querías que fuera. Pero fui, así que se acabó, pasa página. Además, conseguimos la lista.

Sin embargo, el libro de visitas resultó ser inútil. Callum nos contó que sus investigadores ya habían buscado información de seis personas que acudieron al funeral y que no conocía. Todos tienen coartada para la noche en que murió Brooke. Decir que tanto Easton como yo nos quedamos chafados es quedarse corto.

—Una lista que no sirvió para nada. —Reed se pasa una mano por su pelo oscuro—. No me gusta que aparecieran los agentes —murmura—. Eso indica que nos observan a todos.

Su expresión angustiada hace que me duela el corazón.

—Sabíamos que nos vigilarían —le recuerdo mientras me acerco un poco más para apoyar el mentón en su hombro—. Tu abogado nos advirtió.

—Lo sé, pero eso no significa que tenga que gustarme. —Su voz suena grave y atormentada—. ¿Sinceramente? Es...

—¿Es qué? —pregunto al ver que no continúa.

La angustia de Reed se convierte en puro tormento.

—Cada vez me cuesta más convencerme de que todo este desastre desaparecerá. Primero, la prueba del ADN, luego la oferta del juez Delacorte, y encima los polis hablando con mis conocidos. Todo empieza a parecer demasiado... real.

Me muerdo el labio inferior.

—Es real. Es lo que he intentado decirte desde que te arrestaron.

—Lo sé —repite—. Pero esperaba que...

Esta vez no hace falta que termine la frase, porque sé exactamente qué esperaba que sucediera: que los cargos desaparecieran por arte de magia, que la persona que mató a Brooke entrara tranquilamente en la comisaría y confesara. Pero nada de eso pasará y ya es hora de que Reed asuma el lío en el que está metido.

Puede que vaya a *prisión*.

Aun así, no puedo soltarle otra dosis de realidad ahora mismo, de modo que simplemente coloco una mano en su mentón y le giro la cara hacia mí. Nuestros labios se encuentran en un beso lento y suave, y luego nos separamos y dejamos nuestras frentes apoyadas la una contra la otra.

Por una vez, no se obliga a sonreír y a decirme que todo irá bien, así que lo hago yo en su lugar.

—Superaremos esto —declaro con una confianza y seguridad que no siento.

Él se limita a asentir y después hace un gesto hacia el escaparate de la pastelería.

—Deberías irte. Llegarás tarde al trabajo.

—No te pases con las pesas, ¿vale?

El médico de Reed le dio permiso para asistir a los entrenamientos esta semana, pero con algunas restricciones. Aunque la puñalada está curándose bien, le dijo que no debía esforzarse demasiado.

—No lo haré —promete.

Le doy otro besito antes de bajarme del coche y correr hacia French Twist.

Mi jefa amasa la pasta cuando entro en la cocina. El gris de la encimera de acero inoxidable apenas se ve bajo todo el despliegue de harina. Tras ella hay una pila de cuencos por fregar.

Cuelgo mi chaqueta, pero no parece percatarse de mi presencia hasta que, ya junto a ella, me remango la camiseta.

—Ella, estás aquí —dice mientras se aparta un mechón de pelo de la frente con un soplido. El rizo vuelve a caer de inmediato, así que me mira a través de sus tirabuzones.

—Estoy aquí —contesto, animada, aunque noto por su tono que ese «estás aquí» no era un saludo sino prácticamente una advertencia—. Empezaré fregando los platos y luego ya me dirás lo que quieres que haga después.

Me apresuro a llegar al fregadero como si tener las manos mojadas fuera a impedir que me comunicara las malas noticias. Se endereza y se limpia las manos en su delantal.

—Creo que es mejor que hablemos.

Mis hombros se quedan rígidos.

—¿Es por lo de Reed? —pregunto, y el miedo se hace eco en mi voz—. No lo hizo, Lucy. Te lo juro.

Lucy suspira y se restriega el dorso de la mano por debajo de su barbilla. La gran cantidad de rizos que enmarcan su rostro le da la apariencia de un ángel preocupado.

—No es por Reed, cielo, aunque tampoco puedo decir que me agrade esa situación. ¿Por qué no te sirves una taza de café y unas pastas y nos sentamos?

—No, estoy bien. —¿Por qué retrasar lo inevitable? La cafeína no va a lograr que esta conversación sea menos incómoda.

Cierra los labios con cierta frustración, pero no me apetece facilitarle las cosas. Sí, es verdad que la dejé en la estacada cuando desaparecí hace unas semanas, pero volví y no he faltado al trabajo ni un día desde entonces. Nunca he llegado tarde, aunque estar aquí a las cinco de la mañana requiera que me levante antes incluso que los pájaros.

Cruzo los brazos, me apoyo contra el fregadero y espero.

Lucy se acerca a la cafetera y murmura algo para sí misma sobre necesitar tres tazas antes de poder sentirse humana. Luego se gira hacia mí.

—No sabía que a tu padre lo encontraron vivo. Debe de haber sido una gran conmoción.

—Espera, ¿es por Steve? —digo, sorprendida.

Asiente, hace acopio de algo más de coraje y continúa:

—Vino a hablar conmigo anoche antes de cerrar.

—¿Sí? —Los nervios se instalan en la boca de mi estómago. ¿Por qué narices tendría que venir a la pastelería?

—Me dijo que no quiere que trabajes —prosigue Lucy—. Cree que estás perdiéndote actividades y socialización al venir aquí por la mañana temprano.

¿Qué?

—No puede hacer que me despidas —protesto. Esto es más que absurdo. ¿Qué le importa a Steve si trabajo? ¿Ha vuelto hace menos de una semana y ya se cree que puede dictar lo que haga o deje de hacer? Y una mierda.

Lucy chasquea la lengua.

—No sé si tiene ese derecho, pero no estoy en posición para rebatirlo. Los abogados son caros... —Su voz se apaga, aunque sus ojos me suplican que lo comprenda.

—¿Te ha amenazado con demandarte? —suelto, completamente horrorizada.

—No con esas palabras —admite.

—¿Qué te dijo exactamente? —La presiono porque no puedo dejarlo pasar. Francamente, no entiendo por qué Steve se opone a que tenga un trabajo. Cuando se lo mencioné, después del funeral de Brooke, no comentó nada sobre no estar de acuerdo con ello.

—Solo dijo que no creía que fuera apropiado para ti que trabajaras tantas horas y le quitaras el empleo a alguien que de verdad necesite el dinero. Quiere que te centres en los estudios. Fue muy amable. —Lucy apura el café y deja la taza sobre la encimera—. Ojalá pudiera mantenerte en plantilla, Ella, pero no puedo.

—¡Pero no le estoy quitando el trabajo a nadie! Tú misma dijiste que no tenías a nadie que quisiera trabajar por las mañanas.

—Lo siento, cielo. —Por cómo lo dice, está claro que su decisión es definitiva.

No importa lo que diga, Lucy ya se ha decidido. Lo hizo antes de que llegara aquí siquiera. Cruza la cocina y coge una caja blanca para llevar.

—¿Por qué no coges algunos pasteles para tus compañeros? A tus... eh... hermanastros les gustan los palos de crema, ¿verdad?

Tengo ganas de decir que no porque estoy enfadada, pero luego decido que más me vale aceptar todo lo que me ofrece, ya que me quita el trabajo. Meto una docena de pastelitos en la caja y recojo mi abrigo. Cuando llego a la puerta, Lucy dice:

—Eres una buena trabajadora, Ella. Si las cosas cambian, dímelo.

Asiento con hosquedad. Estoy demasiado enfadada como para murmurar algo más que un simple *gracias* y un *adiós*. El camino hasta el colegio no me lleva mucho tiempo. Cuando llego, los terrenos de Astor Park están casi vacíos, pero los aparcamientos están sorprendentemente llenos.

Es demasiado temprano para que tantos estudiantes estén aquí. Los únicos que llegan temprano son los jugadores de fútbol. Cuando me acerco a las puertas principales del colegio, por supuesto, oigo unos cuantos gritos y silbidos que proceden del campo de entrenamiento. Podría ir y ver a Reed y Easton entrenar, pero me parece tan emocionante como observar el pegamento mientras se seca.

En cambio, entro en el edificio, guardo los pastelitos en mi taquilla y le mando un mensaje a Callum.

«¿Por qué Steve decide dónde trabajo o dejo de trabajar?».

No recibo una respuesta inmediata. Recuerdo que Callum tampoco era muy partidario de que trabajara en la pastelería. Reed también se enfadó cuando se enteró, decía que mi trabajo implicaba que los Royal no trataban bien a su pupila. Yo expliqué a ambos que lo busqué porque estaba acostumbrada a trabajar y quería ganar mi propio dinero. No estoy segura de que lo entendieran, pero al final terminaron por aceptarlo.

A lo mejor Steve también termine por comprenderlo, ¿no? No sé por qué, pero no estoy muy convencida de eso.

Como no tengo nada mejor que hacer, deambulo por el pasillo para encontrar a los propietarios de los coches que hay fuera. En el aula de informática hay un montón de estudiantes apiñados alrededor de una pantalla. Hacia el final del pasillo oigo el ruido del metal estrellando contra metal. Al echar un vistazo por la ventana veo a dos estudiantes que blanden dos espadas el uno contra el otro; avanzan, retroceden y se acuchillan mutuamente. Observo el combate durante unos minutos antes de continuar. Al otro lado del pasillo, un enorme número de estudiantes está embarcado en otro tipo distinto de pelea: esta consiste en tableros y piezas de ajedrez. En casi todos los pasillos encuentro enormes pósteres que anuncian el Baile de Invierno y también hojas de inscripción para lo que parecen un millón de clubes y organizaciones distintas.

Al ver todo esto me percato de que no sé mucho de Astor Park. Supuse que era como cualquier otro colegio, con el fútbol en otoño y el béisbol en primavera, solo que con chicos forrados de dinero. No había prestado mucha atención a los eventos, actividades y grupos extraescolares, porque no tenía tiempo para ello.

Ahora parece que eso es lo único que tengo.

El teléfono suena, ha llegado un mensaje. La respuesta de Callum aparece en la pantalla.

«Es tu padre. Lo siento, Ella.»

¿En serio? Hace dos días defendía su discurso sobre que se siente mi padre, ¿y ahora se retracta? ¿Qué ha cambiado desde entonces? ¿Y qué derecho tiene Steve a hacer esto? ¿De verdad pueden los padres impedir que sus hijos trabajen? A mi madre no le importaba lo que hiciera siempre y cuando pudiera asegurarle que estaba a salvo.

Enfadada, le mando otro mensaje: «¡No tiene ningún derecho!».

Callum responde con un: «Lucha las batallas importantes».

Es un buen consejo, supongo, pero no hace que todo esto duela menos. Si mi madre estuviese viva no tendría que lidiar con Steve yo sola. Pero... si estuviese viva, ¿habría llegado a conocer a Reed? ¿A Easton? ¿A los gemelos?

No, probablemente no. La vida es tan injusta a veces...

Me detengo enfrente del gimnasio principal. Las puertas dobles están abiertas y música hip-hop resuena de fondo. Localizo a Jordan dentro, ataviada con unos pantalones cortos y un top. Está de espaldas a mí cuando curva una pierna con elegancia por encima de su cabeza, y luego gira sobre un pie y se ayuda de la otra pierna para impulsarla pirueta.

Me restriego un pie contra el otro. Mi madre y yo solíamos bailar en casa. Me dijo que le gustaría haber sido bailarina profesional. En cierto modo, lo era. Como una bailarina, ella movía su cuerpo y otros le pagaban por ello. La única diferencia era que ninguno de sus espectadores quería ver una pirueta ni apreciaba las posturas elegantes que podía realizar. Lo único que querían era verla quitarse la ropa.

Yo no tengo ninguna base de danza clásica, en realidad, no del tipo que sospecho que Jordan sí tiene. Las pocas clases que mi madre pudo pagar fueron de claqué y jazz. El ballet era demasiado caro porque requería que compráramos unos zapatos y leotardos especiales. Tras ver el semblante desanimado de mi madre cuando vimos los precios del material, le dije que pensaba que el ballet era una tontería, aunque en realidad me moría por probarlo.

Las otras clases de baile solo requerían que me presentara con calcetines o pies descalzos y aquello me hacía feliz, pero no voy a negar que a veces me quedaba fuera del aula de danza clásica y observaba a las chicas bailar con sus medias de color pastel y sus zapatillas de puntas.

No puedo evitar superponer aquellas imágenes a las que estoy viendo ahora; hasta que Jordan detiene sus giros y me mira echando fuego por los ojos. Qué lástima que no pueda echarle el muerto de Brooke a Jordan.

—¿Qué narices quieres? —espeta.

Tiene las manos apoyadas en las caderas y parece estar preparada para acercarse y darme una patada en el trasero. Por suerte, si ese fuera el caso, sé que podría arreglármelas. Ya nos peleamos pocas semanas después de que comenzaran las clases.

—Solo me preguntaba a quién te habrás comido para desayunar —le pregunto con dulzura.

—Algunos de primer año, por supuesto. —Sonríe con suficiencia—. ¿Sabes? Me gustan jóvenes, blanditos y débiles.

—Claro que sí. Alguien fuerte te acojonaría. —Por eso yo no le gusto lo más mínimo.

—¿Sabes qué me acojonaría? Meterme en la cama con un asesino. —Se echa el pelo negro hacia atrás, camina hasta su bolsa de deporte y saca una botella de agua—. ¿O estás tan harta de todos los chicos con los que te has acostado que los normales ya no te ponen?

—Pues antes bien que lo querías —le recuerdo.

—Es rico, está bueno y supuestamente tiene una buena polla. ¿Por qué no habría de desearlo? —Jordan se encoge de hom-

98

bros—. Pero, a diferencia de ti, yo sí que tengo el listón alto. Y, a diferencia de los Royal, a mi familia sí que la respetan por aquí. Mi padre ha ganado premios por su filantropía. Mi madre encabeza media docena de comités benéficos.

Pongo los ojos en blanco.

—¿Y eso qué tiene que ver con desear a Reed?

Frunce el ceño.

—Te lo acabo de decir; ya no lo quiero. Es malo para mi imagen.

Suelto una carcajada.

—Lo dices como si hubieras tenido posibilidades de liarte con él, lo cual no es cierto. No está interesado en ti, Jordan. Nunca lo ha estado, y nunca lo estará. Lamento explotar tu pompa de ilusión.

Sus mejillas se ruborizan.

—Tú eres la que delira. Te estás tirando a un asesino, cariño. A lo mejor deberías tener cuidado: si lo cabreas, puede que seas la siguiente que acabe en un ataúd.

—¿Hay algún problema?

El señor Beringer, el director de Astor Park, aparece de la nada. Aunque es más perro ladrador que mordedor —he visto a Callum sobornarlo más de una vez— sigo sin querer causar problemas.

—Para nada —miento—. Solo admiraba lo en forma que está Jordan.

Él me mira con reticencia. La última vez que nos vio juntas le había cerrado la boca con cinta adhesiva y la paseé, con la nariz ensangrentada y todo, por el colegio.

—Ya veo. Bueno, pues a lo mejor puedes hacerlo en otro momento —dice con voz entrecortada—. Tu padre está aquí. Tienes permiso para faltar hoy.

—¿Qué? —espeto—. Pero tengo clases.

—¿Tu padre? —repite Jordan sin dar crédito—. ¿No estaba muerto?

Mierda. Me olvidé de que estaba aquí.

—No es de tu incumbencia.

Jordan observa a Beringer y luego a mí, y se tira al suelo del gimnasio riéndose con tanta fuerza que necesita sujetarse el vientre con los brazos.

—¡Ay Dios! Eso es increíble —jadea entre carcajadas—. Me muero de ganas de ver el siguiente episodio, donde te quedas preñada pero no sabes si es de Reed o Easton.

La miro con el ceño fruncido.

—Cada vez que empiezo a pensar en ti como un ser humano, abres la boca y lo mandas todo al traste.

El director fulmina con la mirada a mi némesis.

—Señorita Carrington, este comportamiento está totalmente fuera de lugar.

La regañina de Beringer solo consigue que se ría con más ganas. El director rechina visiblemente los dientes, me toma del brazo y me aleja de la puerta.

—Vamos, señorita Royal.

No le corrijo mi apellido esta vez, pero me suelto de su agarre.

—Lo digo en serio. Tengo clase.

Me dedica una sonrisa lisonjera, la misma que regala a las mujeres mayores cuando les pide una donación para los fondos de Astor Park. Es como si me dijera que me está haciendo un favor.

—Ya me he ocupado de todo. He informado a sus profesores de que faltará hoy. Y ni siquiera tendrá que hacer los trabajos.

Confirmado: piensa que me hace un favor.

—¿Qué clase de colegio de pacotilla es este si puede hacer que un estudiante de penúltimo curso falte a clases y no tenga que entregar los trabajos?

Sus labios, ya de por sí finos, se unen en una estrecha línea desaprobadora.

—Señorita Royal. Solo porque su padre haya vuelto de entre los muertos no significa que pueda hablarme de esa manera.

—Póngame mil castigos, entonces —me burlo. O quizá se lo suplico—. Los haré hoy.

Él sonríe con suficiencia.

—No lo creo. Parece que ya está sufriendo un castigo.

En serio, odio a todo el mundo en este colegio. Son lo peor. Me pregunto qué me haría Beringer si me negara a salir por la puerta. ¿Vendría la policía y me arrastraría al exterior?

El director se detiene en su despacho y mueve la cabeza hacia el final del pasillo y el vestíbulo.

—Su padre la espera. —Sacude ligeramente la cabeza—. No entiendo por qué no está emocionada por pasar tiempo con él. Es una chica extraña, señorita Royal.

Después desaparece en el despacho, como si no quisiera pasar ni un segundo más con la chica rara que prefiere no ver a su padre.

Apoyo la cabeza contra una de las taquillas y me obligo a enfrentarme a la verdad que he evitado desde que Steve reapareció. No quiero pasar tiempo con él porque estoy asustada. ¿Y si no le gusto? Es decir, dejó a mi madre. Todo lo que ella tenía no fue suficiente para mantenerlo a su lado, y Maggie Harper era un ángel: preciosa, dulce y amable.

Luego, en cambio, estoy yo: quisquillosa y difícil de tratar, sin mencionar lo malhablada y cabezona que soy con solo diecisiete años. Es evidente que acabaré diciendo algo que me deje en evidencia y lo ofenda.

Sin embargo, no importa lo mucho que quiera esconderme en estos pasillos infestados de veneno. Steve me espera y solo tengo dos opciones: quedarme y conocerlo, o huir y perder a Reed.

Si esas son mis dos únicas opciones, realmente no hay decisión alguna que tomar.

Me giro hacia el vestíbulo y empiezo a caminar.

Capítulo 13

Ella

Cuando llego al vestíbulo, Steve me espera con las manos en los bolsillos leyendo los carteles del tablón de noticias.

—Este lugar no ha cambiado mucho —me dice cuando me acerco.

Mi frente se arruga con confusión.

—¿Estudiaste aquí?

—¿No lo sabías?

—No. No creí que Astor Park fuese tan antiguo.

Una sonrisa irónica eleva las comisuras de sus labios.

—¿Me estás llamando viejo?

Se me encienden las mejillas.

—No. Solo me refería...

—Estoy de broma. Creo que la primera promoción se graduó en los años treinta. Así que sí, este lugar es antiguo. —Saca las manos de los bolsillos antes de girarse por completo hacia mí—. ¿Lista?

Se me tensa la espalda.

—¿Por qué?

—¿Por qué, qué? —Steve parece confundido.

—¿Por qué me sacas de clase?

—Porque no puedes esconderte tras Beringer como haces con Callum y sus hijos.

Soy incapaz de esconder la sorpresa que se expande por mi rostro. Steve es lo bastante perceptivo como para percatarse de ella y sonríe.

—¿Creías que no me había dado cuenta de que me evitabas?

—No te conozco. —Estoy asustada. Hay demasiadas cosas fuera de mi control. Estoy acostumbrada a estar al mando. Desde que tengo memoria, mi madre se apoyaba en mí para pagar las facturas, para hacer la compra o para que fuese al colegio.

—Por eso te saco hoy del colegio. Vamos. —Esta vez su sonrisa es de acero.

«Esa soy yo», me percato de pronto. Mi madre era blanda. ¿Mi padre? No tanto, supongo. Lo sigo hasta fuera porque siento que no hay escapatoria. En el asfalto veo aparcado un coche deportivo de perfil bajo lleno de curvas. Nunca había visto uno igual. Menos por el color, que es el mismo tono que el mío. Un color patentado llamado Azul Real, o Royal, según Callum.

La estupefacción debe de notarse en mi cara, porque Steve dice:

—Bugatti Chiron.

—No tengo ni idea de lo que acabas de decir —contesto de forma casual—. Suena a una marca de espaguetis.

Se ríe y me abre la puerta.

—Es un coche alemán. —Pasa la mano por el techo del vehículo—. El mejor en el mundo.

Podría estar inventándoselo y yo no me enteraría. Me gusta la independencia de tener uno y poco más. No soy una fanática de los coches, pero hasta yo siento que este es especial. El cuero es más suave que el culito de un bebé y los botones son de un cromado brillante.

—¿Esto qué es, una nave espacial o un coche? —pregunto mientras Steve se acomoda en el asiento del conductor.

—Puede que ambos. Pasa de cero a cien kilómetros por hora en dos segundos y medio y puede alcanzar los cuatrocientos veinte kilómetros por hora. —Me dedica una sonrisa infantil—. ¿Eres tú una de las rarísimas mujeres a las que les encantan los coches?

—Me siento ofendida por mi género, apuesto a que hay muchas mujeres fanáticas de los coches. —Me pongo el cinturón y le devuelvo una sonrisa reacia—. Pero yo no soy una de ellas.

—Mala suerte. Te habría dejado conducirlo.

—No, gracias. En realidad, no me gusta mucho conducir.

Steve me mira sorprendido.

—¿Estás segura de que eres mi hija?

«Pues no».

—El ADN dice que sí —digo en voz alta.

—Eso dice, sí —murmura.

Un silencio incómodo se instala entre ambos. Odio esta situación. Quiero volver dentro y asistir a mis clases y enrollarme con Reed durante el almuerzo. Joder, ahora mismo preferiría intercambiarme insultos con Jordan a estar aquí sentada con Steve. Con mi padre.

—¿Y qué quieres que hagamos hoy? —pregunta por fin.

Juego con la cinta de mi cinturón.

—¿No tienes nada planeado? —«¿Entonces por qué me has sacado del colegio?», quiero gritar.

—Quería dejártelo a ti. A elección de la dama.

«Esta dama elige volver al colegio», pienso. Sin embargo, me repito que evitarlo no hará desaparecer esta incomodidad. Es mejor que me enfrente a él directamente.

—¿Qué tal el paseo marítimo? —sugiero. Digo el primer lugar que se me pasa por la cabeza. Es noviembre, así que hará demasiado frío como para sentarnos fuera, pero a lo mejor podemos dar un paseo o algo. Estoy segura de que he traído guantes.

—Muy buena idea. —Arranca el motor y el coche entero vibra de la potencia que tiene.

Mientras Steve atraviesa los enormes portones de entrada del colegio, dirijo la mirada hacia la derecha, en dirección a French Twist. Al hacerlo, mi cuerpo se vuelve a tensar y el recuerdo de lo que ha hecho me vuelve a la cabeza con una fuerza monumental.

—¿Por qué has pedido que me despidan del trabajo? —escupo.

Me mira, sorprendido.

—¿Estás enfadada por eso?

—Claro que lo estoy. —Me cruzo de brazos—. Me encantaba ese trabajo.

Steve parpadea un par de veces, como si no entendiera lo que digo. Me planteo si debería decírselo en un idioma distinto, pero por fin sale de su trance.

—Mier... Digo, ¡mecachis! Pensaba que Callum te obligaba a trabajar. —Steve sacude la cabeza con desaliento—. A veces hace cosas extrañas para reforzar la responsabilidad de sus hijos.

—Yo no he visto nada de eso —respondo con firmeza. Me siento extrañamente a la defensiva en lo que a Callum se refiere.

—Oh, solía amenazar a los chicos con enviarlos a la escuela militar.

Mi molestia vuelve a aumentar.

—Trabajar en una pastelería no se parece en nada a una escuela militar.

—Tus turnos empiezan a las cinco de la mañana, Ella. ¿Tienes cuántos? ¿Dieciséis años? Estoy seguro de que preferirías dormir.

—Tengo diecisiete y estoy acostumbrada a trabajar —replico, y luego me obligo a relajar el tono. Mi madre siempre decía que se atrapan más abejas con una gota de miel que con un cuarto de vinagre—. No lo sabías, así que entiendo que hayas llegado a esa conclusión. —Suavizo la voz incluso más—. Pero ahora que sabes que me encanta mi trabajo, ¿puedes volver y decirle a Lucy que no pasa nada por que trabaje?

—No lo creo. —Su mano se mueve y le resta importancia—. Mi hija no necesita trabajar. Me ocuparé de ti.

Steve pisa el acelerador y el coche se embala hacia adelante. Me aguanto las ganas de agarrarme al salpicadero; el miedo por perder la vida hace que la irritación por sus comentarios pase a un segundo plano.

—Háblame de ti —pide mientras conduce por la calle como un maníaco.

Me muerdo el labio con frustración. No me gusta que haya dado por terminada así como así la conversación sobre la pastelería. «No trabajarás. Punto y final». Sus habilidades parentales dejan bastante que desear. Hasta Callum, que no va a ganar ningún premio al mejor padre del año, estuvo dispuesto a mantener una larga discusión sobre el tema del trabajo.

—Estás en tercero, ¿verdad? ¿Qué hacías antes de venir aquí?

Steve es completamente ajeno a mi descontento. Sus ojos azules están fijos en el parabrisas y su mano cambia de marcha con habilidad mientras atraviesa la ciudad.

Como me siento extrañamente mezquina, le respondo en un tono empalagoso:

—¿No te lo dijo Callum? Trabajaba en un club de *striptease*.

Casi se sale de la carretera.

Mierda. A lo mejor tendría que haber mantenido la boca cerrada. Me agarro donde puedo mientras vira y se vuelve a colocar en el carril correcto.

—No —balbucea—. Olvidó mencionarlo.

—Bueno, pues sí. —Lo miro fijamente, como si le retase a que me dé un rapapolvo.

No lo hace.

—No puedo decir que me encante la idea, pero a veces hay que hacer ciertas cosas para sobrevivir. —Steve hace una pausa—. ¿Estabas sola antes de que Callum te encontrara? Asiento.

—Y ahora vives en el santuario de Maria. Me sorprende que Brooke no pidiera que quitaran su retrato.

Hay una pintura gigante de Maria colgada sobre la chimenea y, cuando Callum y Brooke anunciaron su compromiso, Brooke se sentó bajo el cuadro con una sonrisa engreída en el rostro. Los chicos estaban enfadadísimos por el compromiso, por cómo lo anunciaron, incluso por el anillo de Brooke, que era una copia exacta del que Maria llevaba en el cuadro. Todo aquello fue como una peineta en su máxima expresión.

—No tuvo tiempo —murmuro.

—Supongo que no. Imagino que lo primero que habría hecho es redecorar el lugar de pies a cabeza. Todo en esa casa tiene la huella de Maria —comenta—. Los chicos la idolatran y Callum también, pero nadie es un santo. —Ladea la cabeza ligeramente y lanza una mirada en mi dirección—. No es bueno tener a una mujer en un pedestal. Sin ofender, cariño.

¿Es resentimiento lo que percibo en su voz? No sabría decirlo con seguridad.

—No pasa nada —murmuro.

Si Steve quería que nuestra conversación fuese todavía más incómoda, ha elegido el tema perfecto.

—Este coche es muy rápido —digo, en un desesperado intento por distraerlo del hilo de Maria.

Esboza una leve sonrisa.

—¿A que sí? Vale, no más preguntas sobre Maria. ¿Y tu madre? ¿Cómo era?

—Amable, cariñosa. —«¿Qué recuerdas de ella?», quiero preguntar, pero antes de tener oportunidad de hacerlo ya ha vuelto a cambiar de tema.

—¿Y qué tal el colegio? ¿Las notas van bien?

Este hombre padece un caso grave de trastorno por déficit de atención e hiperactividad. No es capaz de centrarse en un solo tema más de dos segundos.

—El colegio va bien, supongo. Mis notas son buenas.

—Bien. Es bueno oírlo. —Me vuelve a mirar de reojo—. ¿Estás saliendo con Reed?

Me quedo boquiabierta de la sorpresa.

—Yo… ah… sí —admito al fin.

—¿Te trata bien?

—Sí.

—¿Te gusta el marisco?

Lucho contra las ganas de restregarme los ojos por la confusión. No entiendo a este hombre. Lo único que sé es que conduce demasiado rápido y mantiene conversaciones intensas que hacen que me dé vueltas la cabeza.

No le encuentro el más mínimo sentido.

—Ha sido lo peor.

Horas después entro en el dormitorio de Reed y me lanzo sobre la cama. Él se sienta y apoya la espalda contra el cabecero.

—Oh, venga. Seguro que no ha sido para tanto.

—¿No me has oído? —gruño—. He dicho lo peor.

—¿Qué ha sido lo peor? —pregunta Easton desde el umbral, y luego entra precipitadamente en la habitación.

—Tío, a ver si aprendemos a llamar a la puerta —le suelta Reed, exasperado—. ¿Y si hubiésemos estado desnudos?

—Estar desnudos habría significado que os estaríais liando y todos sabemos que no es el caso.

Contengo un suspiro. Debería estar acostumbrada a lo franco que se pone Easton cuando habla de nuestra vida sexual, pero no es así.

—No estabas en química —Easton me informa como si no tuviera consciencia de mi propia ausencia—. ¿Habéis hecho pellas Val y tú?

—No. —Rechino los dientes—. Steve me ha sacado del colegio para disfrutar de un rato padre e hija.

—Ah. Lo pillo. —Easton se deja caer sobre la cama a mi lado—. ¿Y no ha ido bien, no?

—Nop —digo con aire sombrío—. No lo entiendo.

Easton se encoge de hombros.

—¿Qué hay que entender?

—*A él.* —Me paso una mano por el pelo con frustración—. Es como un niño en el cuerpo de un hombre. Desayunamos en el paseo marítimo, luego condujimos por la costa y almorzamos en un restaurante que hay justo encima de un acantilado. Os lo juro, lo único que hizo fue hablar de coches y de cuánto le encantan los aviones. Luego me contó la de innumerables veces que casi muere en sus locos viajes de aventura y cómo le gustaría seguir siendo un *Navy SEAL*, porque le encantaba explotar cosas.

Reed y Easton sueltan una risita. Dejarían de reírse en menos que canta un gallo si hubiesen oído los comentarios que Steve hizo sobre Maria, pero no quiero malmeter, así que me concentro en todo lo demás, que ya es mucho.

—Cambia de tema tan rápido que es imposible seguirle el ritmo —explico con impotencia—. Y nunca sabría decir lo que está pensando. —Me muerdo el interior de la mejilla mientras miro a Reed—. Sabe que estamos juntos.

Mi novio asiente.

—Sí, me lo supuse. No es que lo estuviésemos escondiendo, tampoco.

—Lo sé, pero... —Trago saliva—. Tengo la sensación de que no le hace gracia. Y eso ni siquiera es lo peor.

—¿Soy el único que piensa que tu día ha sido la hostia? —interrumpe Easton—. Quiero comer en un acantilado.

—Quiere que me mude con él y Dinah.

Eso logra que Easton se calle. Tanto él como Reed se quedan más tensos que un cable de acero.

—Ni de broma —dice Easton.

—Según Steve, sí. —Suelto un gemido infeliz y me subo al regazo de Reed. Sus fuertes brazos me rodean la cintura y me sujetan contra él—. No me presionó mucho con el tema de quedarme con ellos en el hotel, pero me advirtió que, en cuanto la policía libere el ático, espera que me vaya a vivir allí. Me preguntó si tenía alguna idea de diseño para su decorador de interiores. ¡Va a contratar a alguien para decorar mi habitación!

Reed me coloca un mechón de pelo tras la oreja.

—Mi padre no dejará que eso pase, nena.

—Tu padre no tiene ni voz ni voto. —Se me cierra la garganta hasta el punto de dolerme—. Steve es el único que decide y quiere que me vaya a vivir con él.

Easton suelta un gruñido.

—No importa lo que Steve quiera. Tu sitio está aquí, con nosotros.

Tiene razón, pero, por desgracia, Steve no está de acuerdo. En el almuerzo incluso me pidió que considerara la opción de cambiar legalmente mi apellido de Harper a O'Halloran. Si lo cambiara por algún otro sería Royal, pero eso no se lo dije. Yo solo asentí y sonreí y dejé que hablara y hablara durante horas. Sinceramente, creo que le gusta oír el sonido de su propia voz.

—Deja de agobiarte —me aconseja Reed mientras me acaricia la espalda.

—No puedo. No quiero vivir con él y con esa zorra. Me niego.

—No llegarás a mudarte —promete—. Steve es muy de hablar pero luego no hace nada.

Easton asiente con vehemencia.

—Es verdad. Diste en el clavo cuando dijiste que es un niño en el cuerpo de un hombre. El tío Steve es un niño grande.

—Easton tiene razón. Steve siempre ha tenido unas ideas enormes, pero nunca hace nada para llevarlas a cabo —admite Reed—. Se distrae.

—Sí, su polla lo distrae —dice Easton y yo me encojo como si me hubiera golpeado—. Podría estar en medio de una reunión de la junta directiva, que si le pones a una tía enfrente, se da el piro.

Desde luego, mi padre parece un tío fabuloso. Nótese la ironía.

—Por favor, no habléis del pene de mi padre delante de mí. Es asqueroso.

—Solo está poniéndose al día con todo esto de ser padre —añade Easton, y se encoge otra vez de hombros—. En cuanto se canse, probablemente se olvide de que existes.

Sé que pretende consolarme, pero solo consigue enfadarme todavía más. Cuanto más sé sobre Steve, más se aferra la ansiedad a la boca de mi estómago. Ahora vuelvo a estar asustada, pero no ante la idea de no gustarle a Steve. Me asusta que él no me guste a mí.

Capítulo 14

Ella

Como Val no tiene coche y yo ya no tengo trabajo, nada me impide llevarla a casa el viernes después de clase. Esperaba que nos pusiéramos al día por el camino, pero está sorprendentemente callada, así que, en el siguiente semáforo en rojo, la miro y pregunto sin rodeos:

—¿Estás enfadada conmigo, verdad?

Su mirada vuela hacia la mía.

—¿Qué? ¡No! Por supuesto que no.

—¿Seguro? —insisto, preocupada—. Porque he sido una mierda de amiga esta semana, lo sé.

—No, has sido una amiga ocupada —me corrige y sonríe con tristeza—. Lo entiendo, Ella. Yo también estaría distraída si a mi novio lo hubiesen acusado de asesinato.

—Siento mucho no haber estado más pendiente. La vida es una mierda.

—Dímelo a mí.

Intercambiamos una sonrisa áspera.

—¿Qué hay entre Wade y tú? —pregunto mientras atravesamos una intersección.

—Nada. —Sin embargo, su tono de voz es impreciso.

—¿Nada? ¿En serio? —Ambos han estado de mal humor esta semana y apenas se han mirado en el almuerzo. Eso no es «nada».

Giro hacia la calle de Val y reduzco la velocidad frente a la mansión Carrington. Antes de que escape del coche activo el cierre de seguridad para que no pueda abrir la puerta.

Val se ríe.

—Eres consciente de que estamos en un descapotable, ¿no? Podría saltar si quisiera.

—Bueno, pero no lo harás. —Le dedico una mirada severa—. No hasta que me digas qué pasa.

—Nada. —Suena exasperada—. Wade es... Wade. No estamos juntos.

—¿Pero tú quieres estarlo? —pregunto.

Ella suelta un suspiro enorme y exagerado.

—No.

Abro los ojos de par en par.

—¿De verdad?

—Sí... No... Quizás. No lo sé, ¿vale?

Yo también suspiro.

—¿Estás enfadada con él porque se ha liado con alguien más?

—¡Sí! —explota—. Y sé que es una gran estupidez. No estábamos saliendo ni nada, solo tonteamos un par de veces en el baño. Pero... me lo estaba pasando bien otra vez, ¿sabes? Ya no estaba obsesionada con Tam.

La miro con comprensión. Val se tomó su ruptura con Tam, su antiguo novio, bastante mal. Estaba tan contenta de verla superarlo por fin...

—Y entonces Wade me pidió que saliéramos un fin de semana —continúa Val—, pero yo estaba ocupada, así que me dijo que vale, que lo dejáramos para otra ocasión. ¡Así que voy al colegio el lunes y me entero de que se lio con Samantha Kent el domingo en el club de golf! Eso *no* está bien. —Su expresión se nubla—. Me recordó a Tam cuando me puso los cuernos y...

—Baja la voz.

Alargo el brazo y le doy un pequeño apretón en el suyo.

—Lo entiendo. Te quemaste y no quieres que pase otra vez. Eras demasiado buena para Tam, y eres demasiado buena para Wade. —Vacilo—. Pero, por lo que sé, parece que Wade se siente fatal por todo esto.

—No me importa. Le dije antes de acostarnos que quería que fuese exclusivo. Si está conmigo, aunque sea de forma casual, entonces está *solo* conmigo. —Levanta el mentón con cabezonería—. Rompió las normas.

—Entonces supongo que no vendrás al partido de esta noche.

—Nop. Me voy a quedar en casa y me voy a depilar las piernas.

Me río.

—¿Quieres venir? —pregunta—. Podemos hacer noche de *spa.*

—No puedo —digo con aire sombrío—. A diferencia de ti, yo no tengo más remedio que ir al partido. Callum nos dijo anoche que toda la familia ha de ir, sin excepciones. Es una muestra de fuerza.

Val tuerce los labios.

—No sabía que estuviésemos en guerra.

—Nosotros prácticamente. —Me aparto un mechón de pelo de los ojos—. Ya has oído los cuchicheos en el colegio. La gente dice lo peor de Reed, y al parecer algunos de los miembros de la junta directiva de Atlantic Aviation también le hacen la vida imposible a Callum.

—¿Los medios están acampados fuera de la mansión?

—Sorprendentemente, aún no. Callum debe de haber usado su influencia o algo, porque cualquier otro caso como este habría causado una enorme conmoción—. Me desplomo en mi asiento—. El abogado de Reed quiere que actuemos como si no hubiese pasado nada malo, que permanezcamos unidos como familia y todo eso. —Solo que yo no debo pegarme demasiado. Reed no me lo ha dicho, pero el otro día Callum me sugirió en privado que relajara un poco las muestras de afecto en público.

Val pone los ojos en blanco.

—¿E ir a un partido de fútbol convencerá a la gente de que Reed es inocente?

—Quién sabe. —Me encojo de hombros—. Además, Callum piensa que es una buena ocasión para que Steve salga y se presente ante las otras familias. Espera que eso cause el alboroto suficiente como para restarle importancia al caso.

Los ojos oscuros de Val examinan mi rostro.

—¿Cómo llevas eso, por cierto? Steve y tú.

Se me escapa un quejido.

—No muy bien. Sigue intentando pasar tiempo conmigo.

Ella finge ahogar un grito.

—¡Cómo se atreve!

No puedo evitar soltar una risita.

—Vale, sé que suena a locura. Pero es raro, ¿vale? Es un completo extraño.

—Sí, y así seguirá si no dejas de evitarlo. —Arruga la nariz—. ¿No quieres conocerlo? Es decir, es tu padre.

—Lo sé. —Me muerdo el labio inferior—. Intenté abrir la mente cuando se presentó en el colegio el lunes e insistió en que pasáramos el día juntos, pero lo único que hizo fue hablar de sí mismo. Durante horas. Fue como si ni siquiera se percatara de que estaba allí.

—Probablemente estaba nervioso —sugiere—. Apuesto a que esto también es difícil para él. Vuelve de entre los muertos y de repente se entera de que tiene una hija. Cualquiera lo pasaría mal ante esa situación.

—Supongo. —Quito el seguro—. En fin, ya se puede ir, mi señora. Tengo que llegar a casa a tiempo para prepararme para el partido —digo con voz cansada.

Val se ríe.

—Ten cuidado, chica. Tu entusiasmo es *tan* contagioso que puede que me ponga a dar volteretas hasta la puerta de mi casa.

—Tira de la manilla de la puerta y sale del coche, luego da un golpecito sobre la carrocería y me sonríe—. Buena suerte esta noche.

—Gracias —respondo.

Tengo la sensación de que voy a necesitarla.

Hay un océano entre nosotros. Un *océano*.

Durante toda la semana he visto a chicos en el colegio cuchichear cosas de Reed, pero no creí que eso fuera a extenderse hasta Callum. Callum Royal siempre me ha parecido intocable: seguro de sí mismo y con el control de todo, un capitán de la industria al que todos le bailan el agua. La última vez que vino a un partido hubo mucha gente que le besó el culo. Hubo un padre que lo detenía para charlar con él a cada paso que daba.

Esta noche lo ignoran. Estamos todos: Steve, los gemelos y yo. Estamos sentados en la grada, en la fila justo encima del banquillo del equipo local, y la gente nos mira de hito en hito. Siento sus miradas acusadoras clavadas en la nuca.

Sin embargo, por muy incómodo que esto sea para mí, es un millón de veces peor para Reed. No puede jugar esta noche porque aún lleva puntos en el costado por la puñalada que recibió por culpa de Daniel Delacorte. Tiene que quedarse en el banquillo otra semana más, pero aun así todos esperan que apoye al equipo desde la banda.

Ojalá pudiera sentarse en la grada con nosotros. Odio lo solo que parece sentirse ahora mismo. Y odio que la gente no deje de susurrar y señalarlo.

—Ese es el chico de los Royal —sisea una mujer, lo suficientemente alto como para que lo oigamos—. No puedo creer que lo dejen estar aquí esta noche.

—Es de vergüenza —conviene otro padre—. ¡No quiero que esté cerca de mi Bradley!

—Alguien tiene que hablar con Beringer de esto —añade una voz masculina en un tono inquietante.

Una mueca de dolor cruza mi rostro. También el de Callum. A mi lado, Steve permanece totalmente despreocupado a pesar de la atención negativa. Como de costumbre me taladra los oídos, esta vez sobre un viaje a Europa que está planeando para nosotros. No sé si ese *nosotros* implica él y yo, o si también incluye a Dinah. En cualquier caso, no estoy interesada en irme de viaje con él, aunque sea mi padre; todavía me pone muy nerviosa.

Lo gracioso es que veo claramente por qué mi madre se sintió atraída por él. Ha ganado peso en la semana que lleva aquí. Su rostro ya no está demacrado y la ropa empieza a quedarle bien de nuevo, con toda la musculatura que ha recuperado. Steve O'Halloran es bastante atractivo —para un padre— y sus ojos azules siempre tienen ese brillo aniñado. Mi madre tenía debilidad por los hombres juguetones y Steve cuadra con esa descripción.

Sin embargo, como hija suya y no como alguien que puede estar interesada en él de un modo romántico, creo que esa actitud aniñada es un poco molesta. Ya es adulto. ¿Por qué no actúa como tal?

—Estás enfurruñada —murmura Sawyer en mi oído.

Recupero el contacto con la realidad y me giro hacia el más joven de los Royal.

—No —miento. Después miro por encima de su hombro—. ¿Dónde está Lauren? —Técnicamente, Lauren es la novia de Sawyer, así que suele ser su pareja para este tipo de cosas.

—Castigada —responde con un suspiro.

—Oh, ¿por qué?

114

—La pillaron cuando salía a escondidas para encontrarse conmigo y... —Se detiene cuando se percata de que Steve está escuchando—. Conmigo —termina—. Solo conmigo.

Escondo una sonrisa. No entiendo en absoluto a Lauren Donovan, pero creo que hay que tener un par de ovarios para salir con dos chicos a la vez. Yo apenas soy capaz de manejar uno. Hablando del mío, Reed parece destrozado en la banda. Tiene la mirada clavada en la zona de gol. ¿O la meta? No me acuerdo de cómo se llama. No importa las veces que Reed y Easton intenten explicarme cómo va el fútbol, sigue sin gustarme ni importarme.

Es evidente que Reed está enfadado por no estar en el campo con sus compañeros. La defensa está en el campo, lo sé solo porque en uno de los jerséis azules y dorados leo «Royal». Easton está alineado frente a un oponente. Veo su boca moverse tras su protector facial e imagino que le estará soltando algún comentario arrogante.

Sí, no hay duda. Cuando la jugada da comienzo, el jugador del equipo contrario arremete contra Easton como si quisiera matarlo. Pero East es peligroso en el campo. Pasa junto a su oponente, que cae de rodillas, mientras otros dos jugadores del Astor Park placan al *quarterback* de Marin High antes de que pueda lanzar el balón.

—Eso es una captura —dice Sebastian a modo de ayuda, por encima de su hermano, para explicarme la jugada.

—No me importa —respondo.

A mi otro lado, Steve se ríe.

—No eres muy fan del fútbol, ¿no?

—No.

—Estamos trabajando en ello —dice Callum desde el final de la fila—. Pero todavía no hay suerte.

—No pasa nada, Ella —comenta Steve alegremente—. Los O'Halloran siempre hemos sido más de baloncesto.

Basta eso para que me tense de nuevo. ¿Por qué dice ese tipo de cosas? ¡Yo no soy una O'Halloran! Y odio el baloncesto más de lo que odio el fútbol.

Compongo una sonrisa y replico:

—Los Harper somos antideportes. Todos.

La boca de Steve se curva en una diminuta sonrisa engreída.

—No sé yo... Si no recuerdo mal, tu madre era muy... eh... deportista.

Cierro la boca. ¿Iba eso con doble sentido? No estoy segura, pero creo que sí, y no me ha gustado un pelo. No tiene permiso para hablar de mi madre así. Ni siquiera la conocía. Al menos, no más allá del sentido bíblico.

En el campo, el ataque del Astor Park se está alineando. Wade es nuestro *quarterback* y grita cosas ininteligibles a sus compañeros de equipo. Creo que lo oigo gritar «¡CACHAS!» en un momento, y le doy un codazo a Sawyer en el costado para confirmarlo.

—¿Acaba de decir «cachas»?

Sawyer se ríe.

—Sí. Peyton Manning tiene «Omaha»; Wade tiene «Cachas».

Bien podría estar hablando en chino. No sé quién es Peyton Manning ni me molesto en preguntar. En cambio, veo que Wade lanza el balón en una espiral perfecta en la primera jugada; aterriza en las manos capaces de algún chaval del Astor que corre por la línea de banda.

El teléfono me vibra en el bolso. Lo saco y encuentro un mensaje de Val.

«Ugh! No puede jugar tan bien!».

Al instante, giro la cabeza para buscar entre la multitud, pero no veo a mi mejor amiga por ninguna parte.

«Dnd estas??», le pregunto.

«En el puesto de comida. No había nada en casa, así que conduje hasta aquí para comprarme un perrito».

Suelto una carcajada. Los gemelos me observan, pero despacho sus miradas curiosas con la mano y le mando otro mensaje a Val.

«T he pillado d LLENO. Hs venido a ver a Wade!».

«NO. Tenía hambre».

«De Wade».

«T odio».

«Admite q te gusta».

«Nunca».

«Vale. Entonces al menos ven y siéntate cn nosotros. T echo de -».

Un alarido de ánimo sacude la grada. Bajo la mirada y pillo el final de la jugada: otro pase perfecto de Wade. No me sorprendo cuando Val me manda otro mensaje al instante.

«Nah. Voy a casa. Ha sido una estupidez venir sta noche».

Siento una oleada de compasión por ella. Pobre Val. Sé que empezó con Wade por despecho, o quizá para pasar el rato hasta estar preparada para volver a salir en serio con alguien tras su ruptura, pero estoy segura de que realmente ha empezado a sentir algo por él, y creo que a Wade también le gusta ella. El problema es que ambos son demasiado cabezotas para admitirlo.

«¿Como tú y Reed?», salta mi voz interior.

Vale, muy bien. Reed y yo éramos igual al principio. Él era un gilipollas conmigo, así que luché contra mis sentimientos durante semanas. Pero ahora estamos juntos y es genial, y quiero que Val experimente esa misma genialidad.

—¿A quién le mandas mensajes?

Cubro la pantalla del teléfono con la mano por instinto cuando veo que Steve mira mi móvil. ¿Por qué narices quiere leer mis mensajes?

—A una amiga —respondo con sequedad.

Su mirada entrecerrada se centra en el banquillo local, como si esperara pillar a Reed escribiendo en su móvil. Pero él tiene las manos en las rodillas y observa atentamente el partido.

No me gusta la sospecha que veo en los ojos de Steve. Ya sabe que estoy con Reed y, aunque no le guste, no tiene voz ni voto para decirme con quién puedo de salir.

—Bueno, ¿por qué no dejas el móvil? —sugiere. Hay un deje de mordacidad en su tono de voz—. Estás con la familia. No sé con quién hablas, pero puede esperar.

Meto el móvil en el bolso. No porque me lo haya ordenado, sino porque es eso o tirárselo a la cara. A Callum nunca le ha importado que me mensajeara con mis amigos durante los partidos. De hecho, le encantaba que tuviese amigos.

A mi lado, Steve asiente con aprobación y centra de nuevo la atención en el partido.

Intento hacer lo mismo, pero estoy harta. Me gustaría que mi mirada se encontrara con la de Reed y contarle en silencio lo poco que me gusta Steve, pero sé que él se limitaría a decirme que lo ignore, que terminará por «aburrirse» de todo eso de ser padre.

Por desgracia, empiezo a pensar que eso no ocurrirá.

Capítulo 15

Reed

Tras el partido, papá y Steve insisten en llevarnos a cenar a un restaurante francés de la ciudad, aunque sea tarde. No me apetece, pero no tengo elección; papá quiere que nos vean en público. Dice que no podemos escondernos, que tenemos que actuar como si nada fuese mal.

Pero *todo* va mal. Todas esas miradas que me echaban hoy en el partido... Joder, me duelen la espalda y los oídos de las miradas sentenciosas y los susurros malintencionados que me dedicaba la gente.

En la cena, permanezco en silencio sepulcral y deseo estar en casa, preferiblemente con los labios junto a los de Ella y las manos sobre su cuerpo.

A mi lado, East se atiborra como si no hubiese comido en semanas, pero supongo que se ha ganado el derecho a ponerse ciego. El Astor Park le ha dado al Marin High por todos lados esta noche. Terminamos el último cuarto con cuatro *touchdowns* más, así que todos han alucinado.

Bueno, menos yo. Y quizás Wade, que —por primera vez desde que lo conozco— no ha anunciado que iba a celebrar la victoria con una mamada, seguida de mucho, mucho sexo. Estaba de un humor raro mientras se quitaba la equipación y salía del vestuario. Creo que se iba a casa, lo cual, repito, no es muy de su estilo.

Al otro lado, Ella también tiene cara de póker. Creo que Steve ha dicho algo que le ha sentado mal durante el partido, pero no le preguntaré hasta que estemos solos. Steve ha intentado demostrar el poder que tiene sobre las cosas desde que volvió de entre los muertos. No deja de decir que ahora tiene una hija, así que tiene que dar mejor ejemplo. Mi padre, por supuesto, asiente con aprobación cada vez que Steve dice mierdas así. A ojos de Callum Royal, Steve O'Halloran es un santo. Las cosas han sido así desde que tengo memoria.

Cuando volvemos de la cena, papá y Steve se marchan al estudio, donde probablemente beberán más whisky y se regodearán pensando en sus días de SEAL. East y los gemelos desaparecen en la sala de juegos, de modo que Ella y yo nos quedamos solos. Por fin.

—¿Vamos arriba? —gruño, y sé que no se le escapa el brillo predador que se refleja en mis ojos.

Chupar banquillo hoy ha sido una mierda. Da igual que todos en la grada hablaran sobre mí, o que un gilipollas soltara la palabra «asesino» con disimulo al pasar por mi lado; no jugar ha sido mil veces peor. Me he sentido como un saco de patatas inútil. Además de un poquito celoso porque mis amigos aplastaran al otro equipo.

Es ahora cuando noto toda la agresividad que no he podido descargar en el partido. Por suerte, a Ella no parece importarle. Me dedica una preciosa sonrisa y tira de mí hacia la escalera.

Prácticamente corremos hasta el dormitorio. Cierro la puerta con pestillo, luego la levanto en brazos y me dirijo a la cama. Ella chilla de deleite cuando la lanzo sobre el colchón.

—Ropa —ordeno antes de relamerme los labios.

—¿Qué pasa con ella? —Juguetea con la parte baja de su jersey ancho y verde, es pura inocencia.

—Fuera —gruño.

Ella sonríe otra vez y juro que el corazón se me pone a mil. No creo que hubiese sobrevivido a esta semana de no haberla tenido a mi lado. Los cuchicheos en el colegio, las llamadas de mi abogado, la investigación de la policía que todavía sigue en marcha... Por mucho que odiara a Brooke, no es que dé saltos de felicidad porque esté muerta. No voy a echarla de menos, eso seguro, pero nadie se merece morir así.

—¿Reed? —El buen humor de Ella se disuelve cuando me ve la cara—. ¿Qué pasa?

Trago saliva.

—Nada. Solo pensaba en cosas en las que no debería pensar.

—¿Como qué?

—Nada —repito e intento distraerla quitándome la camisa de manga larga por la cabeza.

119

Funciona. Su mirada aterriza en mi pecho desnudo y emite un ruidito muy parecido a un gemido que va directo a mi polla. Me encanta que le encante mi cuerpo. No me importa que eso me convierta en un idiota engreído y superficial. Ver cómo sus ojos se oscurecen de placer y cómo se relame el labio inferior es el mejor chute de ego que le pueden dar a un tío.

—Los puntos —dice de pronto. Me lo ha recordado durante toda la semana cada vez que hemos tonteado.

—Están curándose bien —respondo lo mismo que durante toda la semana—. Ahora quítate la ropa antes de que lo haga yo.

Parece intrigada, como si se debatiera entre hacerse la difícil para que cumpla con mi amenaza o no, pero supongo que está tan cachonda como yo, porque su ropa empieza a desaparecer al instante.

La boca se me hace agua cuando veo su sujetador rosa y las bragas a juego. Ella no tiene ni idea de lo preciosa que es. Todas las chicas en Astor Park morirían por tener esas curvas, ese pelo dorado, esos rasgos perfectos. Es pura perfección. Y es toda mía, joder.

Me dejo los pantalones puestos y me subo a la cama antes de pegar mi cuerpo al de ella y de buscar su boca con la mía otra vez. Nos enrollamos durante lo que parece ser una eternidad. Nos besamos, restregamos y rodamos por la cama hasta que ya no puedo soportarlo más. Su ropa interior desaparece. Me desabrocho los pantalones. Su mano me busca y mi mano se entierra entre sus piernas y es tan increíble que ni siquiera soy capaz de pensar bien.

—Túmbate —murmura.

Joder, se inclina sobre mí y su boca hace cosas que me vuelven completamente loco. Su pelo cae sobre mis muslos. Recorro los suaves mechones de pelo con los dedos y la guío sobre mí.

—Más rápido —susurro.

—¿Así?

—Sí. Así.

Sus labios y su lengua me llevan hasta el límite y, aunque probablemente sea el cliché más grande del universo, cuando mi cuerpo se relaja, la levanto y le digo que la quiero.

—¿Cuánto? —me dedica una sonrisa traviesa.

—Mucho —digo con voz ronca—. Una cantidad ingente.

—Bien. —Me da un beso—. Yo también te quiero ingentemente. Se tumba a mi lado y me acaricia los abdominales mientras su pequeño cuerpo roza despacio mi cadera. Enseguida vuelvo a estar listo para empezar. Puede que me haya corrido, pero ella no. Me encanta ser el que la lleve hasta allí. Suelta los gemidos más *sexis* cuando se deshace de placer.

—Mi turno —carraspeo mientras me muevo en dirección sur por su cuerpo.

Está tan lista para mí que hasta pierde la gracia. Me pongo duro otra vez, porque el pensamiento de ser el primero en deslizarme por su excitado cuerpo es lo bastante erótico como para derretir el continente de la Antártida entero. Pero no puedo. Esta noche no. No hasta que sepa con seguridad que no voy a terminar encerrado en la cárcel por un crimen que no he cometido.

Sin embargo, *esto* sí que puedo hacerlo. Torturarla con la boca y los dedos y hacerla gemir y suplicar...

—Ella —una voz mordaz resuena desde el otro lado de la puerta—. Abre.

Me aparta la cabeza y pega un salto como si la cama estuviese en llamas.

—Ay, Dios, es Steve —sisea.

Me siento y lanzo una mirada recelosa a la puerta cerrada. Eché el pestillo, ¿verdad? Por favor, dime que he cerrado...

El pomo se agita, pero la puerta no se abre. Suspiro de alivio.

—Ella —ladra Steve otra vez—. Abre la puerta. Ya.

—Un segundo —grita precipitadamente, con los ojos llenos de pánico.

Nos vestimos lo más rápido que podemos, pero no creo que hagamos muy buen trabajo, porque cuando abre la puerta para dejar entrar a Steve, su mirada se convierte en toda una nube de tormenta.

—¿Qué cojones estáis haciendo los dos aquí?

Arqueo una ceja al oír la rabia en su voz y al ver la rojez de sus mejillas. Entiendo que sea el padre de Ella, pero ni que estuviéramos grabando porno o algo parecido. Solo pasábamos el rato.

—Estábamos... viendo la tele —murmura Ella.

Tanto Steve como yo nos giramos hacia la pantalla negra al otro lado de la habitación. Steve cierra los puños antes de girarse hacia Ella.

—Tenías la puerta cerrada con pestillo —gruñe prácticamente.

—Tengo diecisiete años —dice, tensa—. ¿No se me permite tener privacidad?

—¡No tanta! —Steve sacude la cabeza—. ¿Se le ha ido la cabeza a Callum?

—¿Por qué no se lo preguntas a él directamente? —pronuncia la voz de mi padre con sequedad.

Steve se gira hacia el umbral y mi padre lo mira con los brazos cruzados.

—¿Qué pasa aquí? —pregunta mi padre con calma.

—¡Tu hijo se ha atrevido a ponerle las manos encima a mi hija! —espeta Steve.

«La boca, en realidad.» Pero me mantengo callado. La vena de Steve en la frente palpita como si estuviese a punto de reventar, no hay por qué acelerar ese proceso.

—Me resulta inaceptable —continúa. Su tono de voz es más frío que el hielo—. No me importa la clase de padre que hayas querido ser. Tus hijos se pueden tirar a quien les dé la gana, pero mi hija no es uno de los juguetes sexuales de Reed.

Enderezo los hombros de golpe. ¿Quién se cree que es él para decir eso?

—Ella es mi novia —digo con frialdad—. No un juguete sexual.

Él señala las sábanas enredadas en la cama.

—¿Entonces no pasa nada por que te aproveches de ella? —Su mirada helada se desvía hacia mi padre—. ¡Y tú! ¿Qué clase de padre permite que dos adolescentes tengan tanta libertad? ¡Lo único que me falta por escuchar es que duermen en la misma habitación!

La expresión culpable de Ella no pasa desapercibida. Cuando Steve se da cuenta, su rostro enrojece todavía más. Respira hondo y relaja despacio los puños.

—Haz las maletas, Ella —determina.

Hay un momento de silencio, seguido de tres exclamaciones de incredulidad.

—¿Qué? —Ella.

—Ni de coña. —Yo.

—Steve, esto no es necesario. —Papá.

El padre de Ella solo atiende al último comentario.

—En realidad, creo que es muy necesario. Ella es mi hija. No quiero que viva en este ambiente.

—¿Me estás diciendo que mi casa no es buen ambiente para un hijo? —El tono de voz de mi padre se vuelve más mordaz—. He criado a cinco hijos y todos están perfectamente.

Una carcajada sale de la garganta de Steve.

—¿Que están «perfectamente»? ¡Uno de tus hijos está acusado de asesinato, Callum! Lamento ser yo quien te lo diga, pero Reed no es un buen chaval.

La ira se hace eco en mí.

—Y una mierda que no.

—Es una mala influencia —continúa Steve como si yo no hubiera delante—. Todos lo son. —Vuelve a mirar a Ella—. Haz las maletas. Lo digo en serio.

Ella alza el mentón.

—No.

—Acaba de acostumbrarse a su rutina aquí —interviene mi padre en otro intento de calmar a Steve—. No la apartes del sitio que considera su hogar.

—Su hogar está conmigo —replica Steve—. Tú no eres su padre, soy yo, y no quiero que mi hija viva con tu hijo. No me importa una mierda si eso me convierte en un anticuado, en un tío poco razonable o lo que sea que me queráis llamar. Ella se viene conmigo. ¿Quieres rebatírmelo? Vale, nos veremos en los juzgados. Pero ahora mismo no puedes evitar que saque a mi hija de esta casa.

Los ojos asustados de Ella buscan a mi padre, pero la expresión de sus ojos lo dice todo: derrota.

Se gira con ojos suplicantes hacia Steve.

—Quiero quedarme aquí.

No se inmuta ante su súplica.

—Lo siento, pero no es una opción. Así que te lo repito: haz las maletas. —Al ver que no se mueve de mi lado, da una palmada como si fuera un agente SEAL—. Ya.

Ella aprieta los puños y espera a que mi padre interceda. Al ver que permanece en silencio, sale por la puerta enfadada.

Estoy a punto de ir tras ella cuando Steve me detiene.

—Reed. Quiero hablar contigo un momento —me informa con sequedad.

No es una petición, sino una orden.

Los dos hombres intercambian miradas. El rostro de mi padre se endurece y luego abandona la habitación para dejarme a solas con Steve.

—¿Qué? —digo, mordaz—. ¿Vas a volver a decirme lo mala influencia que soy?

Camina hacia la cama y se queda mirando a las sábanas arrugadas antes de centrar su atención en mí. Lucho contra las ganas de moverme. No hay nada de malo en lo que hacíamos.

—Yo también tuve tu edad.

—Ajá. —Mierda. Creo que sé por dónde va esto.

—Sé cómo trataba a las chicas y, si lo miro ahora en retrospectiva, me arrepiento un poco de eso. —Steve pasa la mano por encima del cabecero de la cama—. Ella tiene razón... no he estado presente durante la mayor parte de su vida. Pero ahora estoy aquí. Ha tenido una infancia dura, y esa clase de chicas a menudo buscan afecto en los sitios equivocados.

—¿Y yo soy uno de esos sitios equivocados? —Hundo las manos en los bolsillos y me apoyo contra el armario. Es un poco irónico que una de las chicas más puritanas que conozco, con la infancia más detestable posible, tenga un padre ausente que me quiera dar lecciones sobre cómo hacer las cosas bien con su hija. Durante los nueve meses o así que estuve saliendo con Abby, su padre solo habló conmigo del equipo de fútbol de Astor Park.

—Reed. —Steve suaviza el tono de voz—. Te quiero como si fueses mi propio hijo, pero admite que estás inmerso en una situación complicada. Ella está obviamente muy apegada a esta familia, pero espero que no te aproveches de su soledad.

—No me estoy aprovechando de Ella de ninguna forma, señor.

—Pero te acuestas con ella —me acusa Steve.

Si esperaba que eso me avergonzara, no me conoce. Querer a Ella es una de las mejores cosas que he hecho en mi corta vida.

—La estoy haciendo feliz —respondo simplemente. No tengo intención de hablar sobre nuestra vida sexual, eso la mortificaría.

Los labios de Steve forman una delgada línea. No le ha gustado mi respuesta.

—Eres un tipo físico, Reed. Te gusta pelear porque disfrutas del impacto de tu puño sobre la carne de otro, del choque de fuerza contra fuerza. Y por esa regla de tres, seguro que no puedes pasar sin acostarte por ahí con chicas. No te juzgo, porque, joder, yo soy igual. No soy un gran defensor de la fidelidad: si una chica está disponible, quién soy yo para decir que no, ¿cierto? —Sonríe y me invita a formar parte de su vulgar estilo de vida.

—Yo he dicho que no muchas veces —replico.

Steve suelta una risotada de incredulidad.

—Vale, digamos que sí. En lo que respecta a Ella, no obstante, si de verdad la quieres, entonces no intentes arrancarle la ropa a cada segundo. Veo cómo la miras, muchacho, y lo haces con los ojos llenos de lujuria y nada más. —Elimina la distancia que hay entre nosotros y coloca una mano sobre mi hombro—. No tiene nada de malo y no espero que cambies. Solo digo que Ella no es la clase de chica con la que jugar. Trátala como querrías que tratasen a tu propia hermana.

—No es mi hermana —escupo—. Y la trato con respeto.

—Estás acusado de asesinato. Puede que vayas a la cárcel durante mucho tiempo. ¿Cómo va a lidiar con eso Ella cuando estés allí? ¿Crees que te esperará todo ese tiempo?

Hablo y hago rechinar los dientes:

—Yo no lo hice.

Steve no responde.

¿De verdad cree este hombre, que ha formado parte de mi vida desde que tengo uso de razón, que soy capaz de matar a alguien? Escruto su expresión con resentimiento.

—¿De verdad crees que lo hice?

Tras un momento, me da un fuerte apretón en el hombro.

—No, por supuesto que no. Pero estoy pensando en Ella. Intento anteponerla a todo. —Esos alegres ojos azules, como los de Ella, me miran y parecen retarme—. ¿Puedes decir tú lo mismo?

Capítulo 16
Ella

—¿Sabes? La razón por la que no hay planta trece es porque hay muchísimos clientes que, en secreto, son muy supersticiosos. Se rumorea que Hallow Oaks está construido sobre un antiguo cementerio de los Estados Confederados de América. Puede que haya fantasmas aquí.

«Como el fantasma de tu cadáver», pienso con amargura.

Steve mueve la tarjeta frente al sensor y pulsa el botón «A». Ahora es todo sonrisas, como si no me acabara de sacar a rastras de mi casa para venir a este estúpido hotel.

—¿No piensas hablarme? —pregunta.

Me limito a mirar al frente. No voy a hablar de minucias con este hombre. ¿Se cree que puede entrar en mi vida después de diecisiete años de ausencia y mandarme cual sargento? «Bienvenido a la paternidad, Steve. Prepárate para un viaje muy movidito».

—Ella, no creerás de verdad que permitiría que te quedaras con los Royal teniendo a tu novio al fondo del pasillo.

Probablemente sea infantil, pero me mantengo callada. Además, si abro la boca, algo malo saldrá por ella. Algo como: «¿Dónde narices estabas tú cuando mi madre se moría de cáncer? Oh, cierto, volando en ala delta con tu malvada mujer».

Suspira y llegamos al ático en silencio. Las puertas se abren y revelan un amplio pasillo. Steve me guía por la estancia con mi maleta a su espalda. Pega la tarjeta contra la puerta que hay al final del pasillo.

Dentro encuentro un salón, un comedor y unas escaleras. He pasado bastante tiempo en habitaciones de hoteles baratos y roñosos y las escaleras nunca han estado *dentro* de la habitación. Intento no quedarme embobada mirando, pero es difícil.

Steve coge una libreta de piel de la mesa.

—Antes de enseñarte tu habitación, ¿por qué no le echas un vistazo? Pediremos algo de la carta del servicio de habitaciones mientras te acomodas.

—Hemos comido hace una hora —le recuerdo con incredulidad.

Se encoge de hombros.

—Vuelvo a tener hambre. ¿Te pido una ensalada a ti, Dinah? —grita.

Dinah aparece en lo alto de las escaleras.

—Me parece bien.

—¿Por qué no llamas tú mientras yo le enseño esto a Ella? —Él menea la carta y luego la vuelve a dejar en la mesa. No espera a que le responda, coloca una mano en mi espalda y me insta a avanzar—. Yo quiero un chuletón. Poco hecho, por favor.

Hay otra puerta más allá del comedor. Steve la abre y me hace un gesto con la mano para que entre.

—Esta es tu habitación. Tiene una puerta exterior que lleva al pasillo. Necesitarás tu propia llave para subir hasta esta planta. —Me tiende una tarjeta de plástico y me la guardo con renuencia—. Hay servicio de limpieza todos los días y servicio de habitaciones las veinticuatro horas. Siéntete libre de pedir lo que quieras, me lo puedo permitir. —Me guiña un ojo. Estoy demasiado ocupada mirando la estancia como para responder—. ¿Quieres que venga alguien para deshacerte la maleta? —continúa—. Dinah puede ayudarte si quieres.

Dinah probablemente prefiera beberse una botella de lejía antes que ayudarme.

Logro pronunciar un «No, gracias» que hace que Steve esboce una gran sonrisa. Al parecer cree que nos vamos a llevar a las mil maravillas. Me pregunto si en recepción me podrían dar otra llave para Reed. ¿Puerta exterior? A lo mejor no se está tan mal aquí.

—Vale. Si necesitas algo, pégame un grito. Estamos muy apretados aquí, lo sé, pero solo será durante un par de semanas. —Le da un golpecito a la parte superior de la maleta antes de irse.

¿Apretados? Vale, la habitación es más pequeña que el dormitorio que tenía en la casa de los Royal, pero sigue siendo más grande que cualquier otro lugar en el que haya vivido. Y definitivamente más grande que cualquier habitación de hotel en la que me haya alojado antes. No sabía que las hacían así de grandes.

Ignoro mi maleta, me lanzo en la cama y mando un mensaje a Reed.

«Tengo puerta exterior».

Él me responde de inmediato.

«Voy de camino».

«Ojalá».

«Puedo ir».

«Steve se volvería loco».

«No sé q coño le pasa. Ha tenido más mujeres q una strella del rock».

«Qué bonito. Xfa, deja de hablar así d mi padre. Me da asco».

«Vale. Virgen. Q tal lo demás?».

«Soy virgen pq tú quieres».

«Lo haremos, nena. Sabes q me muero x hacerlo. Espera hasta q todo se haya solucionado».

«No t voy a visitar en la cárcel, x cierto».

«No voy a ir a la cárcel».

«Vale. Q hacs?».

A modo de respuesta, recibo una imagen suya y de sus hermanos sentados en mi cuarto.

«Xq?».

«Xq q? Pq estamos en tu cuarto? Stamos viendo el partido».

«Tenéis habitación multimedia».

«Nos gusta star aquí. Admas, E dice q tu cuarto da buena suerte».

Gimo. Easton tiene problemas de juego. Un corredor de apuestas nos atacó una vez fuera de una discoteca y tuve que saldar su deuda.

«E ha apostado?».

«Si lo ha hecho, stá ganando xq no stá criticando el resultado. Cuidaré de tu pequeño East, no t preocupes».

«Ja. Gracias. Os echo d menos.»

Suena un golpe en la puerta.

—¿Sí? —No me hace gracia la interrupción y no hago ningún esfuerzo por ocultar la irritación en mi voz.

—Soy Dinah —responde otra voz igual de irritada—. La comida ya está aquí.

—Yo no voy a comer —grito.

Dinah ríe con crueldad detrás de la puerta.

—Y no deberías. Te vendría bien perder unos cuantos kilos. Pero vuestro *padre* solicita vuestra presencia, Princesa.

Rechino los dientes.

—Vale. Ya salgo.

«M tengo q ir. Voy a comer con Dinah y S. 8-)».

Aparto la maleta y salgo al salón. Un hombre con uniforme desliza un carro al interior. Mientras lo coloca todo con cuidado sobre la enorme mesa del comedor, Steve se sienta en la cabecera.

—Siéntate, siéntate. —Mueve la mano e ignora por completo al buen hombre que destapa los platos—. Te he pedido una hamburguesa, Ella. —Yo no respondo y suspira con pesadumbre—. Vale, pues no te la comas. Pero la he pedido por si cambiabas de opinión.

El camarero levanta la tapa de plata de mi plato y deja a la vista una enorme hamburguesa sobre una base de lechuga. Le sonrío de forma incómoda y digo «gracias», porque no se merece que sea maleducada. Pero no sirve de nada, porque no se molesta en mirarme.

Ahora soy yo la que suspira y se sienta. Dinah toma asiento al otro lado de la mesa.

—Esto me gusta —anuncia Steve. Coge una servilleta y la extiende sobre su regazo—. Ay, maldita sea. Me he olvidado la bebida en la mesilla. ¿Me la acercas, Dinah?

Ella se levanta de inmediato, coge el vaso y se lo pasa a Steve. Él le da un beso en la mejilla.

—Gracias, querida.

—Por supuesto. —Se acomoda de nuevo en la silla.

Me obligo a mirar a mi plato para que nadie perciba mi incredulidad. Esta es una Dinah completamente desconocida. Joder, no es la Dinah que me ha llamado para cenar.

Solo nos habíamos visto dos veces, y ninguna fue buena. Estuvo beligerante en la lectura del testamento. Y luego, en casa de Callum, la pillé acostándose con Gideon en el cuarto de baño.

Esta noche Dinah está callada, se muestra casi tímida, y es como observar a una serpiente enroscada y escondida tras una enorme hoja de banano.

Ajeno a ello, Steve toma un sorbo.

—Está caliente.

Hay un largo silencio. Cuando aparto la mirada de la mesa, veo a Steve mirar a Dinah de forma significativa.

Ella esboza una leve sonrisa.

—Voy a por hielo.

—Gracias, cielo. —Se gira hacia mí—. ¿Quieres agua?

La interacción entre estos dos es tan rara que me olvido de que mi intención era hacerle el vacío.

—Vale.

En vez de servírmelo él, grita a la zona de la cocina:

—Dinah, trae un vaso de agua para Ella. —Luego empieza a cortar su filete—. He llamado a la oficina del fiscal de distrito esta mañana. Deberíamos recuperar el acceso al apartamento pronto. Sería genial para todos nosotros.

Estoy segura de que será genial para *ninguno* de nosotros.

Dinah regresa con dos vasos: uno lleno de hielo y otro lleno de agua. Coloca el vaso de agua frente a mí con la suficiente fuerza como para que parte del líquido se derrame por el borde y me moje la manga.

—Oh, lo siento, Princesa —dice con dulzura.

Steve frunce el ceño.

—No pasa nada —murmuro.

Steve echa un par de cubitos de hielo en su bebida, la remueve y luego le da un sorbo. Dinah acaba de agarrar el tenedor cuando Steve hace una mueca.

—Demasiado aguado —afirma.

Dinah vacila. Sus dedos se vuelven blancos alrededor del tenedor. Me pregunto si apuñalará a Steve con él, pero lo deja sobre la mesa con deliberada parsimonia. Esboza una sonrisa, se levanta de la mesa por tercera vez y regresa al mueble-bar, donde una gran colección de botellas grandes se alinean como soldaditos en formación.

A este ritmo, puede que termine por bebérmelas yo.

—Ella, hoy he hablado con el director —comenta Steve.

Aparto los ojos de la rígida espalda de Dinah.

—¿Y eso por qué?

—Solo quería preguntar por tu progreso en Astor Park. Beringer me ha informado de que no tienes actividades extraescolares. —Inclina la cabeza—. Mencionaste que te gustaba bailar. ¿Por qué no probaste el equipo de baile de la escuela?

—Yo... ah... Trabajaba por aquel entonces. —No me apetece contarle mi guerra interminable con Jordan. Suena estúpida cuando la cuento en voz alta.

—¿Entonces, a lo mejor, el periódico?

Intento reprimir una mueca. Escribir artículos suena peor que cenar aquí. En realidad, lo retiro. Esta cena es tan incómoda que preferiría pelearme con Jordan Carrington, así que el periódico del colegio sería una distracción más que bienvenida.

—¿Qué optativas escogiste tú? —contraargumento. A lo mejor si admite que era un vago en el colegio se calma un poco.

—Jugaba a fútbol americano, baloncesto y béisbol.

Genial. Era uno de esos.

De todas formas, ¿no había insinuado Callum que Steve no estaba interesado en dirigir un negocio y prefería pasárselo bien sin más? ¿Por qué no deja que yo también disfrute?

—Quizá haga la prueba para, eh... —Pienso rápidamente en algún deporte de chicas— el equipo de fútbol.

Steve me sonríe de forma alentadora.

—Eso estaría bien. Podemos hablar con Beringer de ello.

Ugh. Supongo que puedo intentarlo y, cuando vean lo malísima que soy, me echarán del campo y me pedirán que no vuelva más. En realidad, no es mal plan.

Levanto mi hamburguesa y le doy un mordisco, aunque no tengo nada de hambre. Pero me permite tener las manos ocupadas y me mantiene la boca llena para no tener que hablar.

Mientras mastico, pienso en la mejor estrategia para tener contento a Steve. Tengo que fingir que hago lo que me exige, aunque en realidad haga lo que me dé la gana: quedar con Val, liarme con Reed y pasármelo bien con East y los gemelos. Además, cuidar de Reed y Easton es un trabajo a tiempo completo. Mientras tanto, seguir mi búsqueda de posibles sospechosos. Creo que soy la única interesada en encontrar al verdadero asesino.

Para cuando lo he planeado todo perfectamente en mi cabeza, Dinah regresa con la última bebida de Steve.

—¿Y qué hiciste *tú* en el instituto? —pregunto por educación.

—Tenía dos trabajos para mantener a mi familia. —Sonríe—. Y en ninguno de ellos tenía que desnudarme.

Toso en mitad de un sorbo. Steve frunce el ceño.

—¿Sabías que Ella hacía *striptease* cuando Callum la encontró? —pregunta Dinah a su marido. Su tono es más dulce que el azúcar—. Pobre desgraciada.

—Si mal no recuerdo, tú nunca has tenido problema para desnudarte en público —responde Steve con ánimo—. Y nadie tuvo que pagarte por ello.

Eso le cierra la boca.

El teléfono del hotel suena. Steve lo ignora y suena hasta que, por fin, Dinah se levanta para descolgar. Él la sigue con la mirada hasta el salón. Cuando nos da la espalda, Steve desvía su atención a mí.

—Crees que me estoy comportando como un mezquino con ella, ¿verdad? —murmura.

Me encuentro entre la opción de mentir o de averiguar qué narices está pasando, así que opto por la verdad:

—Sí, más o menos.

—Bueno, pues procura no sentirte muy mal por ella. —Se encoge de hombros—. Creo que alteró intencionadamente todo mi equipamiento e intentó matarme.

Me quedo boquiabierta. Sin saber qué decir, lo observo cortar un trozo de su filete y llevárselo a la boca. Después de tragárselo, se limpia las comisuras y continúa:

—No puedo demostrarlo porque el guía está desaparecido, pero sí puedo atormentarla. No te preocupes. Estás a salvo, Ella. Es a mí a quien no soporta.

Se equivoca. Todavía recuerdo las amenazas que me lanzó cuando se enteró de que yo era la heredera de la fortuna de Steve. Además, he visto en Discovery Channel muchos especiales sobre serpientes. Son más peligrosas cuando se sienten amenazadas, pero dudo que Steve vaya a escuchar alguna de mis advertencias. Hará lo que quiera.

Sin embargo, Dinah es ahora mismo la primera en mi lista de sospechosos. A lo mejor mudarme con ellos ha sido buena idea. No solo puedo buscar lo que me ha pedido Gideon, sino también pruebas que demuestren que mató a Brooke.

De pronto, mi sentido común reaparece y me ofrece una dosis de realidad. Si ni la policía ni los investigadores privados de Callum han encontrado pruebas contra nadie aparte de Reed, ¿cómo voy a conseguirlo yo?

Con desánimo, aparto la lechuga a un lado del plato.

—No creo que debas tentar mucho a la suerte. ¿Por qué no te divorcias y pasas página?

—Porque Dinah siempre tiene un as bajo la manga y quiero ver cuál es. Además, no tengo pruebas. —Alarga un brazo para cogerme la mano—. Y a lo mejor soy un estúpido por meterte en este desastre, pero eres mi hija y no quiero perderme otro día más de tu vida. Ya me he perdido muchos. Sé que no te gustan las decisiones que estoy tomando y, no lo sé, a lo mejor son erróneas. En mi defensa diré que nunca antes había tenido una hija. ¿Me darás al menos una oportunidad?

Suspiro. Es muy difícil ser mala ante tal declaración.

—Lo intentaré —le digo.

—Gracias. Eso es todo lo que pido. —Me da un apretón en la mano antes de soltarla y retomar su comida. Un momento después, Dinah regresa con nosotros a la mesa.

—Era la tienda de muebles. La policía no les deja entregar la nueva cama que pediste. —El rostro de Dinah está rojo y suena como si estuviera ahogándose con algo.

Steve se inclina hacia mí con una sonrisa salvaje.

—Dinah usaba nuestra cama para tirarse a alguien que no es su marido, así que he mandado que la cambien.

Guau.

Se gira hacia su mujer.

—Que la guarden en el edificio, entonces, hasta que volvamos allí.

Con esa afirmación, el resto de la cena se vuelve forzada e incómoda. Dinah se va para seguir las instrucciones de Steve y, cuando regresa, este le vuelve a lanzar órdenes cual perro. Ella obedece con resignación, pero aun así logra soltarme algún comentario cortante aquí y allá y, cada vez que su marido gira la cabeza, ella me dedica una sonrisa maliciosa que confirma mi teoría sobre no confiar en serpientes.

—¿Te importa si me marcho? —pregunto en cuanto Steve termina su comida. Tengo un límite y, después de treinta minutos de suplicio, necesito un descanso—. Tengo deberes.

—Por supuesto. —Cuando paso junto a su silla, él me agarra la muñeca, tira de mí y me planta un beso en la mejilla—. Hoy he sentido que ya somos una verdadera familia, ¿tú no?

Eh... no.

No tengo claro qué pasa en mi interior. Ese beso en la mejilla ha sido raro. Es un extraño para mí en todos los sentidos que importan y cada vez me cuesta más contener mis ganas de huir. Cuando me precipito a mi habitación, la cara maleta de cuero me tienta. Podría cogerla e irme, terminar con esta extraña familia y no tener que enfrentarme a las emociones que me provoca la existencia de Steve.

No obstante, arrojo la maleta al interior del armario, saco los deberes e intento concentrarme. Fuera, oigo la televisión encenderse y apagarse. El teléfono suena. Hay otras señales de vida, pero no tengo intención de salir de esta habitación.

Por fin, sobre las nueve, grito que me voy a la cama. Steve me da las buenas noches, Dinah no. Me cepillo los dientes y me enfundo una de las viejas camisetas de Reed. Después me meto en la cama y lo llamo.

Responde tras el segundo tono.

—Hola, ¿qué tal por allí?

—Raro.

—¿Y eso?

—Steve se comporta fatal con Dinah. Dice que cree que trucó su equipamiento de ala delta, así que su venganza es hacerle la vida imposible. Se le da bien.

Reed se ríe. Está claro que no siente empatía alguna por Dinah.

—Es una auténtica zorra.

—Ay, no uses esa palabra.

—Yo no he dicho nada grave. Es un animal. Cómo lo interpretes es tu problema.

—La cena ha sido incomodísima. Peor que cuando Brooke anunció el embarazo.

Reed silba.

—Tan mal, ¿eh? ¿Quieres que vaya? Dijiste que tenías tu propia habitación.

—Sí, pero mejor que no. Steve es tan... No puedo ver más allá de su fachada. Me da miedo lo que podría hacer si te pillara aquí esta noche.

—Vale. Pero cuando me digas, allí estaré.

Me acurruco todavía más bajo la manta.

—¿Crees que Dinah lo hizo?

—Me gustaría poder echarle el muerto, pero los investigadores de mi padre dicen que volaba desde París cuando murió Brooke.

—Mierda. —Tiene coartada, entonces—. ¿Y si contrató a alguien? Igual que Daniel contrató a alguien para apuñalarte.

—Lo sé. —Suelta un gran suspiro—. Pero hay tres juegos de cámaras de seguridad en el edificio. En las del vestíbulo y el ascensor solo salgo yo.

—¿Y en las otras?

—En las cámaras de las escaleras no sale nadie. El tercer juego está en los ascensores del servicio; son las que usan los empleados, transportistas y repartidores. Estaban apagadas esa noche por mantenimiento, así que no hay nada.

El corazón me late con más velocidad.

—Entonces alguien podría haber subido por el ascensor del servicio.

—Sí. Pero el ADN apunta en mi dirección. —Suena de lo más triste—. Y Dinah y Brooke eran amigas, así que ¿cuál podría ser su móvil? Brooke tuvo una infancia dura, se hizo amiga de Dinah cuando eran adolescentes. Tanto ella como Dinah trabajaron duro para codearse con hombres ricos y, a poder ser, casarse con alguno. Dinah tuvo suerte con Steve hace un par de años y Brooke le echó el ojo a mi padre. Pero no estaba dispuesto a casarse con ella.

—¿Crees que tu padre...? —Me muestro reacia a decirlo... pero Callum también podría haber contratado a alguien.

—No —responde Reed algo cortante—. Nadie de mi familia se la ha cargado. ¿Podemos hablar de otra cosa? ¿Dónde estás?

No quiero hablar de nada más, pero cedo porque por hoy ya he presenciado demasiados conflictos. A este paso no podré dormir.

—En mi habitación. ¿Y tú?

—En la tuya. —Lo oigo inhalar—. Huele a ti. ¿Llevas puesta mi camiseta?

—Sí.

—¿Y?

—No voy a tener sexo telefónico contigo antes de tener sexo de verdad —replico con brusquedad.

—Ay, pobre Ella. El lunes en el colegio te haré sentir muy bien.

Su promesa en voz baja logra que el cuerpo me cosquillee, pero quedan cuarenta y ocho horas para el lunes, así que esta conversación no tiene sentido. Cambio de tema en favor del partido y hablamos durante un buen rato sobre todo y nada. Solo con oír su voz ya me encuentro mejor.

—Buenas noches, Reed.

—Buenas noches, nena. No te olvides de lo del lunes. —Se ríe entre dientes cuando cuelga.

Lo maldigo y suelto el teléfono en la mesita de noche. Estoy a punto de apagar la luz cuando mi puerta se abre sin previo aviso.

—¡Qué cojones! —Me incorporo y fulmino con la mirada a Dinah, que ha entrado como si fuese la dueña del lugar—. ¡Le eché el pestillo!

Mueve la tarjeta en el aire.

—Estas preciosidades abren cualquier puerta de la *suite*.

Ay, Dios. ¿En serio? Me había fijado en la ranura que había bajo el pomo, pero pensaba que solo mi llave la abriría.

—No vuelvas a hacer esto —le espeto con frialdad—. Si quisiera que entraras, te invitaría. —Lo cual nunca sucederá, porque no voy a querer que entre. Jamás.

Ella ignora el comentario y se coloca el pelo rubio y largo sobre un solo hombro.

—Vamos a dejar clara una cosa, cielo. No importa que estemos en un hotel o en el ático, esta sigue siendo *mi* casa. No eres nada más que una invitada.

Alzo una ceja.

—¿No es la casa de Steve?

Dinah frunce el ceño en mi dirección.

—Yo soy su mujer. Lo que es suyo es mío.

—Y él es mi padre. Y, por cierto, me lo legó todo *a mí* cuando murió. No a ti. —Sonrío con dulzura—. ¿Recuerdas?

Sus ojos verdes brillan y me arrepiento de inmediato de haberme burlado de ella. Le advertí a Steve que no tentara a la suerte y aquí estoy yo, haciendo lo mismo. Supongo que soy hija de mi padre.

—Bueno, ya no está muerto, ¿verdad? —Sus labios se tuercen y esboza una sonrisa engreída—. Así que supongo que vuelves a tener lo mismo que antes: nada.

Titubeo, porque tiene razón. No me importaba en especial todo el dinero que Steve me dejó en su testamento, pero ahora que ha desaparecido, sí que es verdad que no tengo nada. No, eso no es cierto. Tengo los diez mil dólares que Callum me dio cuando volví a Bayview después de mi huida.

Me hago una nota mental para esconder ese dinero en cuanto tenga oportunidad.

—Tú tampoco tienes nada —puntualizo—. Steve lo controla todo y no parecía muy contento contigo durante la cena. ¿Qué has hecho para que esté tan cabreado? —Finjo pensármelo—. Ya sé. A lo mejor mataste a Brooke.

Abre la boca llena de ira.

—Vigila lo que dices, niñata.

—¿Qué? ¿He dado en el clavo? —La miro con ojos abiertos de par en par—. ¿Me acerco peligrosamente a la verdad?

—¿Quieres la verdad? Brooke era mi mejor amiga, esa es la verdad. Te mataría a ti antes que matarla a ella. Además, he aprendido que los accidentes no son la mejor forma para deshacerse de la gente. —Sonríe con violencia—. Tengo una pistola y no tengo miedo a usarla.

La miro con los ojos como platos y la boca abierta.

—¿Acabas de confesar que intentaste matar a Steve? —Joder. ¿Dónde hay una grabadora cuando se necesita una?

Levanta el mentón como si estuviese orgullosa de sus acciones.

—Ten cuidado, Princesa. En lo que respecta a los niños, soy una gran defensora del dicho «Calladitos estáis más guapos». Siempre y cuando te mantengas alejada de mi camino, yo haré lo mismo contigo.

No la creo ni por una milésima de segundo. Disfrutará muchísimo atormentándome ahora que vivo bajo su techo. ¿Y ese comentario sobre la pistola era una amenaza? *Joder*.

—Ten cuidado —repite Dinah, luego sale de mi habitación y cierra la puerta a su espalda.

Me quedo en la cama. Es inútil levantarme y echar el pestillo si cualquier tarjeta puede abrir mi puerta.

Respiro hondo, apago la luz y cierro los ojos. En mi mente aparecen imágenes de Dinah en las que me apunta con una pistola, junto con otras de Reed entre rejas.

El sueño me elude.

«No pierdas los nervios con S. No merece la pena. Ya entrará en razón».

Ese es el mensaje que Reed me envía antes de salir hacia el entrenamiento el lunes por la mañana y es básicamente lo mismo que me ha dicho durante todo el fin de semana. Todo este larguísimo, horrible, frustrante y *largo* fin de semana.

Y una mierda que entrará en razón. Steve ya ha hecho que me despidan de mi trabajo y ha decidido que voy a hacer las pruebas para un equipo en el colegio. Creerás que eso ya es suficiente. Pero no, no lo es.

Anoche me informó de que iba a establecer un toque de queda. Tengo que estar en casa a las diez como muy tarde y encima tengo que activar el localizador de mi teléfono para que pueda rastrearme. Ya he decidido que en el futuro dejaré el teléfono en casa. Ni de coña dejaré que sepa en todo momento dónde me encuentro.

El problema es que este viernes es el primer partido de la ronda eliminatoria de los Riders. Reed ya puede jugar y me muero por ir, porque he decidido que estoy cansada de la renuencia de Reed. No dejaré de sentirme insegura mientras él sea el principal sospechoso del asesinato de Brooke. Sin embargo, si quieren que actuemos con normalidad, si se supone que tenemos que, al menos, fingir que todo va bien en nuestra vida, entonces esta distancia entre nosotros no tiene razón de ser.

Ya es hora de que nos acostemos. No me importa jugar sucio para que ocurra. Lo seduciré. El partido fuera de casa es la ocasión perfecta para hacerlo, y a treinta minutos hay un parque de atracciones y muchos chicos quieren ir. El plan es —o era— usar eso como excusa para quedarnos a pasar la noche.

Solo que ahora, con el estúpido toque de queda de Steve, no sé si podré hacerlo. Hoy con suerte Val me podrá ayudar a decidir qué hago. Pero tengo claro que iré, de un modo u otro.

Termino de peinarme, me meto la camisa por dentro de la falda y cojo la mochila.

Fuera, en el salón, Steve está en el sofá mientras lee el periódico. ¿Es que no trabaja nunca?

Dinah está sentada a la mesa del comedor y bebe zumo de naranja. O quizá sea mimosa, porque no creo que la gente use vasos tan elegantes para el zumo de naranja.

Ella me mira por encima del borde con una sonrisa engreída en sus carnosos labios.

—Esa falda es un poco corta para el colegio, ¿no crees? El periódico cruje cuando Steve lo baja. Frunce el ceño cuando examina mi uniforme.

Bajo la mirada hasta mi camisa blanca, mi americana azul abierta y la feísima falda plisada.

—Es el uniforme.

Dinah mira a su marido.

—No sabía que el director de Astor Park animara a las estudiantes a vestirse como putas.

Me quedo boquiabierta. Primero, la falda me llega hasta las *rodillas*. Segundo, ¿quién dice cosas así?

Steve sigue escrutando mi falda. Luego cierra el periódico, lo deja a un lado y me fulmina con la mirada.

—Vuelve a tu habitación y cámbiate.

Le devuelvo la mirada desafiante.

—Este es el uniforme —repito—. Si no te gusta, háblalo con Beringer.

Señala mis piernas con un dedo.

—Puedes llevar pantalones. Estoy seguro de que, en los tiempos en los que estamos, hay más opciones de uniforme.

Esta conversación es una completa estupidez, así que me dirijo hacia la puerta.

—No tengo pantalones. —En realidad sí, pero esas monstruosidades caqui son horrorosas, por mucho que hayan costado trescientos dólares. No pienso ponerme eso.

—Por supuesto que tiene pantalones —contraataca Dinah mientras se ríe con júbilo—. Pero todos sabemos que ella elige no ponérselos. Las faldas tienen mejor acceso.

Steve vuelve a fruncir el ceño.

—Tiene razón —coincide—. Yo tuve mis experiencias con chicas con falda. Son facilonas. ¿Es eso lo que tú quieres ser? ¿Facilona, Ella?

Dinah se ríe con nerviosismo.

Aprieto la cinta de la mochila y giro el pomo. Si yo tuviese una pistola, dispararía a Dinah con ella.

—Me voy a clase —digo con rigidez—. Ya perdí un día entero de clases para que pudieras pasearme por todo Bayview. No llegaré tarde porque tengas algún problema con mi uniforme escolar.

Steve se acerca de inmediato y apoya la mano sobre la puerta.

—Intento ayudarte. Las chicas que se abren de piernas son de usar y tirar. No quiero eso para ti.

Abro la puerta de un tirón.

—Las chicas que se abren de piernas son las chicas que quieren tener sexo. No hay nada de inmoral en ello. O de asqueroso. O de anormal. Si elijo tener sexo, entonces lo tendré. Es mi cuerpo.

—No mientras vivas en mi casa —brama y se precipita hacia mí por el pasillo. La risa de Dinah nos sigue hasta el ascensor.

Pulso el botón de *bajar*.

—Entonces me iré.

—Haré que te traigan de vuelta. ¿Eso es lo que quieres? —Ante mi silencio, él suspira de frustración. En un tono más suave, continúa—: No intento ser malo, Ella, pero eres mi hija. ¿Qué clase de padre sería si te dejara salir y acostarte con tu novio?

—Mi novio es el hijo de tu mejor amigo —le recuerdo. Ojalá el ascensor subiera más deprisa, pero parece estar recorriendo las cuarenta y cuatro plantas con una lentitud insoportable.

—Lo sé. ¿Por qué te crees que estoy tan nervioso por que salgas con él? Los chicos de Callum son salvajes. Tienen experiencia. Eso no es lo que quiero para ti.

—Estás siendo un poco hipócrita, ¿no crees?

—Sí. —Alza los brazos—. No lo niego: lo último que quiero para ti es que salgas con un chico igual que yo era en el instituto. No tenía respeto por las chicas, lo único que quería era meterme en sus pantalones, o bajo sus faldas. —Mira directamente a la mía—. Y después de hacerlo pasaba página.

—Reed no es así.

Steve me lanza una mirada de pena.

—Cielo, yo también dije a todas las chicas con las que quería acostarme que eran especiales y las únicas para mí. He usado todas esas frases antes, habría dicho lo que fuese para que la chica dijera que sí. —Abro la boca para protestar, pero Steve prosigue—: Y antes de que me digas que Reed es diferente, déjame puntualizar que conozco a ese chico desde que nació y tú lo conoces desde hace unos cuantos meses. ¿Quién tiene una perspectiva más objetiva?

140

—Él no es así —insisto—. Es él quien se me resiste, no al revés.

De repente, Steve se echa a reír. Sacude la cabeza.

—Joder, ese chico tiene tácticas que ni a mí se me habrían ocurrido, eso se lo concedo.

Parpadeo, confusa.

—¿Fingir estar reacio y obligarte a que seas tú la que des todos los pasos? Se lo estará pasando bomba. —Se pone más serio—. No, Ella, tienes que creerme. Reed lleva en activo tanto tiempo que probablemente la tierra se haya hundido por tanta actividad. Debe de haber otros chicos en Astor con los que salir. ¿Por qué no encuentras uno y volvemos a considerar esta conversación?

Soy incapaz de esconder mi asombro.

—Yo no funciono así. No deshecho a la gente así. Reed no es reemplazable en mi vida. —*Yo no soy como tú.*

—Ya veremos cuánto tiempo dura su afecto cuando no tenga acceso a ti. No seas tan fácil, Ella. No es atractivo.

Si fuese la chica que Steve cree que soy, le habría devuelto el insulto. Uno me quema la garganta. Me muero por decirle que deje de medirme según su propia condición. Pero no llegaré a ninguna parte si me enfrento a él. Gracias a Dios, el ascensor llega por fin.

—Tengo que ir a clase —le informo mientras accedo al interior.

—Las clases terminan a las cuatro menos veinte. Espero que estés aquí a las cuatro.

Las puertas del ascensor se cierran.

El dolor de cabeza que me produce la tensión me machaca las sienes cuando salgo del garaje tres minutos después. Las incesantes punzadas de frustración no cesan hasta que llego a Astor Park.

Qué irónico que el lugar que una vez odié ahora parezca un refugio.

Capítulo 17

Reed

El peor fin de semana de mi vida. En serio. Me pasé todo el sábado con Halston Grier y repasamos los detalles de mi caso. Mi abogado mantiene que el ADN —mi ADN— que encontraron bajo las uñas de Brooke es la prueba más dañina que tiene la policía. Admitió que mi explicación sobre que Brooke me arañó de lo enfadada que estaba podría no convencer a un jurado si esto va a juicio, sobre todo si lo combinamos con el vídeo de la cámara de vigilancia.

Ni siquiera recuerdo que lo hiciera. Mis recuerdos del suceso se limitan a que me pidió dinero y yo me reí de ella, así que lanzó una mano hacia mi cara, pero no me dio. Se tambaleó, la cogí y la aparté de malas maneras. Debió de arañarme entonces.

Cada pequeño detalle hace que todo esto sea una gilipollez cada vez mayor. Yo no maté a esa mujer. Que sus uñas no me dejaran marca no significa que no me arañara. Me he ofrecido a someterme a un polígrafo, pero Grier dice que, aunque lo pase con nota, los resultados no son admisibles en un juicio y, en cambio, si saliera mal, la policía encontraría el modo de filtrar los resultados a la prensa, que, por supuesto, me crucificaría.

El domingo holgazaneé en casa porque echaba de menos a Ella, y no porque quisiera acostarme con ella, como Steve cree. Echo de menos su compañía, su risa y sus comentarios de listilla. Steve la ha tenido atareada todo el fin de semana, así que solo pudimos mandarnos mensajes y hablar por el móvil un par de veces. Odio que ya no viva con nosotros. Esta es su casa. Hasta mi padre está de acuerdo, pero cuando lo presioné para que hablase con Steve se encogió de hombros y dijo:

—Él es su padre, Reed. A ver cómo avanza la cosa.

Cuando por fin llega el lunes la expectación está a punto de acabar conmigo. Aunque ya puedo entrenar, el entrenador solo me deja practicar ejercicios y tácticas sin contacto, y dice que no me garantiza que vaya a jugar el viernes. Todavía sigue enfadado conmigo por la pelea de la semana pasada con Ronnie.

Hablando de Ronnie, el imbécil se pasea por el banquillo unas cuantas veces para acosarme y llamarme «asesino» en voz baja para que el entrenador no lo oiga. Sin embargo, me importa una mierda lo que piense de mí. Las únicas opiniones que cuentan son las de mi familia y la de Ella, y ninguno de ellos cree que sea un asesino.

—Vas en sentido contrario —dice East con una sonrisa de oreja a oreja cuando cruzamos el jardín sur después del entrenamiento—. ¿No tienes biología?

Sí, pero no voy hacia allí. Ella me acaba de mandar un mensaje para que nos encontremos en su taquilla. Está en el ala de tercer curso del colegio, en dirección opuesta a los edificios de último curso.

—Tengo que ir a otro sitio. —Es lo único que digo y mi hermano bambolea las cejas de forma traviesa.

—Vale. Saluda a nuestra hermanita de mi parte.

Nos separamos en la puerta principal; Easton se va a su primera clase mientras que yo recorro el pasillo hacia la zona de las taquillas de tercer curso. Algunas chicas me sonríen, pero otras tantas solo fruncen el ceño. Murmullos furtivos me cosquillean en la espalda a medida que avanzo. Escucho la palabra «policía» y otro murmura «la novia de su padre».

Otros chicos podrían ruborizarse o acojonarse, pero estos críos no me importan lo más mínimo. Mantengo los hombros firmes y la cabeza bien alta cuando paso por su lado.

El rostro de Ella se ilumina en cuanto me ve. Se lanza a mis brazos y yo la agarro con facilidad, entierro mi cara en su cuello e inhalo su dulce aroma.

—Hola.

—Hola —dice con una sonrisa—. Te he echado de menos.

—Yo también te he echado de menos. —Se le escapa un gemido—. No sabes cuánto.

La conmiseración inunda sus ojos.

—¿Sigues afectado por la reunión con el abogado?

—Un poco, pero no quiero hablar de eso ahora mismo. Quiero hacer *esto*.

La beso y ella suelta contra mis labios un ruidito muy erótico, una mezcla de quejido y gemido de felicidad. Deslizo parte de mi lengua en su boca para poder oírlo otra vez. Lo hace y mi cuerpo se tensa.

—Ejem.

El carraspeo de una garganta nos separa. Me giro y asiento con educación a la profesora que está detrás de nosotros.

—Señorita Wallace. Buenos días.

—Buenos días, señor Royal. —Sus labios forman una delgada y severa línea—. Señorita Harper. Creo que ya es hora de que los dos vayan a clase.

Asiento otra vez y tomo a Ella de la mano.

—Vamos de camino —le aseguro a la ceñuda profesora—. Quería acompañar a Ella.

Nos alejamos precipitadamente de la taquilla, pero no la llevo a clase tal y como acabo de decir, sino que giro a la izquierda al final del pasillo. En cuanto estamos fuera del radar de la señorita Wallace, tiro de Ella hacia la primera aula vacía que encuentro. Es una de las de música de tercer curso y está completamente a oscuras porque las pesadas cortinas doradas están cerradas.

—¿Qué vamos a hacer? —sisea Ella, pero se ríe.

—Terminar lo que hemos empezamos ahí atrás —respondo con las manos sobre sus delgadas caderas—. Un beso no ha sido suficiente.

Un *lo que sea* nunca es suficiente con esta chica. No sé cómo he podido vivir sin ella. Es decir, salí con otras chicas y me acosté con unas cuantas más, pero siempre he sido muy exigente. Nadie lograba mantener mi interés durante más de una semana o dos, a veces ni siquiera más de un día, una hora.

No es el caso de Ella. Se me metió bajo mi piel en cuanto la conocí, y ahí sigue, en mi sangre, en mi corazón.

Nuestros labios se encuentran de nuevo y el beso es más sensual que el primero. Su lengua está en mi boca y mis manos sobre su trasero, y me olvido de dónde estamos cuando empieza a rozar la parte inferior de su cuerpo contra mi ingle.

—Ven aquí —murmuro y la arrastro hasta el escritorio del profesor.

Ella se sienta encima y yo me coloco entre sus muslos al instante. Me rodea la cintura con las piernas y luego nos restregamos el uno contra el otro. Es de lo más erótico, sobre todo porque estamos en el colegio y oigo pasos recorriendo el pasillo arriba y abajo.

—No deberíamos hacer esto aquí —dice sin aliento.

—Probablemente no, pero te reto a pedirme que pare. —No habrá sexo, pero no quiero dejar de tocarla y sé que puedo hacer que se sienta bien. La antepongo por completo, solo que no de la forma que su padre querría. Que le den a Steve.

Ella se vuelve a reír y yo deslizo la mano bajo su falda y le guiño un ojo.

—Me encanta el acceso fácil.

Eso logra que suelte una risilla de sorpresa.

—¿Qué? —pregunto con el ceño fruncido.

—No te preocupes. —Ella sonríe de oreja a oreja y luego chilla de placer cuando mis dedos la encuentran.

En vez de apartarme, se arquea en busca de mi ávida mano. Sus manos están igual de hambrientas y me desabrochan los botones de la camisa.

—Necesito tocarte —murmura.

No me quejo. La sensación de sus pequeñas y cálidas manos sobre mi pecho desnudo me envía una ola de calor por la espalda. Nunca nos habíamos liado en el colegio, pero Steve nos lo ha puesto difícil para vernos fuera de aquí; no me ha dejado ir al hotel ni una vez desde que obligó a Ella a abandonar la mansión.

Nuestros besos se vuelven más descuidados, más frenéticos. Deslizo un dedo en su interior y gimo contra su boca. Quiero que se corra antes de clase para que piense en mí todo el día. Puede que se lo vuelva a hacer en el almuerzo. Podríamos ir al baño que Wade ha bautizado como Área de Folleteo y...

La puerta se abre de golpe y la luz inunda el aula de repente.

Ella y yo nos separamos, pero no lo bastante rápido. El profesor de música, alto y canoso, ve perfectamente cómo saco la mano de debajo de su falda, mi camisa medio abierta y nuestros labios hinchados. Suspira con desaprobación y luego espeta:

—Arreglaos. Vais a ir al despacho de Beringer.

Mierda.

145

El director llama a nuestros padres. Estoy que echo humo cuando mi padre y Steve entran en la sala de espera, fuera de la oficina de Beringer, porque ¿desde cuándo llama Beringer a los padres porque un par de alumnos se líen en el colegio? Sucede a cada minuto. Wade lo hace a todas horas, por el amor de Dios.

Sin embargo, no tardo mucho en comprenderlo, porque lo primero que hace Steve tras entrar es estrechar la mano de Beringer y decir:

—Gracias por llamarme. Temía que algo así pudiese suceder.

En la silla contigua a la mía, Ella está roja como un tomate. Está claramente avergonzada, pero también veo fuego en sus ojos. Ira. Al igual que yo, sabe que Steve es el responsable de esto. Seguramente advirtió al profesorado para que nos vigilaran.

—Arriba —ordena Steve a Ella—. Te vienes a casa conmigo.

Ella salta con una objeción:

—¡No! No puedes sacarme del colegio otra vez. No me voy a perder más clases, Steve.

—Hace un rato no tenías ningún problema con perderlas. Francois dice que llegabas diez minutos tarde a la primera clase.

Ella no dice nada.

Mi padre también está extrañamente callado. Me observa con una expresión indescriptible. No parece desaprobación ni decepción. Soy incapaz de interpretarla.

—Esta clase de comportamiento es inaceptable —brama Steve, enfadado—. Este es un lugar para aprender.

—Así es —conviene Beringer con frialdad—. Y le aseguro, señor O'Halloran, que no se tolerará este tipo de conducta.

Me quedo boquiabierto.

—¿En serio? ¿Pero dejar que Jordan Carrington enganche con cinta adhesiva a una alumna de primero a la entrada está permitido?

—Reed —advierte mi padre.

Me giro hacia él.

—¿Qué? Sabes que tengo razón. Jordan *atacó* a otra estudiante, joder, y él... —Señalo de forma maleducada al director—. Lo dejó pasar como si nada. En cambio a Ella y a mí nos pillan liándonos como dos adolescentes normales y...

—¿Adolescentes normales? —repite Steve con una risotada severa—. ¡Tienes una vista esta semana, Reed! Te enfrentas a cargos por asesinato.

La frustración me embarga por un momento. Por el amor de dios, no necesito que me lo recuerden. Soy perfectamente consciente de lo jodido que estoy ahora mismo.

Luego analizo lo que ha dicho.

—¿Qué vista? —pregunto a mi padre.

Su expresión se tensa.

—Lo hablaremos cuando llegues a casa después de clase.

—Lo podéis hablar de camino a casa —interrumpe Beringer—, porque voy a expulsar a Reed dos días.

—¿Qué cojones? —suelto, cabreado.

—Ese lenguaje —espeta el director—. Y ya me has oído. Estás expulsado dos días. —Mira a Steve—. Ella puede permanecer en el centro, si eso le parece aceptable.

Tras un momento largo y tenso, Steve asiente.

—Es aceptable. Siempre y cuando él no esté, me parece bien dejarla aquí.

Steve pronuncia *él* como si yo fuese portador del virus del ébola o algo así y se lo fuera a contagiar a Ella. No lo entiendo, de verdad que no. Steve y yo nunca habíamos tenido problemas en el pasado. No éramos íntimos, pero tampoco había hostilidad entre nosotros. Ahora, en cambio, el aire es tan hostil que apenas puedo respirar.

—Entonces, solucionado. —Beringer rodea su escritorio—. Señor Royal, dejo a Reed bajo su custodia. Ella, tú puedes volver a clase.

Ella vacila, pero Steve le lanza una mirada severa y se mueve rápidamente hacia la puerta. Justo antes de salir, me dedica la mirada más triste y frustrada del planeta. Estoy seguro de que yo debo de tener la misma expresión ahora mismo.

En cuanto se va, Steve desvía su atención hacia mí y frunce el ceño.

—Mantente alejado de mi hija, Reed.

—Es mi novia —replico entre dientes.

—Ya no. Te pedí que la respetaras y, al pensar que lo ibas a hacer, me abrí a la idea de que los dos salierais juntos. Después de lo que ha pasado, ya no me parece bien. —Se dirige a mi padre—: Nuestros niños acaban de romper, Callum. Si los veo o me entero de que están juntos otra vez, tú y yo tendremos que hablar.

Luego sale del despacho y cierra la puerta con fuerza a su espalda.

Capítulo 18

Ella

Por segundo día consecutivo, voy al colegio enfadada. Ayer Steve y Dinah se aliaron en contra de mi falda, hoy Reed está expulsado porque Steve se cree el padre del año y tiene metido un palo por el culo. Lo único bueno de mi enfado con Steve es que ya no tengo energía emocional para preocuparme por Dinah.

No puedo creer que ordenara a Beringer que todos los profesores nos vigilaran. Eso no está bien. Sigo cabreada cuando entro en el aparcamiento. Afortunadamente, localizo a Val en el jardín delantero y eso me distrae.

—¡Hola, tía buena! —grito por la ventanilla.

Ella se gira con una peineta más que preparada en la mano. Cuando ve que soy yo, corre hacia mí.

—¡Hola! Estaba preocupada por ti. ¿Tuviste que soportar un sermón interminable cuando llegaste ayer a casa?

Maniobro para aparcar en una de las plazas libres y luego apago el motor.

—No puedes ni llegar a imaginarlo.

Está al corriente de toda la estupidez de ayer porque me pasé toda la hora del almuerzo quejándome de ello. Luego le di la vara durante unos diez minutos sobre no poder ir al partido ni seducir a Reed. ¡Ni acostarme con él por primera vez!

—¿Qué pasó? —pregunta Val mientras cojo la mochila y salgo del coche.

—Bueno, discutimos, gritamos y nos insultamos. Al final Steve me dijo que tenía que dejar de ser tan facilona. Que los chicos no lo encuentran atractivo.

Val hace una mueca.

—Joder, qué duro.

—Esto se está poniendo tan feo que realmente creo que tengo que pasar más tiempo en el colegio.

—No puede ser para tanto —dice. Conoce de sobra mi aversión por cualquier cosa que provenga del Astor—. Solo parece malo porque no estás acostumbrada a tener un padre que te imponga reglas y demás. Por lo que me has contado, tu madre parecía la hija en tu casa, y Callum deja que sus hijos hagan lo que quieran siempre y cuando no monten ningún escándalo.

—¿Entonces dices que el comportamiento de Steve es normal? —La reto.

Val se encoge de hombros.

—No es tan anormal. Creo que tu madre y Callum son más indulgentes que otros padres.

—Tú das fiestas en tu casa. Y no tienes toque de queda.

Se ríe.

—Claro que sí. Tengo que estar a las diez en casa entre semana y a medianoche los fines de semana, a menos que se lo diga primero al tío Mark o a la tía Kathy. Y no dejarían que un chico se quedara a pasar la noche conmigo. Era fácil tontear con Tam porque vivía en la misma casa. —Tam es el hijo de la señora de la limpieza de los Carrington—. Creo que la mayoría de los padres no dejarían que los chicos se quedaran a dormir. Es decir, ¿por qué crees que Wade tiene tanto sexo en el colegio? Su madre es bastante estricta en casa. —Me da una palmada en el hombro—. Puede que Steve exagere un poco, pero eso solo quiere decir que se preocupa. No te lo tomes de forma personal.

¿Tiene razón? Es decir, casi no tengo experiencia con padres normales, pero aquí está Valerie, que presupongo que sí y me dice que la reacción de Steve es normal. ¿Estoy exagerando?

Tal vez. Pero, aun así, no creo que pueda aceptar todas estas reglas ni mierdas.

—Aunque sea normal, no quiero vivir así —admito mientras entramos en el edificio.

—Llévalo como mejor puedas —recomienda—. Ambos sois nuevos en esto. Tú eres una niña y Steve intenta ser el adulto. Vais a chocar. Apuesto a que pronto se te ocurre algo.

—Pero no soy una niña. Tengo diecisiete años.

—Ja, ahí es donde te equivocas. Mi madre siempre dice que no importa la edad que tenga, siempre seré su niña. Así son los padres. —Me da un empujón con el hombro—. Sinceramente, creo que es bastante guay que haya vuelto de entre los muertos. Ya no estás sola.

La cuestión es que antes de que apareciera Steve no me sentía *sola*. Eso es lo que me pasa: él no ha llenado ningún hueco vacío en mi interior. Los Royal ya estaban allí y Steve intenta quitar a alguien para hacerse un hueco él.

Val debe de percibir mi escepticismo al mirarme a la cara, porque dice:

—No te rompas mucho la cabeza con esto. Deberías irle con una contraoferta.

—¿A qué te refieres?

—Steve no quiere que quedes con Reed porque... ¿Por qué?

—Dice que Reed es un picaflor.

Val echa la cabeza hacia atrás y mira al cielo como si le pidiera paciencia a Dios.

—Cariño, Steve está comportándose como un padre al cien por cien.

Siento la necesidad de defender a Reed otra vez, aunque parece que siempre lo haga.

—A lo mejor lo era antes, pero conmigo no. Además, no es como Easton. No se acuesta con todas. Es exigente.

Val abre la boca para responder, pero antes de que salga nada, el timbre suena.

—Seguiremos después. ¿Nos vemos en el baño sur a la hora del almuerzo? Hablaremos más.

—¿El baño sur? —No tengo ni idea de qué habla.

—Es el que hay junto al vestuario de los chicos. Wade siempre hace sus cosas allí.

Después se va y me pregunto si realmente soy yo la que es poco razonable.

Hago una parada en mi taquilla para meter los libros y en cuanto suena el timbre de la hora de comer, me precipito hacia el baño sur. Tardo diez minutos en encontrarlo, porque este colegio roza lo ridículo de lo grande que es.

Abro la puerta y me detengo de forma abrupta al ver el baño entero; hay como seis chicas aquí. Val se pinta los labios en el último lavabo y me dirijo hacia ella.

—¿Por qué está tan abarrotado? —siseo en voz baja—. Creía que Wade tenía sus rollos aquí.

—En el de los chicos. —Junta sus labios pintados de rojo—. Este es el baño de las chicas.

—Claro. —Obviamente. El tema es que creía que íbamos a tener una charla privada.

—El equipo de baile hará ensayos extra para la actuación del partido fuera de casa. Al parecer el Gibson High es su mayor rival en las competiciones estatales de baile —explica Val mientras guarda el pintalabios en el bolso—. En fin, he estado pensando y creo que tienes que hablar con Callum y que se ponga de acuerdo con Steve por ti.

—No creo que eso marque ninguna diferencia. Ya le dijo que debería vivir con los Royal y Steve le dedicó una mirada mortal y me sacó de la casa de los pelos.

Val tuerce la boca.

—¿De los pelos?

—Vale, puede que no del pelo, pero así lo sentí yo.

—Era broma. Me gusta verte angustiada por haberte liado con Reed. A veces estáis demasiado juntos, es intimidante. —Hace una pausa—. ¿Cuál es la debilidad de Steve?

Observo su reflejo en el espejo.

—¿A qué te refieres?

—Cuando quiero algo de mi tía le gusta ver que me sacrifico. Pongamos que quiero ir a un concierto. Le diría que estudio mucho y que hago tareas extra en casa, eso me allanaría el terreno y le demostraría lo buenísima y genial que soy. Y *luego* le pediría las entradas para el concierto.

—¿Ella sabe que la manipulas? —pregunto.

—Por supuesto, es nuestro juego. Mi tía ve que soy responsable y eso la satisface, y luego me recompensa por mi sacrificio.

—A mi padre le gusta que le escriba en un papel todas las razones por las que quiero algo —añade una chica junto a mí.

La fulmino con la mirada a través del espejo, pero ella se queda impávida. O tal vez no se da cuenta de que le lanzo dagas con los ojos, porque está ocupada aplicándose la máscara de pestañas.

—Mi madre necesita oír que no pasa nada de otras diez madres antes de decir que sí —interviene otra chica cerca de la puerta.

Le dedico a Val una mirada irritada al ver cómo todas se meten donde no las llaman. Ella se limita a sonreír, aunque tiene un brillo travieso en los ojos.

—¿Qué quieres? —pregunta la chica junto a la puerta. Creo que su nombre es Hailey.

La rubia de mi lado sonríe.

—Quiere a Reed, ¿verdad?

Mi primera reacción es sentirme totalmente incómoda. No me gusta discutir mis problemas personales con extraños. Sin embargo, las dos chicas parecen simpáticas, así que suspiro y me apoyo contra el lavabo.

—Quiero ir al partido que juegan fuera, pero mi... —Es difícil decir la palabra, pero la escupo—. Mi padre no me deja.

—¿Está siendo sobreprotector? —adivina la rubia.

—Querrá recuperar el tiempo perdido, probablemente —sugiere Hailey.

—¡Ah, cierto! —exclama la rubia—. Tu padre es Steve O'Halloran. Me había olvidado de su gran resurrección.

Val se ríe.

—Sí, sí que estará recuperando el tiempo perdido —conviene la rubia.

Val se inclina hacia mí.

—¿Ves? —me dice y me da un pequeño golpe—. Todo es normal.

—Sí, totalmente —asegura Hailey—. Mi padre entró en pánico cuando encontró un condón en mi coche. Mi madre me llevó a la clínica al día siguiente y me obligó a tomarme la píldora. Me dijo que los escondiera y que tuviese más cuidado la próxima vez.

—Pero es tu cuerpo —puntualizo.

Ella se acerca.

—Tu padre querrá controlarte hasta que tengas cincuenta años. Mi hermana mayor tiene veintiséis y una carrera en Derecho, y cuando vino a casa por Navidad con su novio, mis padres lo obligaron a dormir en el sótano. Los padres son lo peor en cuanto al sexo se refiere.

—Ella no tiene una madre que le eche una mano —les recuerda a todas la rubia.

Me remuevo otra vez, incómoda. No me gusta que todos en este colegio conozcan mi vida.

Hailey se lleva una mano a la barbilla.

—¿Katie Pruett no vive solo con su padre?

—Sí —confirma una morena de pelo rizado mientras se apoya contra la puerta del cuarto retrete—. Y se acuesta con Colin Trenthorn desde que ella estaba en segundo.

—¿Lo sabe su padre?

—Creo que finge no saberlo, pero toma la píldora, así que se lo imaginará.

—Mi madre le dijo a mi padre que la píldora era por la regla —añade Hailey—, así que a lo mejor Katie usa esa excusa también.

—Yo no necesito una excusa para tomar la píldora —digo—. La tomo desde los quince. —Porque sí que tenía unos dolores horribles de regla, no porque mi madre se preocupara por si me quedaba embarazada—. Necesito una excusa para pasar la noche fuera de casa.

—Di que te quedas con una amiga.

—¿Y tener que esconderse en el coche mientras se juega el partido? Eso no funcionará —replica Val con impaciencia—. Todos conocen a los Royal y alguien mencionará que vio a Ella en el partido.

Un murmullo de compasión se extiende en el baño.

—Eso sin mencionar que Callum estará allí y probablemente se lo cuente a Steve —les recuerdo. No estoy segura de por qué ahora, de repente, me parece bien que estas chicas me ofrezcan consejo, pero es así. Al principio me incomodaba mucho, pero en cierto modo es agradable.

El timbre suena antes de encontrar ninguna solución válida. Todas levantan la cabeza, se empujan frenéticamente para retocarse el maquillaje y se apresuran a recoger sus cosas.

—Pensaremos algo —promete Hailey mientras sale. Unas seis chicas abandonan el baño tras ella y todas me dicen adiós con la mano.

—Eso ha sido... —me callo y centro mi mirada confundida en Val.

—¿Divertido? ¿Útil? ¿Entretenido? —Sonríe—. No todos aquí son horribles. Además, ahora ya sabes que el comportamiento de Steve es completamente normal. Solo tienes que averiguar cómo camelártelo.

Estoy un poco aturdida, así que me limito a asentir. De acuerdo, supongo que esto es lo normal.

—Yo le digo a mis padres lo que quieren oír y luego hago lo que quiero —me ofrece una voz familiar con frialdad.

Me giro y veo a Jordan salir de un retrete.

—¿Acabas de salir por el váter o llevas ahí todo el rato? —la acuso.

—He estado ahí todo el rato —dice alegremente—. ¿Así que quieres tener una *sexcapada* con Reed Royal, eh?

No respondo de inmediato. Esta chica me ha odiado desde que puse un pie en los terrenos sagrados de Astor Park. Cuando me ordenaron que hiciera las pruebas para el equipo de baile ella me dejó un uniforme de *stripper*. Estoy segura de que esperaba que me sintiera demasiado avergonzada como para salir del vestuario, pero yo me puse la ropa, entré en el gimnasio y le di un puñetazo en la cara.

—Puede —contesto al fin.

—Entonces necesitas mi ayuda. —Le da un codazo a Val para que se aparte y pone las manos bajo el dispensador automático de jabón.

—No. He venido a pedirle a *Val* que me ayude.

Jordan se lava las manos, sacude el exceso de agua y luego coge una toallita de papel de la canasta que hay junto al lavabo.

—Y Val está aquí, y también estaban seis de mis compañeras de equipo, pero no han encontrado una solución —replica con voz engreída—. Y yo tengo una perfecta.

Lo dudo mucho, pero su tono tan seguro me mantiene pegada al suelo.

—¿Por qué querrías ayudarme? —La observo con los ojos entrecerrados, pero no puedo deducir nada por su expresión. Joder, sería una excelente oponente de póker.

Tira la toallita en la papelera.

—Porque me deberías una.

¿Deberle una? Eso suena horrible. Sin embargo, ¿y si realmente tiene la solución a mi problema?

—¿Qué querrías a cambio? —pregunto, recelosa.

—Un favor que me devolverías más adelante. —Saca un tarrito de su bolso y se dibuja los labios perfectos con un brillo de labios.

La escruto. Estoy a la espera de que su cola de cascabel me pique.

—¿Qué favor?

—Aún no lo sé. Depende de lo que necesite de ti.

—Dime la solución primero. —Espero que diga que no, pero me sorprende.

—Claro. —Guarda el brillo de labios—. Eres buena bailarina. Layla Hansell se hizo un esguince de tobillo el otro día al saltar con su hermana pequeña de un trampolín. Puedes ocupar su puesto en el equipo.

—Joder —suelta Val.

Sí, joder. *Es* la solución perfecta. Steve quiere que haga actividades extraescolares. Bailar es lo único que soy capaz y me interesa hacer y el equipo de baile va a este partido de eliminatoria, de manera que podré estar en el campo y venderle a Steve la idea de que voy a pasar tiempo con los chicos de Astor Park.

El plan es diabólico de lo perfecto que es.

Jordan sonríe con suficiencia.

—Dame tu respuesta a lo largo del día de hoy. Puedes mandarle un mensaje a Val. Adiós.

Sale del baño y la cinta negra que lleva atada en el pelo ondea a su espalda.

—La odio todavía más —le digo a Val.

—No te culpo. —Mi amiga me pasa un brazo por encima de los hombros—. Pero, joder, es una buena excusa.

—Sí —digo con desánimo—. La mejor.

Capítulo 19

Ella

—¿Se puede saber qué haces aquí? —exclamo cuando encuentro a Reed apoyado en mi coche al salir del colegio—. ¡Te han expulsado!

Él pone los ojos en blanco.

—Las clases han acabado. ¿Qué van a hacer, expulsarme otra vez por estar en el aparcamiento?

Tiene razón. Me acerco y le doy un abrazo; él lo convierte en un beso que dura lo suficiente como para dejarme sin respiración. Sonrío como una tonta cuando me suelta.

—Pareces contenta. —Entrecierra los ojos con recelo—. ¿Qué pasa?

Estallo en carcajadas.

—¿No se me permite ser feliz?

Él sonríe.

—Claro que sí. Es solo que la última vez que hemos hablado amenazabas con pegar un puñetazo en la cara a Steve por todas sus reglas locas.

—Creo que he encontrado la forma de sortear las reglas.

—¿Sí? ¿Cómo?

—Eso es algo que yo sé y que tú deberás averiguar —respondo misteriosamente, porque quiero que todo cuadre antes de contárselo. No estoy segura de que Steve se crea esto, así que no quiero dar esperanzas a Reed por si fracasamos—. Val y yo estamos trabajando en un proyecto secreto.

—¿De qué tipo?

—Te lo acabo de decir: secreto.

Reed apoya el codo contra el capó del coche.

—¿Debería preocuparme?

Bajo una mano por su pecho hasta colocarla sobre su cinturón. De alguna forma, Reed consigue que un par de pantalones

157

militares negros y un suéter azul le sientan tan bien como ir sin camiseta.

—Deberías estar preocupado siempre —bromeo y tiro de su cinturón.

Estoy cansada de sentirme estresada, asustada e infeliz constantemente, así que disfrutaré de Reed y de todos los momentos con él. Que le den al resto del mundo.

Él aprieta su cuerpo contra el mío hasta que nos pegamos a un lateral del coche. Sus manos pasan por mi costado y llegan a la parte alta de mi trasero. Mis labios se abren a la espera de otro beso, de entremezclar nuestras respiraciones, del momento de aislarnos del mundo entero...

—Míralos —suelta alguien al pasar—. La pareja basura perfecta.

Reed alza la cabeza.

—¿Tienes algún problema conmigo, Fleming? Ven y dímelo a la cara.

Veo a un chico bajito de pelo oscuro tensarse y alejarse deprisa.

—Eso creía —murmura Reed.

—Capullo —masculo, enfadada.

Reed levanta mi barbilla con los dedos.

—No te preocupes, nena. Deja que hablen. No nos pueden hacer daño.

Me pellizca levemente antes de darme un beso. Tengo ganas de quedarme, pero si lo hago llegaré tarde. Me separo de él con pena.

—Tengo que volver al hotel. Si no estoy allí a las cuatro en punto, Steve podría encerrarme en una mazmorra.

La sonrisa de Reed es burlona.

—¿Me llamarás esta noche?

—Claro.

Él se inclina para darme un beso de despedida y por la forma en que sus manos aprietan mi trasero sé que será uno de los que se alargan. Dios. Tengo que alejarme de su abrazo antes de derretirme.

—Vale. Te mandaré un mensaje luego.

Se aleja hacia su Rover y espero a que se haya marchado para llamar a Val. Pongo el teléfono en manos libres mientras salgo del aparcamiento.

—Cuéntame la parte mala del trato —pido en cuanto responde—. ¿Qué tipo de favores me pediría Jordan? No quiero pegar a ninguna chica al colegio porque haya hablado con su novio.

—Le he estado dando vueltas desde la hora de comer —responde Val.

—¿Y?

—Y creo que, aunque ella te pida que hagas algo, eso no significa que tú tengas que hacerlo. Le debes *un* favor, pero no uno específico.

—Bien pensado. —Aprieto el acelerador aunque odio conducir deprisa. Bueno, odio conducir y punto, pero sobre todo odio hacerlo deprisa. Sin embargo, si no me apresuro llegaré tarde.

—Me gusta cómo piensas.

—Digamos que te pide que hagas algo con lo que no estás cómoda. Pues le contestas que te pida otra cosa.

—Vale. Entonces mantendré mi palabra, si la doy, pero vetar acciones de mierda forma parte de mi derecho de hacer un trato.

—Así es —confirma—. ¿Entonces lo harás?

—Creo que sí.

La proposición de Jordan soluciona todos mis problemas. Steve quiere que me involucre en actividades para que no pase tiempo con los Royal. Me gusta bailar. Lo único malo es que tendré que pasar tiempo con Jordan.

—Esto es temporal, hasta que la otra chica vuelva —continúo—, así que solo seré una sustituta.

—¿Quieres que le diga que sí? —pregunta Val.

—¿Está ahí contigo ahora mismo? Parpadea dos veces si estás en peligro —bromeo mientras entro en el aparcamiento del garaje.

Val se ríe.

—No, está en el entrenamiento. De hecho, lo agradecerás. Jordan programó los entrenamientos del equipo de baile a la misma hora que los del equipo de fútbol.

—Mejor todavía —sonrío para mí misma—. Vale, dile que me apunto y que cumpliré mi parte más adelante.

Val ríe de nuevo.

—Hecho. Le daré el mensaje cuando vuelva a casa.

159

A los ascensores no les gusta que llegue con cinco minutos de retraso, así que tardan en llegar y llevarme más de cuarenta pisos arriba. Sin embargo, al entrar por la puerta a las cuatro y diez, Steve ni siquiera está en casa. Solo está Dinah.

—Mírate —se burla desde el sofá de cuero—. Eres sorprendentemente obediente. Como un perrito que viene cuando se le llama, se sienta cuando se le ordena y permanece quieto cuando se le dice.

Hay otra copa en su mano, o quizá es la misma de esta mañana y se la ha estado rellenando durante todo el día.

Tengo ganas de responderle que se ponga a trabajar, pero entonces me digo que acaba de perder a su mejor amiga y que Steve se comporta de forma horrible con ella. Por otro lado, él cree que ella intentó matarlo, lo cual no parece tan inverosímil si considero lo bruja que es.

—Voy a mi habitación —murmuro al pasar a su lado—. Tengo deberes.

Oigo su voz burlona a mi espalda.

—Tu padre te ha traído un regalito, Princesa. Lo tienes encima de la cama.

Por su tono intuyo que lo que Steve me ha comprado no me gustará y, en efecto, cuando vacío el contenido de la bolsa sobre la cama veo tres pares de pantalones caqui de algodón. Qué pena que no haya chimenea en esta *suite*.

—He oído que hay un partido fuera este fin de semana —comenta Dinah desde la puerta.

Alzo la mirada y la veo apoyada en el marco. Sus piernas largas visten un par de pantalones holgados y lleva una camiseta de flores transparente. El conjunto es un poco vistoso para estar en la *suite* y me pregunto a quién habrá visitado.

—¿Cómo lo sabes? ¿También chantajeas a algún pobre estudiante de colegio?

Sonríe con suficiencia.

—¿Por eso crees que Gideon se mete en mi cama? Querida, eres tan inocente… ¿Has oído alguna vez que algún Royal haga algo que no quiera? —Baja una mano hasta colocarla en su cintura y con eso resalta lo delgada que está—. Gideon no se cansa de mí.

Ahogo las ganas de vomitar.

—Sé que lo chantajeas —respondo con frialdad.

—¿Esa es la excusa que utiliza? —Alza la barbilla—. Se acuesta conmigo porque quiere, porque no puede alejarse.

No necesito escuchar más.

—Entonces, ¿por qué sigues casada con Steve? Es obvio que no os queréis. —Meto de nuevo los pantalones en la bolsa y la dejo en el suelo.

—Dios. ¿Crees que la gente se casa por eso? ¿Porque se quieren? —Estalla en carcajadas—. Estoy aquí por el dinero de Steve y él lo sabe. Por eso me trata como una mierda. Pero no te preocupes, paga cada palabra que me dedica. —Señala su ropa con la mano—. Como esto. Le ha costado tres mil dólares. Y cada día que actúa como un gilipollas conmigo gasto un poco más. Además, mientras estoy con él fantaseo con Gideon.

—Eso es más que desagradable. —Camino hacia la puerta y echo a Dinah afuera. Es mi principal sospechosa del asesinato, sobre todo porque no la soporto. El problema es encontrar pruebas contra ella—. Voy a estudiar.

Le cierro la puerta en la cara y saco un folio que titulo *Dinah*. Debajo, escribo «medios», «razones» y «oportunidades». Después observo la hoja durante una hora sin escribir otra maldita letra.

Todavía sigo escondida en mi habitación y pinto sobre el papel de Dinah con *Orange is the New Black* puesto en mi portátil cuando Steve llama a la puerta.

—¿Estás decente? —dice.

Meto el folio debajo del portátil y salto para ponerme de pie.

—Sí.

—¿Qué tal el colegio? —pregunta asomando la cabeza.

—Bien. ¿Qué tal el trabajo? —Cojo un suéter de la silla que hay junto a la ventana y me lo pongo.

Steve mira la camiseta con una pizca de infelicidad y adivina por la talla que no es mía, sino de Reed.

—Ha ido bien. El equipo de I+D está más cerca de conseguir el prototipo final de un vehículo hipersónico de entrega.

Alzo una ceja.

—Eso suena peligroso.

Él se encoge de hombros.

—Fundamentalmente es un vehículo de investigación y se volaría por control remoto como un VANT. —Debe de suponer por mi expresión confundida que no sé de qué habla, porque se explica—. Vehículo Aéreo No Tripulado.

—¿Un dron?

Él mueve la cabeza como si lo considerara.

—Supongo, pero no es lo mismo. El concepto es similar, aunque el nuestro es mucho más sofisticado. En esencia, el VANT se lanza como un cohete a la atmósfera superior. No es tan divertido como pilotar un avión, pero desgraciadamente la mayoría de aviones militares se centran en zonas no tripuladas.

Parece decepcionado y recuerdo que Callum me contó que Steve disfrutaba más al probar las máquinas que al diseñarlas, construirlas y venderlas.

—Parece más seguro —exclamo con suavidad.

—Es probable que lo sea. —Una sonrisa triste tuerce una comisura de su boca—. Me aburro con facilidad. Callum me echó de la sala de reuniones porque lanzaba aviones de papel una y otra vez.

Se aburre, ¿eh? ¿Por eso se empeña en lo de ser padre? ¿Es nuevo e intenta encontrar algo que le interese?

Creo que eso es lo que las chicas me intentaban decir antes, así que quizá tengan razón sobre el resto. Solo necesito aprender a manejarlo. Cuando cumpla los dieciocho recuperaré el control.

—He pensado en lo que has dicho esta mañana —le informo.

—¿Eh? —Se apoya contra el escritorio y sus dedos acarician el costado de mi portátil. Veo la «D» de «Dinah» asomarse. Me dirijo al escritorio con nerviosismo.

—Sí. Voy a apuntarme al equipo de baile. Se supone que es muy bueno. —Ni siquiera miento. Según las pancartas de fuera del gimnasio, el Astor Park ha ganado la competición de baile estatal durante los últimos ocho años excepto en una ocasión. Me pregunto qué hay detrás de eso.

Steve se yergue y se muestra complacido.

—Eso es excelente. —Recorre la distancia que nos separa y abraza mi tenso cuerpo—. El colegio y la universidad son todo experiencias y no quiero que te pierdas ninguna.

Dejo que me abrace otro segundo más, aunque este tipo de contacto me incomoda. La única atención que he recibido de hombres de su edad no ha sido precisamente buena.

Doy un paso atrás, accedo al salón y me alejo de la lista de notas de investigación en blanco. Cojo el menú del servicio de habitaciones de la mesa. En el poco tiempo que llevo aquí me he cansado de él.

—¿Cuándo podremos volver al ático? —pregunto a Steve. Si hay alguna prueba que pudiese absolver a Reed, estará allí.

—¿Por qué? ¿Vas a volverte loca? —bromea y después se mezcla una bebida en el mueble bar—. Hoy he hablado con el detective. Nos deberían permitir volver a finales de semana.

Finjo estudiar el menú con detenimiento.

—¿Cómo va la investigación? Reed y Callum se lo callan todo, así que estoy deseando saber más detalles. En serio, solo quiero que alguien me diga que la policía no tiene nada y que el caso se cerrará pronto.

—Nada que deba preocuparte.

—¿Están ya los resultados de la... esto... autopsia de Brooke?

—Todavía no. —Steve me da la espada pero no necesito verle la cara para saber que no le interesa hablar del tema—. Cuéntame más sobre el equipo de baile.

—Bueno, cuesta dinero, porque necesitaré comprar un uniforme. —De hecho no tengo ni idea de los detalles. Improviso—. Y viajamos.

—Eso no supone un problema.

—Significa que nos quedaremos de hoteles con la supervisión de la entrenadora de baile —aclaro.

Él hace un gesto con la mano.

—Confío en ti.

Ahora es el momento perfecto para contarle el resto. Si espero, esa confianza se deteriorará. En caso de que realmente confíe en mí, porque podría mentirme. Por otro lado, lo que planeo va definitivamente contra las reglas, así que haría bien en no confiar en mí.

Pero es Reed y quiero estar con él. Temo que vaya a prisión y necesito pasar con él todo el tiempo que pueda ahora mismo.

Empujo esos pensamientos desalentadores al fondo de mi mente, sonrío y me lanzo a la piscina.

—Ya que te lo cuento todo, supongo que tengo que decirte que el equipo de baile viaja con el de fútbol.

La bebida que sostiene se queda paralizada en el aire antes de llegar a su boca.

—¿De verdad? —Arrastra las palabras y me siento como si pudiera leerme la mente.

—Sí. Sé que eso me acerca a Reed, y es algo que tú no quieres. —Me sonrojo porque lo que voy a decir es demasiada información para un padre—. Pero ¿sabes eso que te preocupaba? Pues no he hecho nada. Con nadie.

Steve apoya la copa.

—¿Lo dices en serio?

Asiento y deseo que la conversación hubiese acabado ya.

—Puede que lleve una falda al colegio... —Sonrío con ironía—, pero no soy una chica fácil. Supongo que gracias a mi madre no he querido ir por ese camino.

—Vaya. —Parece haberse quedado sin palabras—. Vaya —repite, y se ríe para sí mismo—, metí la pata aquella mañana, ¿verdad? Dejé que Dinah me enfureciese con esos comentarios sobre tu falda.

Aunque estoy incómoda, me obligo a no moverme, porque a pesar de ser virgen he hecho muchas otras cosas, y tengo grandes planes para este fin de semana.

—La verdad es que te he juzgado mal —exclama con arrepentimiento—. Lo siento, me he equivocado. He leído un libro sobre paternidad y decía que debería escuchar más. Y lo haré —declara, y lanza la promesa como si fuese un avión de papel.

—¿Entonces te parece bien que viaje con el equipo? Es decir, no vamos a pasar mucho tiempo con los jugadores, y viajaremos en autobuses diferentes.

—No hay problema.

En mi interior alzo un puño en gesto de victoria. Ahora ha llegado el momento de ir a por lo grande.

—Además, he hablado con otras chicas y me han dicho que todos van a pasar la noche en un hotel para ir a un parque de atracciones el día siguiente. —Finjo una mueca—. Suena infantil, pero por lo visto es no sé qué para fomentar el espíritu de equipo. He convencido a Val para que venga y me haga compañía.

Steve entrecierra los ojos.

—¿Los jugadores de fútbol también van?

—No, ellos vuelven en autobús a Bayview el viernes por la noche.

Excepto la mitad de los jugadores titulares, incluidos Easton y Reed, pero eso no lo menciono. He dicho casi toda la verdad. Eso cuenta, ¿no?

—De acuerdo —accede Steve—. Me parece bien. —Alza un dedo—. Espera. Vuelvo ahora mismo. Tengo varias cosas para ti.

Mi terror crece por momentos mientras le veo subir las escaleras. Dios, ¿qué me ha comprado ahora? Oigo que un cajón se abre y se cierra y él reaparece al cabo de un minuto con un pequeño maletín de cuero en la mano.

—Un par de cosas —me dice—. En primer lugar, Callum me recordó que todavía no te he dado una tarjeta de crédito, así que me he encargado de eso.

Me ofrece una tarjeta negra y la acepto con recelo. La tarjeta es brillante y pesada. Me entusiasma tenerla durante un segundo, hasta que veo el nombre grabado con letras doradas.

ELLA O'HALLORAN.

Steve ve que frunzo el ceño y me responde con una amplia sonrisa:

—Ya he preparado el papeleo para cambiarte el apellido legalmente. He pensado que no te importaría.

Mi boca se abre sin pensar. ¿Va en serio? Ya le dije que quería conservar el apellido de mi madre. Soy Ella Harper, no O'Halloran.

Antes de poder objetar nada, él se da la vuelta y se dirige hacia las escaleras.

—Dinah, baja —ordena—. Tengo algo para ti.

Dinah aparece y fija sus ojos astutos en Steve.

—¿Qué es?

Él le indica que se acerque.

—Baja.

La serpiente en el interior de la mujer se prepara para atacar, pero es obvio que consigue refrenarla, porque desciende las escaleras y camina hacia él con pasos rígidos.

Él le ofrece otra tarjeta. Esta es plateada en lugar de negra.

—¿Qué es esto? —La observa como si pudiese explotar al tocarla.

Steve sonríe, pero su sonrisa es fría y mezquina.

—He repasado tus recibos recientes de las tarjetas y me han parecido desorbitados, así que he cancelado esas tarjetas. Esta es la que usarás a partir de ahora.

Sus ojos echan fuego.

—¡Pero esta es básica!

—Así es —señala—. El límite es de cinco mil dólares. Eso debería bastarte.

Su boca se abre y se cierra, se vuelve a abrir y se cierra de nuevo; así durante un rato. Estudio su cara a la espera de que pierda los papeles y contengo la respiración. Puede que cinco mil dólares sean una fortuna para mí, pero sé que es chatarra para ella. No se lo va a tomar bien.

Sin embargo, lo hace.

—Tienes razón. Parece más que suficiente —replica en tono dulce.

No obstante, en cuanto Steve se inclina para coger algo más de su maletín de cuero, Dinah me lanza una mirada tan glaciar y cruel que no puedo evitar estremecerme. Sus ojos se posan en la tarjeta negra que tengo en la mano y temo que me vaya a pegar.

—El último punto a negociar —anuncia Steve al tiempo que me entrega una hoja de papel.

La miro y veo una copia de billetes de avión.

—¿Qué es esto?

—Billetes para Londres —anuncia contento—. Iremos allí de vacaciones.

Frunzo el ceño.

—¿En serio?

Él recoge su copa.

—Sí. Nos quedaremos en el Waldorf, visitaremos varios castillos. Deberías hacer una lista de lo que quieres ver —me anima.

—¿Iremos todos? —Reed no me ha dicho nada de que los Royal vayan a Londres en Navidad. ¿Quizá no lo sabe todavía?

—No, solo nosotros. Si vas a llamar para la cena, me gustaría pedir el salmón. —Con la cabeza, señala el menú que he dejado en una de las mesas.

—Londres es precioso en invierno —afirma Dinah, que parece alegrarse. Mueve la tarjeta de plata con burla—. Supongo que tendré ocasión de usarla.

—Lo cierto es que tú te quedas. —Steve sonríe con suficiencia. Es obvio que le gusta atormentarla—. Iremos Ella y yo. Un viaje de acercamiento entre padre e hija, si quieres llamarlo así.

Vuelvo a fruncir el ceño.

—¿Y los Royal?

—¿Qué pasa con ellos?

—¿También van? —Le devuelvo las hojas impresas.

Steve guarda el papel en el maletín de cuero y lo lanza al aparador.

—No sé lo que harán en vacaciones. Pero Reed no puede salir del país, ¿recuerdas? Tuvo que entregar su pasaporte en el despacho del abogado defensor.

No puedo evitar mostrar consternación. Es cierto, Reed no puede salir del país. No puedo creer que Steve me obligue a irme en vacaciones. ¿Me perderé mis primeras Navidades con Reed? Es muy injusto.

Steve pone los nudillos bajo mi barbilla.

—Solo será una semana. —Alza una ceja—. Además, después de ver a Reed en todos esos partidos lo más seguro es que necesites un descanso, ¿no crees? Incluso puedo arreglarlo para que nos vayamos más tiempo...

El mensaje está claro. Si no voy a Londres con él no podré viajar con el equipo de baile. No es perfecto, igual que el trato que hice con Jordan, pero me obligo a sonreír y asentir, porque al final tengo lo que quiero.

—No, una semana está genial —digo con un entusiasmo forzado—. Me hace ilusión. Nunca he salido del país.

Steve sonríe de oreja a oreja.

—Te encantará.

Mientras tanto, Dinah me fulmina con la mirada con el fuego de mil soles.

—Querida, sube y cámbiate —le dice Steve a su enfadada mujer—. Te pediré una ensalada.

Cuando se va, llamo para pedir la cena y después oigo hablar a Steve mientras esperamos la comida. Al terminar, escapo a mi habitación y le mando un mensaje a Reed de inmediato.

«M dejn ir al partido! Prepárat. Trae 1 gran caja d condons y come unas cuants barrits energéticas. Las ncsitarás».

«Para l prtido?».

167

«L prtido es fácil cmparad cn l ejercicio d dspués».
«Quiers que vya duro siempre?».
«Sip».
«Se supone q stams sperand».
«Paso. Prepárat».
Lo envío con una carita sonriente, dejo el móvil y me pongo a hacer los deberes.

Capítulo 20

Ella

Digan lo que digan de Jordan, la chica tiene una ética de trabajo innegable. Durante el resto de la semana me someto a dos entrenamientos diarios, uno por la mañana y otro después de las clases, y aunque entrenamos en el mismo campo y gimnasio que el equipo de fútbol americano, ni siquiera tengo tiempo de mirar a Reed o hablar con él.

Por si eso fuera poco, solo tengo tres días para aprender las rutinas que estas chicas han ensayado durante meses. Jordan me hace practicar tanto que, al llegar a casa cada noche, mis extremidades parecen gelatina. Reed se ríe de mí porque cada vez que hablamos por teléfono, me pongo hielo sobre una zona diferente de mi cuerpo. Por otra parte, a Steve le encanta que me haya apuntado al grupo de baile y no deja de repetir lo orgulloso que está de verme centrada en esta actividad extraescolar.

Si conociese la verdadera motivación de tanto esfuerzo seguramente le daría un ataque al corazón.

La mañana del viernes tenemos nuestro último entrenamiento oficial antes del partido de esta noche. Una de las chicas, Hailey, me lleva a un rincón al terminar y me dice: «Eres una bailarina *muy* increíble. Espero que te quedes en el equipo después de que Layla se recupere».

Por dentro me sonrojo de orgullo por el cumplido, pero por fuera me encojo de hombros y respondo:

—Lo dudo. No creo que Jordan soporte tenerme cerca más de lo estrictamente necesario.

—Bueno, Jordan es una idiota —murmura Hailey con una sonrisa.

Intento ahogar la risa pero acaba saliendo. El sonido hace que Rachel Cohen y Shea Montgomery, la hermana mayor de Savannah, frunzan el ceño.

—¿De qué os reís? —pregunta Shea con recelo.

Hailey solo sonríe y dice:

—De nada.

Vale, esta chica me cae bien. No es Val, pero mola más de lo que pensaba. Igual que casi todas las demás. Estos tres días he aprendido que el control mezquino de Jordan solo afecta a Shea, Rachel y Abby, la ex de Reed. Abby no está en el equipo, gracias a Dios, pero a veces viene a ver los entrenamientos, lo cual me resulta muy incómodo.

Abby no me cae bien, pero no porque sea la ex de Reed. La chica es demasiado pasiva. Siempre se hace la víctima, habla en susurros y va por ahí con sus ojos grandes y tristes. A veces creo que finge y que en el fondo tiene unas garras que competirían con las de Jordan.

En el centro de las colchonetas azules esparcidas por el suelo, Jordan aplaude y el sonido hace eco en las paredes del gimnasio.

—El autobús sale a las cinco —anuncia—. No esperaremos a nadie si alguien llega tarde. —Su mirada se clava en mí.

Como si fuera a llegar tarde. Planeo estar ahí con la suficiente antelación como para asegurarme de que el bus no se marcha sin mí. Me preocupa que esta repentina muestra de amabilidad por parte de Jordan no sea real, que no quiera ningún favor y planee alguna humillación horrible para esta noche, pero me voy a arriesgar. Con lo pendiente que está Steve de mí, esta será mi única oportunidad para estar a solas con Reed.

—Nos vemos luego —me dice Hailey al salir de los vestuarios femeninos diez minutos después.

La saludo con la mano y me dirijo al aparcamiento, donde Reed me espera junto a mi coche. Su todoterreno está aparcado en el siguiente hueco. Desearía seguir viviendo con los Royal y volver a casa juntos, pero me conformo con cualquier momento robado que tenga con él.

Me atrae a sus brazos en cuanto me acerco.

—Estabas tan buena ahí fuera —susurra con la voz ronca—. Me encantan esos pantaloncitos cortos de baile.

Un escalofrío me recorre la espalda.

—Tú también estabas guapísimo.

—Mentirosa. No me has mirado ni una vez. Jordan estaba más pendiente de ti que un sargento dando órdenes.

—Te miraba en espíritu —replico solemnemente.

Él ríe divertido y después se inclina para besarme.

—Todavía no acabo de creerme que Steve te deje pasar la noche fuera.

—Yo tampoco —admito. Me sobreviene una ola de preocupación—. ¿Qué le has dicho a Callum sobre dónde pasarás la noche? No sospecha que te quedarás en el hotel, ¿verdad?

—Si lo piensa no me ha dicho nada. —Reed se encoge de hombros—. Le dije que East y yo nos quedaríamos en casa de Wade, que no queremos conducir a casa borrachos porque lo más seguro es que bebamos en la fiesta de después.

Frunzo el ceño.

—¿No le importa que bebáis? ¿Después de todo ese discurso de tener la nariz limpia?

Se vuelve a encoger de hombros.

—Mientras no me pelee, no creo que le importe lo que haga. Mira, sobre lo del sexo...

Lo miro con irritación.

—Dijiste que esperarías hasta que estuviese preparada. Bueno, pues lo estoy. El único motivo por el que no lo haríamos es que tú no quieras.

Me mira, frustrado.

—Sabes que me muero por hacerlo.

—Genial. Pensamos igual. —Me pongo de puntillas y le doy un beso.

Los brazos de Reed me aprietan más y siento que se destensa. Está de acuerdo. Gracias a Dios. Esperaba que fuese más reticente, que se pusiera honorable otra vez.

Mi falso ánimo se transforma en alegría verdadera.

—Tengo que irme. Steve quiere que cenemos pronto antes de que el bus se marche.

Reed me da un cachete en el culo mientras me dirijo a la puerta del coche.

—Te veo luego —me dice.

Yo me doy la vuelta para sonreírle.

—Eso está hecho.

El partido se celebra en una ciudad llamada Gibson, a un par de horas de Bayview. Quería ir con Val, pero Jordan me dijo con poco tacto que «el equipo viaja junto sin excepciones», así que Val conduce mi coche y yo voy en bus con el equipo.

Sin embargo, aunque no tenía ganas de pasarme dos horas en un autobús con Jordan y sus compinches, el viaje acaba siendo sorprendentemente divertido.

—Todavía no puedo creer que fueras una *stripper* —dice Hailey desde el asiento de ventanilla. Insistió en que nos sentáramos juntas y yo no puse muchas pegas—. Ni me imagino quitándome la ropa delante de extraños. Soy demasiado tímida.

Me ruborizo.

—No me lo quitaba todo. El local donde trabajaba no era un sitio de desnudo integral, llevaba tangas y pezoneras.

—Aun así me sentiría muy cohibida. ¿Era divertido?

Para nada.

—No era terrible. El dinero era aceptable y las propinas geniales.

Jordan emite un sonido burlón por el pasillo.

—Sí, estoy segura de que todos esos billetes metidos en tus bragas llegaban a un total de qué, ¿veinte dólares?

Me enervo.

—Veinte pavos es mucho cuando trabajas para vivir —replico.

Ella pestañea.

—Bueno, al menos ahora vives la gran vida. Seguro que Reed paga hasta cien por tus servicios.

Le enseño el dedo corazón pero no respondo. No pienso dejar que esta chica malvada arruine mi buen humor. Por fin estoy lejos de los ojos controladores de Steve y a punto de pasar la noche con mi novio. Que le den a Jordan.

Para mi sorpresa, otras chicas salen en mi defensa.

—¡Ja! Reed no le paga ni un centavo —replica una morena, creo que su nombre es Madeline, desde el asiento de atrás—. Ese chico está enamorado, y con mayúsculas. Deberías ver cómo mira a Ella en la hora de la comida.

Me vuelvo a sonrojar. Pensé que era la única que notaba que la mirada intensa de Reed *siempre* estaba fija en mí.

—Qué tierno —responde Jordan secamente—. El asesino y la *stripper* se quieren. Es como una película del canal Lifetime.

—Reed no ha matado a nadie —añade otra chica con un tono tan seco como el de Jordan—. Todos lo sabemos.

Mi giro en su dirección. ¿Lo piensa de verdad o lo dice con sarcasmo?

—Sí —afirma otra—. Probablemente no lo hizo.

—E incluso si lo hubiese hecho —dice la primera, alzando las cejas—, ¿a quién coño le importa? Los tíos malos están buenos.

—Los asesinos son asesinos —se burla Jordan, pero percibo que su voz no tiene tanto veneno. Incluso parece pensativa.

Afortunadamente la conversación finaliza porque llegamos a nuestro destino. El bus accede al aparcamiento que hay detrás del instituto Gibson y nos bajamos con nuestras mochilas de gimnasio. Soy la única que lleva otra bolsa con las cosas para pasar la noche.

Pego un grito cuando veo un coche familiar al otro lado del aparcamiento.

—¡Nos has adelantado! —le grito a Val, que salta del capó y camina hacia mí.

Me rodea con un fuerte abrazo.

—Tu coche está hecho para la velocidad, nena. Me lo he pasado genial dejándolo a su aire en la autovía. ¿Tienes tiempo para ir al hotel a dejar las cosas? Quiero darte algo.

—Espera, voy a preguntar a Satán.

Val sonríe y yo me acerco a Jordan y le doy un toque en el hombro. Técnicamente, la entrenadora Kelly está a cargo del equipo, pero he aprendido rápidamente que eso es solo sobre el papel: Jordan está al mando.

Ella se da la vuelta, molesta.

—¿Qué? —escupe.

—¿Cuándo calentamos? —pregunto—. Val y yo pasaremos la noche en la ciudad y nos gustaría dejar las cosas en el hotel.

Jordan monta todo un drama para mirar la hora en el móvil y suspira.

—Vale, pero tienes que estar de vuelta a las siete y media. El partido empieza a las ocho.

—Sí, señor. —Le hago el saludo oficial en broma y regreso junto a Val.

Solo tardamos tres minutos en llegar al hotel en coche. Es un edificio de tres pisos con pequeños patios en la planta baja y balcones en los pisos superiores. Parece limpio, y Val y yo investigamos en internet y determinamos que la zona es totalmente segura. Hacemos el papeleo en recepción y después subimos por las escaleras hasta nuestra habitación en la tercera planta, donde dejamos las mochilas en la alfombra beige. Saco el teléfono y veo un mensaje de Reed. Dice que el equipo ha llegado hace una hora y calentarán pronto.

—Debería regresar —digo a regañadientes al tiempo que observo a Val echarse en una de las camas de matrimonio.

—Todavía no. ¡Primero tienes que ver esto!

Abre su mochila y saca una bolsa rosa a rayas con las palabras «Victoria's Secret». Gimo.

—¿Qué has hecho? —exclamo.

Sonríe de oreja a oreja.

—Lo que cualquier buena compañera haría: asegurarme de que mi amiga se acuesta con alguien esta noche.

La curiosidad hace que coja la bolsa de regalo. Quito de en medio el papel rosa y encuentro un conjunto de sujetador y bragas de mi talla, aunque no tengo ni idea de cómo Val ha sabido mi talla de pecho. El sujetador de copa media es de color marfil, con tiras finas, un precioso encaje festoneado y apenas relleno. La parte de abajo va conjuntada, una pequeña tela de encaje de color marfil que me hace ruborizar.

—Dios. ¿Cuándo lo has comprado?

—Hoy al salir del colegio. Le pedí a mi tía que me dejase en el centro comercial.

Pensar que la señora Carrington acompañó a Val a comprarme lencería me hace palidecer, pero ella se apresura a explicarse:

—No te preocupes, me dejó y se fue. Volví a casa con un Uber. —Sonríe—. ¿Te gusta?

—Me encanta —confieso, y paso los dedos por los extremos de encaje del sujetador. De pronto se me cierra la garganta. Nunca había tenido una amiga y ahora parece que me ha tocado la lotería de la amistad—. Gracias.

—Agradécemelo más tarde —responde con otra sonrisa—. Reed va a perder la cabeza cuando te vea con eso puesto.

Mis mejillas enrojecen de nuevo.

—Por cierto, espero detalles. Está en el código de mejores amigas.

—Lo pensaré. —Pongo los ojos en blanco y guardo el conjunto de ropa interior picante en la bolsa—. Pero eso también va para ti, ya sabes. Yo también esperaré detalles.

—¿Detalles de qué?

—Wade y tú.

Su sonrisa se desvanece.

—No hay un Wade y yo.

—¿No? —Alzo una ceja—. ¿Entonces por qué has viajado tres horas para verlo jugar al fútbol americano?

Resopla enfadada.

—No he venido aquí *por él*. ¡He venido por ti!

—Ajá, ¿aunque ni siquiera te veré esta noche porque estaré con Reed?

Val me fulmina con la mirada.

—Alguien tiene que cubrirte las espaldas durante el partido. ¿Y si Jordan intenta algo?

—Ambas sabemos que puedo manejar a Jordan —replico y me esfuerzo por no sonreír—. Así que ¿por qué no lo admites? Has venido por Wade.

—Es el primer partido de las eliminatorias, y es un partido fuera —gruñe—. El Astor Park necesita todo el apoyo posible.

Estallo en carcajadas.

—Ah, ¿ahora tienes espíritu escolar? Dios, Val, eres una mentirosa terrible.

Me enseña el dedo corazón.

—¿Sabes qué? No me caes bien ahora mismo. —Pero se ríe al decirlo.

—Vale —respondo dulcemente—. Puedes darle ese afecto extra a Wade, porque, bueno, ambas sabemos que te gusta.

Eso hace que me lance un cojín a la cara. Lo cojo con facilidad y se lo devuelvo.

—Solo bromeo —le aseguro—. Si te gusta Wade, genial. Si no, también genial. Te apoyaré en todo lo que hagas.

Su voz se suaviza y se rompe un poco al responderme.

—Gracias.

Capítulo 21

Ella

Espero algún tipo de emboscada incluso mientras caliento con el resto de chicas. Mi mirada recelosa se clava en Jordan después de cada estiramiento y ejercicio que completo, pero ella parece centrada en sus propios estiramientos. ¿Quizás por una vez sea legal? Es decir, he practicado con estas chicas durante toda la semana y no ha percibido ni el más mínimo indicio de que tramen algo. Rezo para que nadie me tire un cubo de sangre de cerdo por encima cuando estemos en medio del espectáculo.

Hailey y yo nos dirigimos al banquillo para hidratarnos y ella se acerca y susurra:

—Ahora mismo hay unas cien chicas mirándote.

Frunzo el ceño y busco en la dirección donde señala. En efecto, hay *muchos* ojos femeninos puestos en mí. También masculinos, por los pantalones cortos y el *crop top* que llevo. Pero las chicas no me miran de arriba abajo, más bien me miran con... ¿envidia?

Al principio no tiene sentido, pero cuando paso por delante de un grupo de chicas en la primera fila uniformadas con jerséis, las piezas empiezan a encajar.

—¡Esa es su novia! —sisea una lo suficientemente alto como para que la oiga.

—Es *tan* guapa —susurra su amiga. Suena sincera, no malvada.

—Afortunada, es lo que es —replica la primera—. Yo me moriría por salir con Reed Royal.

¿Esto es por Reed? Vaya. Supongo que la chica del bus tenía razón, los chicos malos *sí* tienen un gran atractivo. Clavo los ojos en el banquillo del equipo visitante, donde Reed se sienta con Easton, y después observo las gradas. Hay un montón de tías que miran a Reed con codicia.

Jordan se acerca por un lado.

—Deja de follarte a tu novio con la mirada —murmura—. Saldremos pronto.

La miro y levanto una ceja.

—Estoy bastante segura de que todas las tías de este estadio hacen lo mismo. Supongo que es la fantasía de liarse con un sospechoso de asesinato —comenta.

Mi enemiga resopla divertida y después se tapa la boca con la mano al darse cuenta de lo que ha hecho. Yo también estoy algo sorprendida, ya que Jordan y yo no somos tan amigas como para bromear. O amigas, sin más.

El intercambio, nada tóxico, ha debido de hacer que Jordan pierda la compostura, porque me escupe de repente:

—Los pantalones cortos se te están subiendo. Se te ve medio culo. Arréglate, ¿vale?

Disimulo una sonrisa cuando se va, porque ambas sabemos que la cinta adhesiva doble en mi trasero significa que mis pantalones no se han movido ni un centímetro. Quizá me he enfrentado a esto de manera equivocada; tal vez debería mostrarme especialmente dulce y amistosa con ella. Eso la volvería loca.

Me giro hacia la grada en busca de Val. La localizo varias filas por detrás del banquillo visitante y la saludo con la mano. Ella me devuelve el saludo y grita:

—¡Mucha mierda!

Me reúno con el equipo sin dejar de sonreír y doy pequeños saltitos mientras me preparo mentalmente para la rutina. Creo que lo tengo controlado, pero ojalá que no me olvide de ningún paso durante la actuación.

Como es el primer partido de las eliminatorias, el espectáculo previo es muy extravagante. Hay una rutina de batería seguida de fuego que proviene de unos grandes pilares a ambos lados del campo y un espectáculo corto de fuegos artificiales. Las animadoras del instituto Gibson realizan una coreografía que incluye mucho meneo de trasero y movimiento de caderas, y eso hace que los chicos de las gradas se pongan de pie, silben y griten. Después es nuestro turno. Las chicas y yo corremos al campo. Miro a Reed a los ojos al tiempo que me coloco en posición al lado de Hailey.

Reed levanta los pulgares y yo le devuelvo el gesto.

La música empieza y nosotras iniciamos la coreografía. Mis nervios se esfuman en cuanto el ritmo se introduce en mi flujo sanguíneo. Hago cada giro y vuelta a la perfección, lo clavo en la corta rutina de volteretas que realizo al lado de Hailey. La adrenalina chisporrotea en mi interior y mi corazón late desenfrenado por los ruidosos vítores que la multitud dedica a nuestro baile. El equipo se mueve con una precisión perfecta y cuando acabamos, se ponen en pie y nos dedican una ovación.

Ahora entiendo por qué el Astor Park ha ganado tantos campeonatos nacionales. Estas chicas tienen talento y, aunque esto empezó como una treta para asistir al partido, no puedo negarlo: estoy bastante orgullosa de haber formado parte de esta actuación.

Incluso Jordan está de un humor fantástico. Sus mejillas brillan al abrazar y chocar las manos con las compañeras, incluida yo. Sí, choca mi mano y es genuino. Supongo que el infierno se ha debido de congelar.

Relego cualquier pensamiento de asesinato, veredictos y cárcel al fondo de mi mente. No parece preocuparle a nadie más.

Después de salir del campo, los árbitros y los entrenadores hablan, lanzan una moneda y comienza el partido. La línea de ataque de los Riders tiene el balón y mis ojos siguen a Wade cuando sale al campo. Es un chico alto, pero por alguna razón lo parece aún más con el uniforme y el casco.

En la primera jugada, Wade lanza un pase corto a un receptor cuya camiseta indica que se llama Blackwood. Este coge la pelota pero después hay un parón largo y aburrido mientras los árbitros deciden si ha conseguido las suficientes yardas para anotar. En el trayecto en autobús, Hailey se ha enterado de lo poco que sabía del juego y me ha ayudado con algunos tecnicismos. Un hombre bajito sale al campo y mide la distancia de la pelota a la línea, después alza la mano y hace una señal que no entiendo. Hailey y yo no hemos hablado de los gestos con la mano. Los seguidores del Astor Park gritan en señal de aprobación. Me aburre todo lo que se ha tardado en decidir si nuestros chicos han conseguido unas cuantas yardas, así que busco en la banda hasta que encuentro a Reed. O, al menos, creo que es Reed. Hay dos jugadores en cuyas camisetas aparece grabado el apellido Royal y están juntos, así que puede que esté comiéndome con los ojos el culo de Easton. Entonces él alza la cabeza y veo su perfil. Sí, es Reed.

Muerde su protector y, de pronto, como si sintiera que lo observo, gira la cabeza bruscamente. Se saca el protector de la boca y me sonríe. Es una sonrisa privada, pícara y reservada solo para mí.

El entusiasmo que vibra en el estadio se intensifica cuando el Gibson empata justo antes del intermedio. A modo de represalia, Reed y Easton derriban al *quarterback* del Gibson en cuanto sale al campo, y el chico suelta el balón. Alguien de la línea defensora del Astor lo recoge y corre para anotar.

Los seguidores del Astor Park alucinan. Los espectadores locales abuchean lo suficiente como para hacer vibrar las gradas. Algunos chicos del Gibson empiezan a entonar «asesino, asesino», pero algún miembro del personal de administración los hace callar enseguida. Los ataques verbales motivan al equipo del Astor Park todavía más.

Al final, los Riders ganan el partido y pasan a la siguiente ronda de eliminatorias. Yo sonrío y me fijo en que el entrenador Lewis da una palmada en el culo a los jugadores tras la victoria. El fútbol americano es muy raro.

Los equipos forman dos filas e intercambian saludos. Algunos jugadores del Gibson no estrechan la mano de Reed y me pregunto fugazmente si habrá pelea, pero a Reed no parece importarle. Easton corre hacia mí en cuanto terminan. Me levanta, me lleva al campo y me da vueltas.

—¿Has visto la captura en el segundo tiempo? —exclama.

Estiro el cuello en busca de Val y veo que se apresura a bajar las escaleras en nuestra dirección.

—¡Espera a que llegue Val! —gruño, pero él me lleva por la banda y no me suelta hasta que alcanzamos la entrada del túnel que conduce a los vestuarios.

Reed nos espera ahí, con el casco en la mano y el pelo sudado pegado a la frente.

—¿Te lo has pasado bien en el partido? —pregunta antes de inclinarse y besarme.

Val llega riendo. Ella y Easton fingen náuseas al ver que el beso parece no tener fin.

—Venga ya, chicos, estamos aquí —anuncia Val—. Royal, deja de asaltar la boca de mi mejor amiga, tenemos que volver al hotel.

Yo rompo el beso.

—¿No has venido en coche? —inquiero.

Ella sacude la cabeza.

—Estamos a diez minutos a pie. Imaginaba que no habría sitio para aparcar por aquí.

Reed me mira con severidad.

—No quiero que volváis solas al hotel. Esperadnos fuera del estadio y volveremos todos juntos.

Respondo con un saludo rápido:

—Señor, sí, señor.

Nuestras bocas se encuentran de nuevo, aunque esta vez es un beso diferente: está repleto de promesas. Cuando se aleja veo un brillo familiar en sus ojos azules. Estamos lejos de la mansión Royal. No hay riesgo de que Callum, Steve o nadie más nos interrumpa. Las ganas que tenía Reed de esperar hasta que la investigación terminara se han quedado en Bayview. Solo había una razón para unirme al equipo de baile de Jordan y no era precisamente para acurrucarnos.

Ambos sabemos lo que pasará esta noche.

Reed y yo volvemos al hotel con Easton, Valerie y Wade. Sobra decir que a Val *no* le gusta este cambio de última hora; en cuanto llegamos al aparcamiento, se detiene y se cruza de brazos.

—¿Por qué está *él* aquí? —Su mirada acusatoria se clava en mí—. Dijiste que solo vendrían Reed y Easton.

Alzo las manos en señal de inocencia.

—No lo sabía.

Wade parece extrañamente herido. Siempre he pensado que no le afectaba nada, pero la evidente infelicidad de Val debido a su presencia hace que su rostro muestre una expresión triste.

—Venga, Val —dice Wade con voz ronca—, no seas así.

Ella se muerde el labio.

—Por favor —añade él—. ¿No podemos ir a hablar a algún sitio?

—Te vas a quedar con nosotros de todas maneras —interrumpe Easton—, así que es mejor que hagáis las paces antes de que empiece la fiesta de pijamas.

Me giro hacia Val, sorprendida.

—¿No vas a compartir habitación conmigo?

En su expresión asoma un destello de humor.

—¿No te lo he dicho? Reed y yo hemos llegado a un acuerdo. He aceptado quedarme con Easton.

Miro a Reed y Val con suspicacia. ¿Cuándo han decidido *eso?* No tengo mucho tiempo para pensarlo, porque esa diminuta chispa de buen humor desaparece y Val se pone seria de nuevo.

—Pero no accedí a quedarme en la misma habitación que él.

—Val... —empieza a decir, dolido.

—Wade... —lo imita ella.

Easton lanza un fuerte suspiro.

—Vale, ya me he cansado de esta pelea de enamorados. Voy al bar del hotel mientras solucionáis esta mierda. —Le sonríe a Val—. Y si decidís que queréis estar solos esta noche mandadme un mensaje y conseguiré una habitación propia.

Easton se va y nos deja a los cuatro en el aparcamiento.

—¿Val? —insisto.

Ella duda un momento y después suelta un gruñido.

—Oh, vale, hablaré con él —me responde a mí en lugar de a Wade, cuya cara se ilumina por sus palabras—. Aunque necesito subir y coger la mochila.

Llegamos a la tercera planta, paso la tarjeta y abro la puerta. Val entra para coger su mochila y Reed y yo nos quedamos en el umbral con Wade, quien decide ofrecerme un consejo que no le he pedido.

—Asegúrate de que mi chico no escatime con los preliminares. Eso es importante. Calentará ese cuerpo virgen tuyo enseguida.

Me doy la vuelta hacia Reed.

—¿¡Le has dicho que soy virgen!?

Wade responde por él.

—No, ha sido East.

Maldito Easton. Ese chico no puede mantener la boca cerrada.

—Y también —prosigue Wade solemne—, no te ralles si no tienes un orgasmo la primera vez. Estarás tensa y nerviosa. Además, Reed no durará más de veinte segundos...

—Wade —interrumpe Reed exasperado.

—Déjalos en paz —estalla Val mientras cuelga su mochila del hombro—. Deberías preocuparte por tu propia técnica. Por lo que vi en el armario de suministros del colegio, necesitas mejorar mucho.

Él se lleva la mano al corazón como si Val le hubiese clavado una flecha ahí.

—Cómo te atreves, Carrington. Soy un Romeo moderno.

—Romeo muere —replica ella secamente.

Me esfuerzo por no sonreír mientras se alejan hacia las escaleras. Está claro que Wade tiene un desafío por delante. Val no se lo pondrá fácil.

Reed y yo sonreímos y entramos en la habitación del hotel. Él se sienta en la cama y me hace señas para que me acerque. Los nervios se acumulan en mi tripa.

—Esto... —Trago saliva y me aclaro la garganta—. ¿Me das un momento?

Corro hasta el baño antes de que él tenga tiempo de responder. Observo mi reflejo en el espejo y aprecio el sonrojo de mis mejillas. Me siento estúpida. Es decir, Reed y yo ya nos hemos enrollado. No debería estar tan nerviosa, pero lo estoy.

Respiro profundamente, estiro la mano hacia la bolsa que me ha regalado Val con el conjunto de lencería y dedico un buen rato a prepararme: me aliso el pelo, me coloco bien las tiras del sujetador para que estén paralelas y, cuando me miro de nuevo en el espejo, no puedo negar que me veo atractiva.

Reed está de acuerdo, porque en cuanto salgo del baño gime:

—Joder, nena.

—He pensado que podría cambiarme y ponerme algo menos cómodo —digo con ironía.

Él se ríe sin aire. Se ha quitado la camiseta mientras yo estaba en el baño y ahora se levanta, arrebatador y con el torso desnudo.

—¿Te gusta? —pregunto con timidez.

—Más que eso.

Se acerca a mí como un animal hambriento; sus ojos azules recorren cada centímetro de mi cuerpo hasta que lo siento arder. Es mucho más alto que yo, mucho más grande. Sus brazos fuertes me atraen a su cuerpo. Sus labios se dirigen hacia mi cuello y lo besan.

—Quiero que sepas que —murmura contra mi piel en llamas— no necesitas vestirte así para mí. Eres preciosa lleves lo que lleves. —Alza la cabeza con una sonrisa pícara—. Lo estás incluso más cuando no llevas nada.

—No arruines esto —lo regaño—. Estoy muy nerviosa. Necesito sentirme guapa.

—Lo *eres*. No hay razón para que estés nerviosa. No tenemos que hacer nada que no quieras.

—¿Te estás echando atrás?

—Para nada. —Pasa una mano por mi costado hasta colocarla en mi cintura—. Nada ni nadie podría apartarme de ti a estas alturas.

Quiero esto con tantas ganas que apenas puedo respirar. Nunca había pensado en mi primera vez, nunca fantaseé sobre pétalos de rosa y velas. A decir verdad, ni siquiera estaba convencida de que sería con alguien de quien realmente estuviese enamorada.

—Bien, porque no quiero esperar ni un minuto más —digo.

—Échate —me pide con la voz ronca por la excitación mientras nos dirigimos a la cama.

Me tumbo boca arriba y apoyo la cabeza en los cojines. No digo nada. Él permanece un instante en pie a los pies del colchón y se quita los pantalones.

Me olvido de cómo respirar cuando Reed gatea hacia mí. Su boca cubre la mía y me besa, despacio al principio y, después, con mayor urgencia a medida que abro mis labios para él.

Su dura entrepierna está pegada a mi muslo y el deseo rítmico que he sentido durante toda la semana al pensar en esta noche se instala en mi cabeza. Su lengua recorre mis labios, su boca traza un camino en mi mejilla. Sus manos viajan por mi cuerpo y descubren todo un mapa de valles y cuestas con profundo interés.

Un pulgar sobre mi pezón me provoca un estremecimiento que llega hasta lo más profundo de mi interior. Un beso tras la oreja hace que mi cuerpo entero tiemble de placer.

Nos liamos durante lo que parecen horas, hasta que ambos estamos sin aliento y totalmente excitados.

Los labios de Reed liberan los míos de repente.

—Te quiero —murmura.

—Yo también te quiero. —Unimos nuestros labios en un nuevo beso y dejamos de hablar. Mi corazón palpita desenfrenado, el suyo también y sus manos tiemblan cuando empieza a descender despacio.

Me frustra porque no me permite tocarlo. Cada vez que lo intento, me echa las manos hacia atrás.

—Esto es para ti —susurra después de mi tercer intento—. Cierra los ojos y disfruta, maldita sea.

Y vaya si lo hago. Disfruto de cada tortuoso segundo. No tardamos en dejar mi ropa interior nueva a un lado. Soy incapaz de concentrarme en nada que no sean las increíbles sensaciones que me provoca. Ya me había tocado de manera íntima, pero esta noche es diferente. Es el inicio de algo, en lugar del final. Cada caricia de su mano y cada roce de sus labios contra mi piel son una promesa de más. Y lo estoy deseando.

Dos dedos encallecidos se deslizan por mi estómago hasta entrar en mí y gimo cuando el deseo explota en un éxtasis cegador. Las sensaciones me afectan de dentro afuera. Su boca encuentra la mía y traga mis jadeos mientras me acaricia y llego a la cumbre. Arqueo mis caderas para sentir sus dedos y él vive la ola conmigo mientras tiemblo sobre el colchón.

Ni siquiera me da tiempo para recuperarme. Todavía tiemblo cuando vuelve a empezar. Esta vez se desliza entre mis piernas y usa la boca para lograr que alcance el cielo. Lame, besa y provoca hasta que no puedo soportarlo. Es demasiado, demasiado bueno. Pero no es suficiente.

Dejo escapar un jadeo de frustración.

—*Reed* —suplico y agarro sus hombros anchos para acercarlo a mí.

El peso de su cuerpo hace que me apriete contra la cama.

—¿Preparada? —inquiere con la voz ronca—. ¿Preparada de verdad?

Asiento sin decir palabra. Él me abandona, solo durante un momento, para buscar en el bolsillo de sus vaqueros. Vuelve con un condón.

Mi corazón se detiene.

—¿Estás bien?

Su voz profunda es como una manta cálida de seguridad.

—Sí —aseguro, y lo acerco de nuevo a mí—. Te quiero.

—Yo también a ti —susurra y me besa mientras entra en mí. Ambos dejamos escapar un sonido estrangulado. Al principio lo noto demasiado estrecho y después esa presión conduce a una sensación de dolor y a un extraño sentimiento de vacío.

—Ella —murmura. Respira lentamente como si le doliese a él. Como veo que duda, hinco las uñas en sus hombros y lo animo para que continúe.

—Estoy bien, todo va bien.

—Puede que duela durante un segundo.

Mueve sus caderas hacia adelante. El dolor me sorprende aunque lo esperaba. Reed se detiene de repente y me inspecciona con cuidado. Su frente está cubierta de sudor y sus brazos tiemblan mientras se mantiene quieto, a la espera de que mi cuerpo acepte su dulce invasión.

Aguardamos hasta que el dolor se disipa y el vacío desaparece, y lo que queda es la sensación de estar completa. Experimento y alzo las caderas y él jadea.

—Me encanta —exclama.

Y a mí también. De verdad. A continuación empieza a moverse y todo mejora. Cuando se echa hacia atrás, hay una ligera punzada de dolor y cierro las piernas en torno a él por instinto. Gemimos a la vez. Él se mueve más rápido. Los músculos de su espalda se flexionan bajo mi agarre cuando se interna en mí una y otra vez.

Reed susurra lo mucho que me quiere. Yo lo agarro con fuerza con ambas manos y jadeo con cada embestida.

Él sabe exactamente lo que necesito. Me separa ligeramente, posa su mano entre mis piernas y toca el punto que arde por él. En cuanto lo hace, estallo. Todo deja de existir. Todo excepto Reed y cómo me hace sentir.

—Dios, Ella. —Apenas oigo su voz ronca en la feliz nube que me rodea.

Una última embestida y Reed tiembla sobre mí, con sus labios sobre los míos y nuestros cuerpos pegados.

Pasa mucho tiempo hasta que mi corazón recupera el ritmo normal. Para entonces, Reed ha salido de mí, se ha quitado el condón, ha vuelto a mi lado y me ha colocado contra su pecho. Respira con tanta agitación como yo. Cuando mis extremidades parecen lo suficientemente fuertes como para soportar mi peso, me apoyo en un codo para levantarme y sonrío por la expresión de pura satisfacción de su cara.

—¿Ha estado bien? —lo provoco.

Reed resopla.

—Necesitas borrar la palabra *bien* de tu vocabulario, nena. Ha sido...

—Perfecto —termino la frase por él y mi voz es un susurro feliz.

Me abraza con más fuerza.

—Perfecto —repite de acuerdo.

—¿Podemos hacerlo otra vez? —pregunto ilusionada.

Su risa me hace cosquillas en la cara.

—¿Acabo de crear a un monstruo?

—Eso creo.

Nos reímos mientras él se coloca sobre mí y me besa de nuevo, pero no empezamos nada, al menos por el momento. Solo nos besamos durante un rato y terminamos por acurrucarnos. Él juega con mi pelo y yo acaricio su pecho.

—Has estado increíble —me dice.

—¿Te refieres para ser virgen?

Reed resopla.

—No. *Esto* ha sido más que increíble. Hablaba de la coreografía. No podía quitarte los ojos de encima.

—Ha sido divertido —confieso—. Me lo he pasado mejor de lo que esperaba.

—¿Te quedarás en el equipo? Es decir, si puedes soportar estar cerca de Jordan, quizá deberías. Parecías muy feliz ahí fuera.

—Lo *era.* —Me muerdo el labio inferior—. Bailar es... es excitante. Es lo que más me gusta. Siempre... —Me detengo un poco avergonzada por revelar mis tontas esperanzas.

—¿Siempre qué? —me insta a hablar.

Suspiro.

—Siempre soñé que un día podría ir a clases. Entrenar de verdad.

—Hay universidades de arte. Deberías apuntarte —responde Reed de inmediato.

Me apoyo de nuevo en el codo para levantarme un poco y mirarlo con detenimiento.

—¿Lo dices en serio?

—Por supuesto. Tienes mucho talento, Ella. Posees un don y sería un desperdicio si no hicieras nada por él.

Mi pecho se llena de calidez. La única persona que hasta ahora me había dicho que tengo talento era mi madre.

—Quizá lo haga —digo con un nudo de emoción en la garganta. Después lo beso y pregunto:

—¿Y tú?

—¿Yo qué?

—¿Cuál es tu sueño?

Sus rasgos se tiñen de infelicidad.

—¿Ahora mismo? Mi sueño es no ir a la cárcel.

Esas palabras transforman el ambiente relajado de la habitación en tensión. Mierda, no debería haber dicho nada. Durante este momento perfecto me había olvidado por completo de la muerte de Brooke, de la investigación policial y de que ahora mismo el futuro de Reed es incierto.

—Lo siento —susurro—. Me había olvidado de ello.

—Sí, yo también. —Pasea sus manos por mi cadera desnuda—. Supongo que si no tuviese esos cargos sobre los hombros querría trabajar para Atlantic Aviation.

Se me abre la boca de sorpresa.

—¿En serio?

Un brillo de vergüenza asoma en sus ojos.

—No te atrevas a contárselo a mi padre —me ordena—. Lo más probable es que organizase un desfile.

Yo me río.

—Contentar a Callum no es malo. Mientras te guste, ¿a quién le importa? —Estudio su rostro—. ¿Pero realmente te gustaría trabajar en el negocio familiar?

Reed asiente.

—Creo que es fascinante. No querría diseñar nada, pero involucrarme en la parte comercial sería guay. Me graduaría en Administración de Empresas. —Sus facciones se tornan tristes de nuevo—. Pero no hay ninguna opción si...

Si lo declaran culpable de asesinar a Brooke.

Si va a la cárcel.

Me obligo a desterrar esos pensamientos. Quiero centrarme en cosas buenas ahora mismo, como en lo feliz que soy de estar tumbada con Reed y lo increíble que ha sido tenerle dentro de mí. Así que me subo encima de él y zanjo la conversación al cubrir sus labios con los míos.

—¿Segunda ronda? —murmura contra mi boca, divertido.

—Segunda ronda —confirmo.

Y allá vamos.

Capítulo 22

Reed

—Parece que estás de buen humor —señala Easton el domingo por la mañana.

Le hago compañía en la terraza.

—¿Batido? —le pregunto y le enseño la botella extra. Asiente y se la tiro—. No puedo quejarme.

Intento no sonreír pero soy incapaz, y por como mi hermano pone los ojos en blanco sé que ve la satisfacción en mi cara. Pero no me importa una mierda, porque entre los cargos de asesinato y el premio a padre del año de Steve, las cosas entre Ella y yo han estado un poco tensas. Después de este fin de semana volvemos a estar bien. Nada arruinará mi buen humor hoy.

Si Steve pregunta, he respetado a su hija. Tres veces.

—Bonita sudadera, por cierto —le digo a East—. ¿De qué contenedor la has sacado?

Se quita esa cosa vieja del pecho.

—La llevé para pescar cangrejos hace tres veranos.

—¿Cuando le mordieron las pelotas a Gideon?

El verano antes de que mamá falleciese fuimos de viaje la familia al completo a las islas Outer Banks y pescamos cangrejos.

Easton estalla en carcajadas.

—Joder, se me había olvidado. Fue por ahí con una mano en la entrepierna durante un mes.

—¿Cómo pasó?

Todavía no sé cómo saltó el cangrejo del cubo al regazo de Gid, pero su grito de dolor hizo que todas las gaviotas que había a unos cien metros a la redonda echasen a volar, aterrorizadas.

—Ni idea. Quizá Sav sabe algo de vudú mágico y le pinchó.

—East se sujeta el estómago con una mano y con la otra se limpia las lágrimas.

189

—Empezaban a salir por aquel entonces.

—Siempre fue un idiota con ella.

—Cierto. —Gid y Sav nunca parecieron tener sentido y las cosas se acabaron de forma espectacular. Entiendo que la chica tenga tanta mala leche acumulada hacia nosotros.

—¿Así que Wade y Val se lo vuelven a montar? —pregunta East con curiosidad.

—Bueno, tuviste que coger otra habitación la noche del viernes, así que ya me dirás.

—Yo creo que sí.

—¿Te importa? ¿Quieres algo con ella?

Easton niega con la cabeza.

—Para nada. Tengo los ojos puestos en otra tía.

—¿Sí? —me sorprende, porque Easton nunca ha sentado la cabeza. Parece que quiere tirarse a todas las chicas del Astor—. ¿Quién es?

Se encoge de hombros y finge estar absorto en su batido.

—¿Ni siquiera me vas a dar una pista?

—Todavía estoy valorando mis opciones.

Su reserva poco característica pica mi curiosidad.

—Eres Easton Royal. Tienes todas las opciones.

—Por sorprendente que parezca, hay personas que no están sujetas a esa teoría. Están equivocadas, por supuesto, pero ¿qué se le va a hacer? —Sonríe y termina su bebida.

—Haré que Ella te lo sonsaque. Reconoce que no puedes resistirte a ella.

Él resopla.

—Tú tampoco.

—¿Quién querría?

Papá aparece en la puerta e interrumpe la réplica.

—Hola, papá —digo y alzo mi bebida—. Estamos desayunando... —Mi saludo feliz se desvanece en cuanto veo su expresión sombría—. ¿Qué pasa?

—Halston está aquí y necesita verte. Ahora.

Mierda. ¿Un domingo por la mañana?

No miro a East, pero lo más seguro es que frunza el ceño. Adopto una expresión seria y paso por el hueco que hay entre mi padre y la puerta.

—¿De qué va todo esto?

Prefiero saber a qué me enfrento, pero papá se limita a sacudir la cabeza.

—No lo sé. Sea lo que sea, nos enfrentaremos a ello.

Eso significa que Grier no le ha dicho nada. Genial.

El abogado nos espera sentado en el sofá del estudio de papá. Delante de él hay un fajo de papeles de unos cinco centímetros de alto.

—Hola, hijo —saluda.

Es domingo y no está en la iglesia. Ese es mi primer aviso. Aquí todo el mundo, excepto la peor gente, va a misa. Cuando mamá vivía, íbamos. Después de enterrarla papá ya no nos hizo ir más. ¿Para qué? Dios no había salvado a la única Royal valiosa, así que no había esperanza de que el resto fuéramos más allá de las puertas del cielo.

—Anoche fui al despacho para ponerme al día con algunas cosas y había correo de la oficina del fiscal. He pasado toda la noche leyéndolo y he decidido que debía venir esta mañana. Será mejor que tomes asiento.

Me sonríe y señala una silla enfrente de él. Ni siquiera lleva traje, sino unos pantalones caqui y una camisa abotonada. Ese es el segundo aviso. La mierda va a peor.

Me siento, tenso.

—Supongo que lo que me vas a decir no me gustará.

—No, creo que no, pero escucharás cada palabra. —Señala el fajo de papeles—. Durante las últimas dos semanas, la oficina del fiscal y la policía de Bayview han tomado declaración a tus compañeros, amigos, conocidos y enemigos.

Mis dedos cosquillean ante la tentación de coger los papeles y tirarlos a la chimenea.

—¿Tienes una copia de sus declaraciones? ¿Es normal eso?

—Estiro la mano hacia la pila pero sacude la cabeza y me vuelvo a acomodar en la silla.

—Sí, como parte de tus derechos constitucionales tienes acceso a toda la información que adquieran, excepto algunos documentos que consideren producto de abogados. Las declaraciones de testigos se recaban para preparar la defensa. Lo último que quiere el fiscal es que cambien las tornas porque no nos han dado las pruebas apropiadas antes del juicio.

—Eso es bueno, ¿no? —inquiero por encima del ruido de los latidos de mi corazón.

Grier continúa como si yo no hubiese dicho nada.

—También es una forma de mostrarnos si tienen un caso fuerte o débil.

Doblo los dedos sobre las rodillas.

—Y por tu cara deduzco que el caso contra mí es fuerte, ¿verdad?

—¿Por qué no te leo las declaraciones y después juzgas por ti mismo? Esta es de Rodney Harland III.

—No tengo ni idea de quién es. —Me siento un poco mejor y froto las palmas contra los pantalones de deporte.

—Apodado Harvey.

—Sigue sin sonarme. Quizá entrevistan a gente que ni siquiera me conoce. —Suena ridículo cuando lo digo en voz alta.

Grier ni siquiera alza la mirada de los papeles.

—Harvey III mide uno ochenta pero le gusta fardar de medir uno noventa. Es más ancho que alto, pero nadie le contradice debido a su gran tamaño. Su nariz está rota y tiende a cecear.

—Espera, ¿tiene el pelo castaño rizado? —Recuerdo a un tío así en las peleas del muelle. No sube mucho al cuadrilátero porque a pesar de su tamaño odia que le golpeen. Esquiva y escapa.

Grier alza la mirada de su hoja de papel.

—Entonces lo conoces.

Asiento.

—Harvey y yo peleamos un par de veces hace tiempo.

¿Qué podría decir Harvey? Está involucrado hasta sus pequeñas orejas.

—Harvey dice que peleas con regularidad en el distrito de almacenes, normalmente entre los muelles ocho y nueve. Ese es tu sitio preferido porque el padre de uno de los luchadores es el encargado del muelle.

—El padre de Will Kendall es el encargado del muelle —confirmo y me siento un poco más seguro. Todos los tíos de ahí luchan porque quieren. Las peleas de mutuo acuerdo no son ilegales—. A él no le importa que lo usemos.

Grier coge su brillante pluma de la mesa.

—¿Cuándo empezaste a pelear?

—Hace dos años. —Antes de que mi madre falleciese, cuando su depresión tomaba el control y yo necesitaba una salida que no implicara enfadarme con ella.

El abogado escribe algo.

—¿Cómo te enteraste?

—No sé. ¿En el vestuario?

—¿Y con qué frecuencia vas ahora?

Suspiro y me agarro el puente de la nariz.

—Pensé que ya habíamos hablado de esto.

El tema de las peleas ya salió la primera vez que Grier y yo nos reunimos por este lío del asesinato, cuando todavía pensaba erróneamente que pasaría sin más porque no lo hice.

—Entonces no te importará que lo hablemos de nuevo —responde Grier implacable. Su pluma está lista.

Recito la respuesta con voz monótona:

—Solemos ir después de los partidos de fútbol americano. Luchamos y después vamos a una fiesta.

—Harvey dice que eras uno de los participantes más regulares, que luchabas contra dos o tres chicos por noche y que las peleas nunca duraban más de diez minutos. Normalmente ibas con tu hermano Easton. «Easton es un gran capullo», según Harvey. Y tú un «cabrón engreído». —Grier se baja las gafas parar mirarme por encima de la montura—. Son sus palabras, no mías.

—Harvey es un soplón y llora si lo miras —replico, tenso.

Grier arquea una ceja durante un segundo y después se recoloca las gafas.

—Pregunta: «¿Cómo parecía estar el señor Royal durante las peleas?». Respuesta: «Normalmente fingía estar calmado».

—¿Fingía? *Estaba* calmado. Era una pelea de muelle. No había riesgo, no había nada para exaltarse.

Grier prosigue su lectura:

—«Normalmente fingía estar calmado, pero si decías algo malo sobre su madre se volvía loco. Hace un año más o menos un tipo llamó zorra a su madre. Pegó tal paliza al pobre diablo que lo ingresaron en el hospital. Después de eso expulsaron a Royal. Le rompió la mandíbula y la cuenca del ojo al chico». Pregunta: «¿Entonces él no volvió a pelear?». Respuesta: «No. Regresó unas seis semanas después. Will Kendall controlaba el acceso al muelle y dijo que Royal podía volver. El resto le seguimos el rollo. Creo que pagó a Kendall».

Me miro los pies para que el abogado no vea la culpa reflejada en mis ojos. Pagué a Kendall. El chico quería un nuevo motor para su GTO que costaba dos mil dólares, así que le di el dinero y volví a las peleas.

—¿Nada que decir? —inquiere Grier.

Me trago el nudo en la garganta e intento parecer despreocupado al encogerme de hombros.

—Todo eso es verdad.

Grier escribe algo más.

—Hablando de peleas por tu madre... —Se detiene y coge otro papel—. Romper mandíbulas parece ser uno de tus pasatiempos favoritos.

Tenso mi propia mandíbula y le devuelvo la mirada al abogado, serio. Sé lo que viene a continuación.

—Austin McCord, diecinueve años, dice que aún tiene problemas con su mandíbula. Le obligaron a seguir una dieta blanda durante seis meses mientras le mantenían la boca cerrada por prescripción médica. Requirió dos implantes dentales y todavía hoy tiene problemas para ingerir alimentos sólidos. Cuando se le preguntó por la razón de su agresión, el señor McCord... —Grier sacude el documento un poco—, perdón por la broma, pero se quedó con la boca cerrada. A pesar de ello, un amigo suyo explicó que hubo un altercado entre él y el señor Royal que resultó en heridas de carácter serio en su cara.

—¿Por qué lee eso? Usted hizo el trato con los McCord y dijo que era confidencial.

Según el trato, papá abrió una cuenta para costear los gastos de matrícula de los cuatro años de McCord en Duke. Una mirada hacia mi padre revela su propia incomodidad. Tiene la boca tensa en una fina línea y los ojos rojos como si no hubiera dormido en días.

—La confidencialidad de esos acuerdos no tiene valor en un caso criminal. Con el tiempo el testimonio de McCord podría ser citado y usado en tu contra.

Las palabras de Grier hacen que mi atención regrese a él.

—Se lo merecía.

—Porque insultó a tu madre.

Menuda gilipollez. Como si Grier no fuese a hacer nada si insultaran a su madre.

—¿Quieres decir que un hombre no debería defender a las mujeres de su casa? Todo el jurado lo excusaría. —Ningún hombre sureño pasaría por alto ese tipo de insulto.

Es la razón por la que los McCord aceptaron el acuerdo. Sabían que procesar ese tipo de caso no llevaría a ninguna parte, sobre todo contra mi familia. No puedes llamar a la madre de alguien «zorra drogadicta» e irte de rositas.

Las facciones de Grier se endurecen.

—De haber sabido que cometías tales actividades de mala fama no le habría sugerido a tu padre que solucionásemos este tema con dinero. Habría sugerido la escuela militar.

—Oh, ¿fue idea tuya? Porque papá siempre nos amenaza con ello cuando no le gusta lo que hacemos. Supongo que debo darte las gracias —replico con sarcasmo.

—Reed —me reprimenda papá, que está cerca de las estanterías. Es lo primero que ha dicho desde que hemos entrado, pero he estado observando su expresión y cada vez se vuelve más desalentadora.

Grier me fulmina con la mirada.

—Estamos en el mismo bando. No luches contra mí, chico.

—No me llames *chico* —le sostengo la mirada y dejo caer los brazos sobre las rodillas.

—¿Por qué? ¿A mí también me vas a romper la mandíbula?

Sus ojos viajan a mis manos, cerradas en puños en mi regazo.

—¿A dónde quieres llegar? —murmuro.

—Me refiero a que...

Una llamada lo interrumpe a media frase.

—Un momento. —Grier coge el elegante móvil sobre el escritorio, mira la pantalla y frunce el ceño—. Tengo que responder. Disculpad.

Papá y yo nos miramos con recelo mientras el abogado sale al vestíbulo. Ha cerrado la puerta, así que no podemos escuchar lo que dice.

—Esas declaraciones son horribles —digo de forma inexpresiva.

Papá asiente, deprimido.

—Lo son.

—Me hacen parecer un psicópata. —Una sensación de impotencia me estruja la garganta—. Son un montón de estupideces. ¿Y qué si me gusta pelear? Hay tíos que pelean como trabajo. Boxeo, artes marciales, lucha libre... no veo que nadie los acuse de ser maníacos en busca de sangre.

—Lo sé. —La voz de papá es inusualmente suave—. Pero no es solo pelear, Reed. Tienes mal carácter. Tú... —Se detiene cuando la puerta se abre y Grier aparece.

—Acabo de hablar con el asistente del fiscal de distrito —informa Grier en un tono que no puedo descifrar. ¿Confuso, quizá?— Los resultados de la autopsia de Brooke han llegado esta mañana.

Tanto papá como yo enderezamos los hombros.

—¿La prueba de ADN del bebé? —pregunto despacio.

Grier asiente. Cojo aire.

—¿Quién es el padre?

De repente me siento asustado. Sé que no hay ninguna posibilidad de que sea yo, pero ¿qué pasa si algún técnico de laboratorio corrupto ha amañado los resultados? ¿Y si Grier abre la boca y anuncia que...?

—Eres tú.

Me lleva un segundo darme cuenta de que no se dirige a mí. Se lo dice a mi padre.

Capítulo 23

Reed

El despacho se queda en silencio. Mi padre mira con la boca abierta al abogado.

—¿Qué quieres decir con que es *mío*? —Los ojos atormentados de mi padre están fijos en Grier—. No es posible. Me hice una...

«Vasectomía», termino su frase mentalmente. Cuando Brooke anunció el embarazo, papá estaba seguro de que el bebé no podía ser suyo porque se operó después de que mamá tuviese a los gemelos. Yo estaba seguro de que no era mío porque no me había acostado con Brooke desde hacía más de medio año.

Parece que uno de nosotros tenía razón.

—La prueba lo ha confirmado —responde Grier—. Eras el padre, Callum.

Papá traga saliva. Sus ojos están desenfocados.

—¿Papá? —pregunto con vacilación.

Él mira al techo, como si le resultase doloroso mirarme a mí. Un músculo de su mandíbula se contrae; tiembla y después suelta una respiración agotada.

—Pensaba que me mentía. Brooke no sabía que me había hecho la vasectomía, y creí... —Toma otra bocanada de aire—. Creí que era de otra persona.

Sí, y decidió que era *mío*, pero no puedo culparlo por llegar a esa conclusión. Sabía que Brooke y yo nos habíamos enrollado, así que, por supuesto, consideró esa posibilidad. Supongo que ni se le pasó por la cabeza que pudiera ser *suyo*.

Siento un ramalazo de compasión. Puede que papá odiase a Brooke, pero habría sido un buen padre para su bebé. La pérdida lo debe de estar matando.

Toma aire profundamente antes de mirarme.

—Yo, eh... ¿me necesitas aquí o puedes con el resto de la reunión tú solo?

—Yo me encargo, no te preocupes —respondo con voz grave, porque es obvio que él no puede ocuparse de nada en este momento.

Papá asiente.

—De acuerdo. Avísame si me necesitas.

Sus piernas se tambalean cuando abandona la habitación. Tras un momento de silencio, Grier vuelve a hablar.

—¿Listo para continuar?

Asiento débilmente.

—De acuerdo. Hablemos de Ella O'Halloran. —Rebusca entre la jodida pila interminable de papeles y saca varios—. Ella O'Halloran, conocida anteriormente como Ella Harper, es una fugitiva de diecisiete años que encontraron cuando se hacía pasar por una mujer de treinta y cinco, desnudándose en Tennessee, hace exactamente tres meses.

¿Solo han pasado tres meses? Parece que Ella haya formado parte de mi vida desde siempre. Mi cabeza palpita de ira.

—No hables de ella.

—Tengo que hacerlo, es parte del caso te guste o no. De hecho, Harvey dijo que la llevaste a algunas de las peleas. Se mostró impertérrita ante la sangre.

—¿A dónde quieres llegar? —repito entre dientes.

—Veamos algunas declaraciones más. —Sujeta un documento y lo señala—. Aquí hay una de Jordan Carrington.

—Jordan Carrington odia a Ella.

Grier vuelve a ignorar mi comentario.

—«Invitamos a Ella a que hiciese las pruebas para entrar en el equipo de baile. Se presentó vestida con un sujetador y un tanga en el gimnasio. No tiene vergüenza ni moral. Nos abochorna a todos, pero por alguna razón, a Reed le gusta eso. Nunca se había comportado así hasta que ella vino. Era decente, pero ella saca lo peor de él. Cuando ella está cerca él, es más mezquino.»

—Es la mayor tontería que he oído. ¿Jordan pegó con cinta adhesiva a una chica a las paredes del Astor Park y *yo* soy más mezquino? Ella no me ha cambiado en absoluto.

—Dicho de otra forma, ya eras violento antes de que Ella se instalase aquí.

—Estás tergiversando mis palabras —escupo.

Él se ríe de forma desagradable.

—Esto es pan comido comparado con lo que será tu juicio.

—Suelta la declaración de Jordan y coge otra—. Esta es de Abigail Wentworth. Por lo visto salisteis juntos hasta que le hiciste daño. Pregunta: «¿Qué sientes por Reed?». Respuesta: «Me hizo daño. Me hizo mucho daño».

—Nunca la he tocado —replico enfadado.

—Pregunta: «¿Cómo te hizo daño?». Respuesta: «No puedo hablar de ello. Es demasiado doloroso».

Me levanto de la silla, furioso, pero Grier es implacable.

—«La entrevista fue más corta debido a que el sujeto estaba consternado y no se le podía consolar. Se necesitará continuar más adelante».

Llevo mis dedos a la parte trasera de la silla y la aprieto con fuerza.

—Rompí con ella. Salimos hasta que no quise más y terminé con ella. No le hice daño físicamente. Si herí sus sentimientos lo lamento, pero no debe de estar tan triste porque se tiró a mi hermano el mes pasado.

La ceja izquierda de Grier se alza de nuevo. Siento el deseo de acorralarlo y afeitársela.

—Genial. Al jurado le encantará oír lo pervertidos que son tus hermanos.

—¿Qué pasa con ellos?

Me enseña más papeles.

—Tengo aquí unas diez declaraciones que aseguran que dos de ellos salen con la misma chica.

—¿Qué tiene que ver eso con esto?

—Muestra el tipo de casa en la que vives, que eres un niño privilegiado que se mete en problemas constantemente y que tu padre se encarga de tus líos pagando a la gente.

—Golpeo mandíbulas, no mujeres.

—En las cámaras de seguridad eres la única persona que entra al edificio la noche que Brooke Davidson falleció. Tienes el don de la oportunidad, desde luego. Ella estaba embarazada...

—Y el bebé no era mío —protesto—. Era de papá.

—Sí, pero tú todavía mantenías relaciones con ella. Lo testificará Dinah O'Halloran. Ese es el móvil. Tenía tu ADN bajo las uñas, lo que sugiere que peleó contra ti. Aquella misma noche te habían colocado el apósito en el costado. Tienes un historial de violencia física, especialmente cuando insultan a una mujer de tu vida. Citando a la señorita Carrington, tu familia «no tiene ni moral ni vergüenza». No es tan increíble pensar que asesinases a alguien si te sentiste amenazado. Eso son tus medios. Y, para acabar, no tienes coartada.

Cuando tenía cuatro o cinco años, Gideon me empujó a la piscina. Por aquel entonces yo no había aprendido a nadar, lo cual es peligroso si vives en la costa. Me peleaba con mamá por meterme en el agua, así que Gideon me levantó y me tiró a la piscina. Me sumergí y el agua me entró en los oídos. Me moví como un inútil pez en tierra y pensé que nunca volvería a la superficie. Lo más seguro es que hubiese crecido con fobia al agua si Gideon no me hubiese sacado y no me hubiese empujado al agua una y otra vez hasta que aprendí que el agua no me mataría. Sin embargo, aún recuerdo el miedo y el sabor a desesperación.

Así me siento ahora: asustado y desesperado. Noto un sudor frío que se desliza por mi nuca y Grier coge la última hoja.

—Esta es una declaración de culpabilidad —dice en voz baja, como si lamentase lo mucho que me ha agitado—. Lo he cuadrado con el fiscal esta mañana. Te declaras culpable de homicidio involuntario. La sentencia es de veinte años.

Esta vez no agarro la silla con ira, sino con impotencia.

—El fiscal recomendará diez años. Y, si te portas bien y no te metes en peleas ni altercados de ningún tipo, podrías salir en cinco.

Tengo la garganta seca y la lengua como si fuese tres veces más grande, pero debo preguntar algo.

—¿Y si no me declaro culpable?

—Hay unos quince estados que han abolido la pena de muerte. —Se detiene—. Carolina del Norte no es uno de ellos.

Capítulo 24

Ella

Steve y yo acabamos de cenar cuando mi teléfono vibra. Es un mensaje de texto de Reed. Necesito todo mi autocontrol para no coger el teléfono de inmediato y leer lo que dice. Sé que no puedo hacerlo delante de Steve. No tiene ni idea de que pasé la noche del viernes y la mayor parte de la tarde del sábado en la cama con Reed, y no le daré pistas.

—¿No lo lees? —inquiere Steve cuando deja su servilleta en la mesa. Su plato está totalmente vacío. En la semana que llevo viviendo con él he descubierto que devora la comida.

—Ya lo leeré —replico distraída—, es probable que sea Val. Él asiente.

—Es una buena chica.

No creo que Val y él hayan intercambiado más de diez palabras, pero si la acepta, mejor para mí. Está claro que a Reed no lo aceptará.

Mi mirada se clava en el teléfono otra vez. Autocontrol. Necesito fuerza de voluntad, pero me *muero* por saber lo que dice el mensaje. Hoy no he visto a Reed en el colegio, ni siquiera durante la hora de comer. Sé que ha estado en clase, porque su expulsión temporal ya ha terminado y lo he visto de refilón en el campo de entrenamiento esta mañana. Creo que me evitaba, pero no sé por qué. Cuando he preguntado a Easton, se ha encogido de hombros y ha respondido «Eliminatorias», como si eso explicara por qué Reed no me ha llamado o enviado un mensaje desde el sábado por la noche. Entiendo que el equipo esté concentrado en ganar el campeonato, pero Reed nunca ha dejado que el fútbol americano lo distraiga de nuestra relación.

Una parte pequeña e insegura de mí se pregunta si quizás no disfrutó del sexo tanto como yo, pero no creo que se trate de eso. Sé cuándo pongo cachondo a un chico y a Reed lo he puesto muy cachondo este fin de semana.

Así que debe de ser otra cosa.

—¿Te importa si voy a mi habitación? —digo y después me reprocho haber sonado tan deseosa de escapar.

Últimamente las cosas con Steve han ido bien. Aún no quiere que vea a Reed, pero creo que se alegra de que forme parte del equipo de baile y se ha portado muy bien conmigo desde que volví de Gibson. No quiero amenazar esta frágil confianza que estamos construyendo al revelar que miento sobre Reed.

—¿Deberes? —pregunta y se ríe.

—Un montón —miento—, y son para mañana.

—De acuerdo, pues a ello. Estaré arriba si me necesitas.

Intento actuar con normalidad al irme, pero echo a correr en cuanto llego al pasillo y miro ansiosa el móvil cuando entro en mi habitación.

«Puedo vert sta noche?».

Mi pulso se acelera al instante. Dios. Sí, claro que quiero verlo esta noche. No solo porque lo echo de menos, sino porque quiero saber por qué me ha estado evitando. Sin embargo, las reglas de Steve son claras en lo que respecta a Reed, y eso significa que no puedo verlo fuera del colegio. Nunca.

«Sí. Pero cómo? S no me djará ir. Y mi toque d queda s a ls 10».

La respuesta de Reed me sorprende.

«Ya lo he solucionado. Dile q tiens 1 cita sta noche».

Corro hacia el baño confundida y abro todos los grifos antes de buscar el número de Reed. Espero que el ruido del agua tape mi voz si Steve pasa por delante de mi habitación.

—¿Con quién tengo una cita? —siseo cuando responde a la llamada.

—Wade —responde—. Pero no te preocupes, no es una cita de verdad.

Arrugo la frente.

—¿Así que quieres que le diga a Steve que saldré con Wade esta noche?

—Sí. No será un problema, ¿no? Es decir, él dijo que no podías salir *conmigo*, pero no que no pudieras salir *con nadie*.

Cierto.

—Vale —respondo despacio, y me pregunto cómo lo conseguiré—. Quizás podría utilizar algo de psicología inversa, ¿no?

Reed suelta una risita.

—No, en serio, es una idea genial. Le diré que alguien me ha pedido salir y que no quiero porque no he superado lo tuyo, bla bla bla. —Sonrío a mi reflejo del espejo del baño—. Apuesto a que me *rogará* que salga con Wade.

—Es una idea malvada. Me encanta. —Reed se ríe de nuevo—. Mándame un mensaje si acepta. Wade puede recogerte a las siete. Te traerá y te llevará de vuelta al hotel antes del toque de queda.

—¿Y qué gana Wade? —pregunto con sospecha. Cuando Reed vacila sé que tengo bien al desconfiar—. Oh, no, ¿qué le has prometido?

—A Val —admite Reed—. Le he dicho que hablarías con ella para que lo perdone.

Ahogo un suspiro.

—No sé si será posible.

—Se liaron el fin de semana —señala.

—Ya, y después se ha sentido culpable. —Sus palabras exactas fueron: «¡Soy tan, tan idiota!»—. No quiere ser uno de sus juguetes.

—No lo es —me asegura—. En serio, *nunca* he visto que a Wade Carlisle le importe tanto una chica. Le gusta de verdad.

—¿Lo dices solo para que podamos vernos esta noche?

—Para nada. Lo digo en serio, nena. Sabes que no dejaría a tu mejor amiga en una situación en la que pudieran hacerle daño. Wade quiere arreglar las cosas. Se siente como una mierda por cómo la ha tratado.

Me apoyo contra la cómoda y me coloco un mechón de pelo tras la oreja.

—Deja que la llame y vea si está dispuesta a hablar con él. Si se niega, entonces debemos respetar su decisión. —Aunque eso signifique que Wade se eche atrás esta noche, pero espero que nos ayude aunque Val no sea parte del trato.

El tono de Reed se vuelve serio.

—Inténtalo, nena. Yo... —Se detiene—. Necesito verte, de verdad.

Todas las alarmas suenan en mi cabeza cuando colgamos. ¿Va a romper conmigo?

No, claro que no. Es una locura. Pero entonces, ¿por qué sonaba tan triste? ¿Y por qué no me ha buscado hoy en el colegio? Dejo mi miedo a un lado y llamo a Val.

Val accede. Estoy un poco sorprendida de lo dispuesta que se muestra a hablar con Wade, pero supongo que quizá no se arrepiente tanto del lío del fin de semana como me ha dado a entender en el colegio.

Ahora solo falta conseguir la parte que implica a Steve, así que no pierdo el tiempo. Paso lentamente por delante de la habitación que usa como despacho, como si fingiese hablar por teléfono.

—¡No estoy preparada! —exclamo en voz alta—. Uf, voy a colgar. Hasta luego, Val.

Después suelto el suspiro más exagerado del mundo. El sonido atrae a Steve, que sale de su despacho.

—¿Va todo bien? —pregunta preocupado.

—Sí —murmuro—. Val ha perdido la cabeza.

Sus labios se curvan en una sonrisa.

—¿Qué ocurre?

—Quiere que yo... —Me detengo intencionadamente. Después gruño—. No es nada, olvídalo. Voy a la cocina. Tengo sed.

Steve se ríe y me acompaña abajo, tal y como esperaba.

—Ya sabes que puedes hablar conmigo. Soy tu padre, tengo sabiduría para compartir. Y mucha.

Pongo los ojos en blanco.

—Ahora suenas como Val. Ella también intentaba ofrecerme su «sabiduría». —Hago el gesto de las comillas con los dedos.

—Ya veo. ¿Sobre qué?

—Cosas de chicos, ¿vale? —Me dirijo al frigorífico para coger una botella de agua—. No querrás oírlo.

Sus ojos se entrecierran al instante.

—¿Ya no sales con Reed? —Lo formula como una pregunta pero ambos sabemos que es una afirmación.

—No, hemos acabado. —Tenso la mandíbula—. Gracias a ti.

—Ella...

—Da igual, Steve. Lo pillo: no quieres que salga con Reed y no lo hago. Has ganado, ¿vale?

Suspira con frustración.

—No es cuestión de ganar o perder. Se trata de querer protegerte. —Coloca las manos en la encimera de granito—. Puede que ese chico vaya a la cárcel, Ella. No podemos ignorarlo.

—Lo que sea —murmuro. A continuación me pongo derecha y lo miro desafiante—. Pero te gustaría que yo saliese con el *quarterback*, ¿verdad? —Hago un ruido de disgusto—. Claro que sí, porque no es Reed.

Él parpadea.

—No te entiendo.

—Wade Carlisle me ha pedido que vaya al cine con él esta noche —digo e intento sonar pesimista—. Por eso discutíamos Val y yo. Cree que debería ir, pero le he dicho a Wade que no.

Steve arruga la frente. Su mirada parece pensativa y luego astuta.

—Has dicho que no —repite.

—Sí, ¡claro que he dicho que no! —Apoyo la botella contra la encimera con fuerza—. Todavía me gusta Reed, por si no lo habías pensado.

El brillo calculador en sus ojos se hace más profundo.

—A veces la mejor manera de olvidar a alguien es salir con otra persona.

—Buen consejo. —Me encojo de hombros—. Qué pena que no vaya a hacerlo. Wade Carlisle no me interesa.

—¿Por qué no? Viene de buena familia, es parte del equipo del colegio... —Steve alza una ceja—. No es sospechoso de un asesinato.

Es un promiscuo. Le interesa mi mejor amiga. Es el mejor amigo de Reed.

Hay un millar de razones por las que no *debería* salir con Wade, pero por Steve finjo pensármelo.

—Supongo. Pero no sé casi nada de él.

—Para eso están las citas, ¿no? —replica—. Para conocer a alguien. —Steve junta las manos y enlaza sus dedos—. Creo que deberías ir.

—¿Desde cuándo? —Lo desafío—. No quieres que salga, ¿recuerdas?

—No, no quiero que salgas con Reed —me corrige—. Mira, Ella, quiero a los chicos Royal a rabiar, soy su padrino, por el amor de Dios, pero no han estado bien desde que su madre falleció. No tienen la cabeza sobre los hombros y no creo que sean la mejor influencia para ti, ¿de acuerdo?

Lo miro desafiante.

—Y, aunque no creo que necesites estar en una relación seria a tu edad, prefiero que experimentes qué hay más allá antes de declarar tu amor incondicional a Reed Royal —concluye Steve secamente.

Sigo sin contestar.

—Wade Carlisle... ¿Has dicho que quiere llevarte al cine?

Asiento a regañadientes.

—¿Esta noche?

Asiento de nuevo. Steve me imita por respuesta.

—Si estás de vuelta a las once me parece bien que vayas.

Oh, ¿así que ahora el toque de queda es a las once? Qué gracia, cuando estaba con Reed era a las diez. *Estoy* con Reed. Seguimos juntos, por el amor de Dios. Solo que Steve no tiene ni idea.

—No sé... —Finjo reticencia de nuevo.

—Piénsalo —me anima y se dirige al umbral—. Si decides ir, avísame.

Espero hasta que se marcha antes de sonreír. Me esfuerzo por no bailar de lo contenta que estoy. En lugar de eso, saco el móvil del bolsillo y le mando un mensaje a Reed.

«Hecho. Dile a W q venga a ls 7».

Capítulo 25

Ella

A las siete en punto, el botones llama a nuestra *suite* para decirnos que Wade Carlisle ha llegado.

—Que suba —dice Steve al telefonillo. Luego, cuelga y admira la ropa que he escogido para mi «cita».

He decidido vestirme bien, así que me he puesto unos pantalones pitillo, un suéter ancho y ligero de color gris y unas botas negras sin tacón. Llevo el pelo suelto, pero lo he sujetado con dos pasadores para que no me caiga en la cara. Tengo un aspecto tan dulce que doy asco.

Es evidente que a Steve le gusta.

—Estás genial.

—Gracias. —Finjo que estoy nerviosa y juego con el dobladillo del suéter—. No estoy segura de si debería tener esta cita.

—Te divertirás —responde con firmeza—. Será bueno para ti.

Alguien llama a la puerta y ambos nos dirigimos a ella. Steve la alcanza primero y abre. Wade está en el umbral, con una sonrisa educada plasmada en su atractiva cara.

—Hola —saluda a mi padre—. Soy Wade. Vengo a recoger a Ella.

—Steve O'Halloran.

Se estrechan la mano y me doy cuenta de que a Steve le impresiona la presencia elegante de Wade y su clásico atractivo. Hablan de los partidos eliminatorios durante un par de minutos y, después, Wade y yo nos marchamos de la *suite* mientras Steve me hace un gesto con el pulgar hacia arriba nada discreto.

Cuando entramos en el ascensor, pongo los ojos en blanco.

—Intenta ser un padre de verdad —digo con un suspiro.

Wade me contesta con una sonrisa burlona:

—*Es* un padre de verdad.

Bajamos al recibidor y me aseguro de mantener una distancia de al menos un metro entre Wade y yo. Por alguna estúpida razón, estoy paranoica, y temo que Steve tenga acceso a las cámaras del ascensor, así que no quiero hacer o decir nada que pueda considerarse extraño.

Sin embargo, lo primero que hago cuando llegamos al seguro Mercedes de Wade es abrazarlo.

—Muchísimas gracias por hacer esto.

—De nada —responde. Su sonrisa se desvanece ligeramente—. ¿Has hablado con Val?

Asiento con la cabeza.

—Me ha dicho que la llames cuando me dejes en la casa de los Royal.

Su expresión refleja esperanza.

—¿Sí?

—Sí. —Le doy una palmadita en el brazo—. No la cagues, Carlisle. Val es buena gente.

—Lo sé. —Gruñe, frustrado—. Aunque, bueno, antes de que empezases a ir con ella, para mí solo era la prima pobre de Jordan, ¿sabes?

Abro la boca sorprendida.

—Dios, ¡eso es horrible!

—Pero es verdad. —Pone en marcha el coche y se aleja del bordillo—. No me fijé en ella hasta que te mudaste y te liaste con Reed. Y ahora, de repente, almuerza con nosotros y… —Se encoge de hombros—. Es guay. Y está buena.

—¿Te gusta de verdad o es esto solo un juego para ti?

—Me gusta —asegura—. De verdad.

—Bien. Entonces, te lo repito: no la cagues.

El resto del viaje se pasa rápido. Cuando Wade aparca en la entrada de la mansión de los Royal, soy un manojo de nervios. Salgo del Mercedes incluso antes de que pare y él se echa a reír.

—Joder, creo que nunca he visto a una tía con tantas ganas de echar un polvo —comenta cuando se reúne conmigo en las escaleras del palacio de los Royal.

—Tengo ganas de ver a mi novio —replico con delicadeza—. No tiene nada que ver con querer echar un polvo.

—Ajá. Lo que tú digas.

La puerta principal se abre en cuanto llegamos y, al instante, estoy en los brazos de Reed y él entierra la cara en mi cuello. Yo me separo y echo un vistazo al recibidor vacío de la casa, nerviosa.

—¿Está Callum en casa?

—Ha llamado para decir que esta noche trabajará hasta tarde —responde Reed, y me acerca a él.

Nuestras bocas se encuentran y el beso que compartimos sube la temperatura del recibidor. Wade gruñe detrás de nosotros, disgustado.

—¡Tíos! ¡Parad ya! No puedo creer que diga esto, pero id a una habitación.

Estallo en carcajadas contra los labios de Reed y, luego, me giro hacia Wade.

—Pensaba que te gustaban las muestras de afecto en público —le provoco.

Él hace un puchero.

—Si no me dejáis participar, no tiene gracia.

Sin dejar de rodearme la cintura con el brazo, Reed choca la palma de Wade con su mano libre.

—Gracias por hacer esto posible.

—De nada. Volveré en un par de horas. ¿Tenéis con eso suficiente?

No, pero es lo que hay.

—Perfecto —respondo—, ahora llama a Val.

Wade se despide con alegría y se aleja de la puerta. Reed la cierra con pestillo antes de alzarme en brazos.

—¿Adónde vamos? —pregunto, y le rodeo el cuello con los brazos.

Sube los escalones de las escaleras de dos en dos.

—He pensado que podríamos ver una película con Easton.

—¿En serio? —suelto, decepcionada. Estaba segura de que habíamos quedado para pasar un buen rato.

—Eh, no —responde, y se ríe—. Era una broma.

Al llegar al descansillo no se detiene en mi habitación, sino que nos lleva a la suya. Una vez dentro, me deja en el suelo. Espero a que me abrace, que me quite la camiseta, que se deshaga de la suya, pero no pasa nada, así que miro a mi alrededor con incomodidad.

—¿Pasa algo?

—Quería hablarte del caso. Y, eh… de otras cosas —admite.

Se pasa la mano por la nuca y me mira con tristeza.

—¿No vamos a divertirnos? —insisto en voz baja con tristeza. No es que necesite acostarme con él, pero, cuando estoy entre sus brazos, todo lo malo desaparece. Solo existimos nosotros.

—Todavía no. —Intenta sonreír, pero no es capaz. Supongo que sabe que las sonrisas falsas no funcionan conmigo—. ¿Nos sentamos?

No hay muchas opciones entre las que elegir en la habitación de Reed. Es austera; solo tiene una cama con forma de barca, una cómoda y un pequeño sofá colocado delante de una gran pantalla de televisión. Tomo asiento en la cama, deseando poder acurrucarme bajo la colcha hasta que todo esto termine.

—Ya tenemos los resultados de la prueba de paternidad del bebé de Brooke —comienza a decir.

Mi corazón se detiene. Oh, no. Su mirada sombría me dice que no son buenas noticias y, de repente, tengo ganas de vomitar. No es posible que el bebé fuera de Reed…

—Era de mi padre —añade.

Me invade una profunda sensación de alivio y sorpresa.

—¿Qué? ¿De verdad?

Reed asiente.

—Supongo que la vasectomía no funcionó.

—¿Es eso posible?

—En algunos casos, sí. —Se mete las manos en los bolsillos—. En fin… esto le ha afectado mucho. Es cierto que no quería estar con Brooke, pero habría cuidado del bebé. Imagino que está de luto ahora que sabe que era suyo.

Me llevo la mano al corazón. Pobre hombre.

—Me siento fatal por él.

—Yo también. Lo peor es que no importa quién sea el padre, porque Brooke me amenazaba a *mí*, así que todavía soy el único con motivos para asesinarla. Y el único al que las cámaras grabaron entrando en el ático aquella noche.

Me muerdo el labio.

—¿Cuándo han llegado las pruebas de paternidad?

—Ayer.

Lo fulmino con la mirada.

—¿Y no me lo has contado hasta ahora?

—Estaba esperando a mi padre. Ni siquiera se lo ha contado a East ni a los gemelos. Ya te he dicho que está deprimido por el tema. Pero tenía que contártelo. Te prometí que no tendría secretos contigo, ¿recuerdas?

Se me hace un nudo en la garganta.

—Me has evitado en el colegio todo el día —lo acuso.

Reed suspira.

—Sí, lo sé. Lo siento. Le estaba dando vueltas a cómo decirte, eh... lo otro.

—¿Qué? —exijo, recelosa.

—Han fijado ya la fecha del juicio. Será en mayo —confiesa.

Me pongo de pie.

—¡Pero eso es dentro de seis meses!

Reed esboza una sonrisa forzada.

—Grier dice que, según la constitución, tengo derecho a un juicio rápido.

Se me revuelve el estómago.

—Dime que los hombres de Callum han encontrado algo. ¡Si hasta me encontraron *a mí*!

—No. —La expresión de Reed me dice que no tiene esperanza—. No tienen nada. —Se detiene—. Grier dice que es posible que no gane.

Empiezo a odiar cada frase que empieza con «Grier dice».

—¿Y ahora qué?

Las lágrimas se agolpan en mis ojos y mantengo la mirada fija en la alfombra. No quiero que me vea así de afectada; su voz ya destila agonía.

—Quiere que me declare culpable.

Soy incapaz de contener un gemido de dolor.

—No.

—Es una condena de veinte años, pero la oficina del fiscal pedirá diez. Las cárceles están abarrotadas, y Grier dice que saldría en cinco años. Creo que debería...

Le cubro la boca con mi mano rápidamente. No quiero oír como lo dice. Si dice que va a aceptar el trato, que me dejará, no seré capaz de hacer que cambie de opinión. Así que le inclino la cabeza hacia abajo y cubro su boca con la mía para callarlo de la única forma que sé.

Sus labios se entreabren y yo ataco —con mi lengua, mis manos, con todo.

—Ella, para —gime contra mi boca.

La única debilidad de Reed, si es que tiene alguna, soy yo, y exploto mi ventaja sin piedad.

Meto las manos dentro de sus pantalones. Y, a continuación, me pongo de rodillas y me llevo su pene erecto a la boca. Lo miro directamente a los ojos y lo desafío a que me pare ahora. No lo hace. Se limita a embestir y gemir. Entonces, me levanta y me tira a la cama. Sus manos aprecian lo mucho que lo deseo y necesito.

—¿Es esto lo que quieres? —gruñe.

—Sí —respondo con ferocidad, y coloco las piernas alrededor de su cintura—. Demuéstrame lo mucho que me quieres.

Sus ojos brillan de deseo. Puede que antes quisiera hablar, pero ahora todo eso ha quedado en un segundo plano.

Cuando me penetra al cabo de un momento, espero que el placer se lleve la tristeza, pero la agonía no desaparece. Invade mi corazón y, a pesar de la fuerza de su cuerpo y de lo reconfortante que es sentirlo encima de mí, el dolor no se esfuma.

Me hace el amor ferozmente, casi con frenesí, como si pensara que esta es la última vez que estaremos juntos. Su cuerpo empuja con fuerza el mío. Penetra con una intensidad que me deja sin aliento. Pero yo soy igual de salvaje: clavo las uñas en sus hombros y mantengo las piernas firmes alrededor de sus caderas. Una pequeña parte de mi cerebro ha tomado las riendas y piensa que, si lo quiero con la fuerza suficiente, podré quedarme con él para siempre.

Cuando un torrente sacude mi cuerpo y el éxtasis por fin destierra el dolor, me olvido de por qué estaba enfadada y dejo que el placer me invada.

La sensación de embriaguez desaparece. Estoy sudada, pero no satisfecha, y lo acerco de nuevo a mí. Me gustaría permanecer en este estado de éxtasis emocional, donde solo existimos Reed y yo, pero, al contrario que la noche del partido, él se aleja.

—Ella —dice con suavidad, y me pasa una mano por encima de la camiseta. Ninguno de los dos se ha molestado en deshacerse de ella—. No podemos solucionar las cosas acostándonos.

Molesta por sus palabras, replico:

—Perdona por querer estar contigo.

—Ella...

Me reincorporo, plenamente consciente de que estoy desnuda de cintura para abajo. Me agacho, agarro los vaqueros, que están al lado de la cama, y me los pongo.

—Si tantas ganas tienes de que te encierren veinte años, ¿no deberíamos acostarnos juntos tantas veces como podamos? Al fin y al cabo, cuando esté sola solo tendré estos recuerdos.

Reed se muerde el labio.

—¿Me esperarás?

Lo miro como si fuera tonto.

—Claro. ¿Qué otra cosa voy a hacer?

Entonces me doy cuenta: no lo ha pensado detenidamente, no ha sopesado todas las consecuencias de declararse culpable. Eso me anima, y lo presiono.

—Así es. Estaremos separados veinte años.

—Cinco —me corrige, distraído.

—Cinco si tenemos suerte, si el sistema penitenciario o quienquiera que esté a cargo piensa que mereces salir. Has dicho que la condena sería de veinte años. Tendré casi cuarenta cuando salgas.

Reed es la primera persona que he querido de verdad, aparte de mi madre. Antes de conocerlo, compartir mi futuro con un hombre no formaba parte de mis planes. Mis experiencias con los novios de mamá me llevaron a creer que estaría mejor sola. Ahora no puedo imaginarme un futuro sin Reed, pero el camino que nos queda por recorrer es desalentador, y todavía recuerdo la abrumadora soledad que sentí cuando mi madre murió.

Si pierdo a Reed también, no sé si podré soportarlo.

Lucho contra el pánico que se apodera de mí y me arrodillo en la cama a su lado.

—Vámonos. Ahora mismo. Cogeremos mi mochila y nos iremos de aquí.

La tristeza invade su mirada.

—No puedo. Te quiero, Ella, pero ya te lo he dicho: huir no hará que esto desaparezca. Será peor si me marcho. Nunca volveremos a ver a mi familia, siempre tendremos miedo de que nos atrapen. Te quiero —repite—, pero no podemos escapar.

Capítulo 26

Reed

Halston Grier está sentado en la sala principal cuando regreso del colegio el día siguiente. La cita de anoche con Ella fue muy tensa, incluso después de acostarnos, y ahora sé por qué. No importa lo que haga: no podré quitarme el caso de la cabeza hasta que toda esta mierda se resuelva.

—¿Más declaraciones de testigos? —pregunto con más sarcasmo del que pretendía.

El abogado y papá intercambian una mirada seria y, a continuación, papá se levanta. Me coge del hombro y me acerca a él, casi como si sintiera la necesidad de darme un abrazo, pero se detiene antes de hacerlo.

—Te apoyaré decidas lo que decidas —dice con la voz ronca y, acto seguido, se marcha.

Grier señala el sofá sin decir ni una palabra. Espera hasta que estoy sentado para sacar una de esas declaraciones mecanografiadas del maletín que tiene a sus pies. Moriría feliz si no viera ninguna fotocopia nunca más.

El abogado se inclina hacia adelante y me entrega la declaración.

—¿No me vas a leer esta? —pregunto. Echo un vistazo al encabezado que declara que es de Ruby Myers—. Es la primera vez que escucho este nombre. ¿Es la madre de alguien? —Me devano los sesos para identificar el apellido—. Hay un Myers en tercer curso. Creo que juega a *lacrosse...*

—Léelo.

Me acomodo y leo las palabras mecanografiadas con cuidado en la hoja.

Yo, Ruby Myers, declaro bajo pena de condena por falso testimonio que, a mi leal saber y entender, la si-

214

guiente declaración refleja los hechos de forma veraz
y precisa:

1. Soy mayor de dieciocho años y estoy capacitada
para declarar por voluntad propia.

2. Resido en 1501, Octava Calle, Apartamento 5B,
Bayview, Carolina del Norte.

3. Me llamaron para servir comida en un evento de
catering *privado en 12, Lakefront Road, Bayview,*
Carolina del Norte. Una amiga me llevó debido a
que mi coche no funcionaba. Me dijeron que era por
el alternador.

Esa es mi dirección. Pienso en la última vez que hubo camareros en casa. Fue cuando Brooke y Dinah vinieron a cenar, pero soy incapaz de recordar algo de aquella noche que fuese digno de mencionar en una declaración. East y Ella descubrieron a Gideon y Dinah echando un polvo en el baño. ¿Tiene que ver con eso? Si es así, ¿qué relación tiene con mi caso?

Abro la boca para preguntar, pero la siguiente línea llama mi atención.

4. Tras la cena, sobre las 21.05, estaba usando el
lavabo de la planta de arriba. Tenía curiosidad por
saber cómo era la casa porque era muy bonita y me
preguntaba qué aspecto tenían el resto de las estan-
cias. La cena había terminado, así que me escapé, a
pesar de que no debía. Oí a dos personas hablar en
una de las habitaciones y eché un vistazo dentro. Vi
al segundo de los hermanos, Reed, y a la mujer rubia
que ha fallecido.

No leo ni una palabra más. Dejo la declaración jurada de dos páginas y hablo con la voz calmada.

—Es mentira. Aquella noche no estuve con Brooke en el piso de arriba. La única vez que estuvo en mi habitación en los últimos seis meses fue la noche en que Ella escapó.

El abogado se limita a encoger los hombros de esa forma que me saca de quicio y no conduce a nada.

—Ruby Myers es una buena mujer que tiene dos trabajos para sacar adelante a sus hijos. Su marido la abandonó hace cinco años y todos sus vecinos dicen que no hay mejor madre soltera en el mundo que ella.

—¿Una mujer con valores y moral? —digo a modo de burla, repitiendo las acusaciones que Jordan Carrington hizo en su declaración. Entrego los papeles a Grier, pero él no los coge.

—Sigue leyendo.

Obedezco y echo un vistazo al resto de los párrafos.

> 5. *La mujer rubia, Brooke, dijo que echaba de menos al chico. Supuse que eso significaba que habían estado juntos alguna vez. Él le preguntó qué demonios hacía en su cuarto y le dijo que se marchara. La mujer hizo un puchero y dijo que él nunca se había quejado antes.*

—¿«La mujer hizo un puchero»? ¿Quién escribe esta mierda?

—Intentamos que las declaraciones juradas las escriban los propios testigos. Suenan más veraces si recogen su propia voz.

Si no fuera porque se supone que Grier trabaja para salvarme, creo que le rompería la mandíbula.

> 6. *Brooke afirmó que estaba embarazada y que Reed era el padre. Él dijo que no era suyo y le deseó que tuviera buena suerte. Ella respondió que no necesitaba suerte porque lo tenía a él. El chico le repitió que se marchara porque su novia iba a llegar a casa.*

—¿Cuál es la condena por falso testimonio? —pregunto—. Porque nada de esto ocurrió. Sí, cenamos con Brooke y Dinah por aquellas fechas, pero yo no hablé con ningún camarero.

Grier se encoge de hombros de nuevo y yo continúo leyendo.

> 7. *La mujer quería que lo ayudara a conseguir que su padre se casara con ella. Reed se negó y dijo que ni muerto permitiría que ella formara parte de la familia.*

8. Escuché un ruido y pensé que podrían descubrirme, así que bajé las escaleras y ayudé a recoger los platos y la comida. Después me metí en la furgoneta. Mi amiga me dejó en casa.

—No son más que chorradas. —Tiro toda esa sarta de mentiras sobre la mesita de café y me paso una mano por la cara—. Ni siquiera conozco a esta tal Myers. Y la conversación que describe entre Brooke y yo tuvo lugar la noche que Ella se fue. No había nadie en casa. No sé cómo sabe que esto ocurrió.

—¿Entonces sí que pasó?

—Nunca dije que no dejaría que formara parte de nuestra familia... —Cojo el papel y leo sus palabras exactas—... «ni muerto».

—¿Entonces cómo lo sabe?

Intento tragar saliva, pero tengo la garganta tan seca que me duele.

—No lo sé. Debía de conocer a Brooke de algún modo. ¿No puedes revisar el registro de los móviles y descubrir si Brooke y ella se pusieron en contacto alguna vez?

Sé que está a mi alcance, pero al mismo tiempo siento cómo las paredes se cierran a mi alrededor.

—En vista de esto... —Grier empuja la declaración hacia mí hasta que casi cae de la mesa—. Declárate culpable, Reed. Estarás fuera a los veintitrés. —Intenta sonreír—. Piensa que es un tipo diferente de educación superior. Puedes estudiar una carrera desde la cárcel e incluso conseguir un título. Haremos todo lo que podamos para que tu vida sea lo más cómoda posible.

—Ni siquiera puedes conseguir que me retiren los cargos de los que soy inocente —exploto—. ¿Cómo puedo confiar en que harás algo?

Se agacha y coge su maletín. Su rostro refleja decepción.

—Te daré el mejor consejo legal que puedo darte. Un abogado menos escrupuloso iría a juicio y le cobraría a tu padre muchísimo más dinero. Te aconsejo que te declares culpable porque no hay forma de defenderte.

—Te he dicho la verdad. Nunca te he mentido.

Tenso la mandíbula porque no puedo apretar los puños. Grier me mira con pena por encima de sus estúpidas gafas.

—A veces, la gente inocente pasa muchos años en la cárcel. Te creo, y puede que la oficina del fiscal también. Por eso he conseguido este acuerdo. La pena por cometer un homicidio involuntario puede llegar a los veinte años. Diez años de cárcel es una condena muy generosa. Es la mejor oferta.

—¿Lo sabe mi padre? —pregunto, y señalo con la cabeza la declaración de Ruby Myers.

Grier reajusta la maleta en su mano.

—Sí. Se la he dado para que la leyese antes de que llegaras.

—Tengo que pensarlo —contesto con voz ahogada.

—El trato con Delacorte ya no es una opción. Hay demasiadas pruebas —añade Grier, como si alguna vez la hubiera contemplado. Ya sabe que no dejaré que Daniel haga daño a Ella otra vez.

El suelo tiembla bajo mis pies. Tengo dieciocho años y mi mundo, que antes no tenía límites, se reduce a dos terribles opciones: pasar cinco años en la cárcel o jugármela y envejecer en una pequeña celda de cemento.

—Si... —Tengo la garganta en carne viva y noto, avergonzado, que las lágrimas se agolpan en mis ojos. Me obligo a hablar—. Si aceptara el trato y me declarase culpable, ¿cuándo empezaría mi condena?

Grier deja caer los hombros, aliviado.

—He recomendado, y la oficina del fiscal parece dispuesta a aceptar, que empieces tu sentencia el dos de enero. Así, podrías terminar el semestre y pasar las vacaciones con tu familia. —Se inclina hacia adelante. Su voz suena un poco más animada—. Creo que puedo conseguir que vayas a unas instalaciones de mínima seguridad. Allí cumplen condena principalmente personas que han cometido delitos relacionados con las drogas, delincuentes de guante blanco y algunos agresores sexuales. Gente muy tranquila. —Sonríe, como si encima debiese darle las gracias por este gran regalo.

—Me muero de ganas —murmuro. Entonces, recuerdo los modales que mi madre me enseñó y le ofrezco la mano—. Gracias.

—De nada. —Nos estrechamos la mano y él se da la vuelta para irse, pero se detiene en la puerta—. Sé que tu primer impulso es luchar, y es un rasgo admirable, pero esta vez tienes que rendirte.

Diez minutos después, papá me encuentra en el mismo sitio, tirado en el suelo. Empiezo a darme cuenta de la gravedad del asunto.

—¿Reed? —pregunta con suavidad.

Alzo mi afligida mirada hacia él. Papá y yo tenemos la misma complexión. Peso un poco más que él porque hago muchas pesas, pero recuerdo que, cuando era pequeño, me llevaba a hombros y pensaba que siempre estaría seguro con él.

—¿Qué crees que debería hacer?

—No quiero que vayas a la cárcel, pero esto no es como ir a Las Vegas y poner unos cuantos millones sobre la mesa de los dados. Ir a juicio significa jugarnos tu vida.

Parece tan viejo, cansado y derrotado como yo me siento.

—No lo hice. —Y, por primera vez, me parece importante contárselo, que me crea.

—Lo sé. Sé que nunca le habrías hecho daño. —Esboza una media sonrisa—. Por mucho que lo hubiese merecido.

—Sí. —Me meto las manos en los bolsillos—. Quiero hablar con Ella. ¿Crees que Steve pondrá alguna pega? —Si tengo poco tiempo quiero, pasarlo con la gente que más me importa.

—Haré que eso sea posible. —Coge el móvil de la chaqueta de su traje—. ¿Quieres hablar con tus hermanos? No tienes por qué hacerlo. Al menos, no hasta que tomes una decisión.

—Merecen saberlo, pero solo quiero contarlo una vez, así que esperaré hasta que venga Ella.

Nos dirigimos al vestíbulo y, al poner el pie en el primer escalón, un pensamiento me viene a la cabeza.

—¿Vas a contarle a Steve todo este lío? —pregunto, y señalo con la mano el salón, en el que Grier acaba de lanzarme la bomba.

Papá niega con la cabeza.

—Esa información es exclusiva para los Royal. —Me vuelve a ofrecer una media sonrisa—. Por eso Ella tiene que estar aquí.

—Cierto. —Subo las escaleras de dos en dos y le mando un mensaje a Ella cuando llego arriba.

«Mi padre conseguirá q vengas».

«En serio? :) Parece q estoy bajo arresto domiciliario. No me quejo, pero Steve dijo q esta *suite* d hotel era dmasiado pqueña. Pensé q estaba loco, pro, tras estar aquí 3 semanas, esto parece 1 caja d cerillas.»

Me pregunto lo grande que es una celda.

«Te entiendo», respondo.

Empiezo a darle vueltas en la cabeza al acuerdo con la fiscalía para declararme culpable. Si acepto, me meterán en una habitación de hormigón y me permaneceré allí cinco años. Casi dos mil días. ¿Puedo hacerlo? ¿Sobreviviría?

El corazón me late tan rápido que me pregunto si voy a sufrir un ataque.

Obligo a mis dedos a teclear una respuesta en el móvil.

«Cuándo t dejarán volver al ático?».

«Espero q pronto. G quiere q busque pruebas dl chantaje. Crees q debo hacerlo?».

«Sí. Si no es obvio».

Mierda, quiero liberar a mi familia de las garras de Dinah y Brooke. Librarme de la acusación de asesinato es un paso hacia ello. Podría luchar, pero ¿qué sentido tiene? Grier dice que estoy en una situación desesperada.

No quiero arrastrar a mi familia a un juicio. No me gustaría presenciar un desfile de testigos que hablen sobre el problema de Easton con las apuestas, la bebida y las drogas, la vida privada de los gemelos, ni que cuenten historias tergiversadas sobre Gideon y Dinah o sobre papá, Brooke y yo. Además, también está el pasado de Ella. No necesita que ensucien su nombre de nuevo.

Nuestra familia ya ha sufrido bastante. Los fiscales airearán detalles de la muerte de mamá si voy a juicio. Todo cuanto hemos intentado mantener oculto con todas nuestras fuerzas saldrá a la luz.

Tengo la capacidad de evitar que eso ocurra. El precio por conseguir que esos secretos sigan ocultos es una parte de mi libertad. Y no es mucho tiempo. Cinco años. «Cinco si tenemos suerte». Puedo vivir con ello, solo es una fracción del resto de mi vida. No es nada comparado con el trauma que un juicio supondría para mi familia.

Nada.

Sí, he tomado una decisión. Es la correcta, sé que lo es.

Ahora solo tengo que convencer a Ella y a mis hermanos.

Ella llega al cabo de una hora. Cuando cruza la entrada, la presión que siento en el corazón parece reducirse. Apenas tengo tiempo de prepararme antes de que se abalance sobre mí. Me da un beso largo y sensual y se separa.

—Dios, pareces un cubito de hielo. —Me pellizca el brazo desnudo—. Ponte algo de ropa.

—Pensaba que te gustaba que fuera desnudo —replico, y me obligo a suavizar el tono—. Creo que una vez dijiste que era un crimen que llevase camisetas.

Ella arruga la nariz, pero no lo niega.

—¿Qué crees que le ha dicho Callum a Steve? Me ha dicho que podía venir y ni siquiera ha protestado. A lo mejor ha entrado en razón.

Esboza una alegre sonrisa, pensando que tengo buenas noticias para ella. No se lo quiero decir, pero no tengo otra opción. También se trata de su futuro.

—Venga. —La cojo de la mano y la arrastro por las escaleras—. Vamos a tu habitación.

Paso junto a las habitaciones de mis hermanos. Llamo a sus puertas y grito: «Ella ha llegado». Eso basta para que salgan de sus cuartos al instante.

—¡Hermanita!

Siento punzadas de celos en el estómago al ver como Easton abraza a Ella antes de pasársela a Sawyer y Seb. Pero la cercanía que hay entre ellos es algo bueno, sobre todo para East.

Me doy la vuelta y me dirijo a la habitación de Ella mientras me obligo a aplacar los sentimientos negativos. Se necesitarán cuando yo no esté aquí. No puedo enfadarme por ello.

Soy yo quien se buscó esto cuando decidí acostarme con Brooke. Luego, tomé una estúpida decisión tras otra. El juego de «¿Y si...?» seguramente me vuelva loco en la cárcel. ¿Y si hubiese ido a cenar con mi familia a Washington D. C.? ¿Y si no hubiera respondido la llamada de Brooke? ¿Y si no hubiese pensado que podría razonar con Brooke y hubiera pasado de ir?

Mi estúpido orgullo me ha puesto en esta situación.

Espero a que todos entren antes de empezar.

—Quería contaros las novedades sobre el caso.

Mis hermanos se ponen alerta. Sé que están deseando saber más. Ella, en cambio, frunce el ceño profundamente y me mira.

—¿Es sobre...? —Su voz se apaga. Echa un vistazo a mis hermanos y luego fija la vista de nuevo en mí. Es evidente que no está segura de si les he contado o no lo del acuerdo.

Asiento.

—Sí. Y hay más.

Explico despacio lo de las declaraciones que he leído tantas veces que me las sé de memoria. Les cuento solo lo importante y no menciono lo de Easton ni la relación de los gemelos con Lauren; me centro en la mierda que la policía ha reunido en mi contra y acabo con la declaración de Ruby Myers.

Ella palidece más a cada minuto que pasa.

—No son más que putas mentiras —declara East cuando termino.

—Si Brooke estuviera viva todavía, la mataría yo misma —murmura Ella de forma amenazadora.

—No digas eso —la reprendo.

—Deberíamos hacer nuestras propias declaraciones —sugiere.

—Sí —asiente Easton—. Porque toda esa mierda que ha contado la camarera nunca sucedió.

Seb y Sawyer están de acuerdo y prometen que también testificarán. Me doy cuenta de que tengo que detenerlos antes de que se me vaya de las manos.

—Voy a aceptar el acuerdo y a declararme culpable —anuncio.

Easton abre la boca y suelta:

—¡Qué coño...!

Él y los gemelos me miran como si me hubiese vuelto loco, pero yo no puedo apartar los ojos de Ella y su expresión de terror.

—No puedes hacerlo —protesta—. ¿Qué pasa con el trato con Delacorte?

East se mantiene alerta.

—¿De qué hablas?

Ella empieza a hablar antes de que pueda evitarlo.

—El juez Delacorte ofreció deshacerse de algunas pruebas si yo accedía a decir que lo de que me drogó era mentira para que Daniel volviera de la cárcel militar. —Se cruza de brazos—. Yo digo que aceptes.

—Sí. —Seb se muestra de acuerdo.

Sawyer asiente entusiasmado.

—No pasará. Nunca. —Fulmino con la mirada a mis hermanos hasta que bajan la vista al suelo. En sus ojos hay un atisbo de esperanza.

Ella levanta las manos como si fuese una balanza de la justicia.

—Que vayas a la cárcel durante veinte años o convivir con Daniel. —Deja caer la mano izquierda y me lanza una mirada llena de rabia—. Acepta el trato de Delacorte.

—Aunque me pareciese bien, que no es así, hay demasiadas pruebas de las que tendría que deshacerse. El trato con Delacorte ya no es posible —replico entre dientes—. No tienen a nadie más a quien acusar. Grier dice que, según ellos, tenía un móvil, los medios y la oportunidad, y solo necesitan eso para condenarme por un crimen.

—No te declararás culpable, Reed —dice con severidad.

Trago saliva con fuerza. Después la miro a los ojos y contesto:

—Sí que lo haré.

Capítulo 27

Ella

Ahora mismo estoy hecha un lío. Odio a Reed por creer que me parecería bien que aceptara declararse culpable, pero lo amo por desear que todo este caos desaparezca. Sé que por eso no quiere luchar. Ha decidido que no va a mancillar el buen nombre de su familia.

Lo entiendo, pero lo odio.

—Que conste que no acepto este plan —anuncia Easton a todos los que estamos en la habitación.

—Eso —añaden los gemelos al unísono.

Reed asiente hacia ellos.

—Lo sé, pero pasará queráis o no.

Siento un nudo de amargura en la garganta. Bueno, supongo que ese es el decreto Royal. Y que le den a lo que opinen los demás, ¿verdad?

Alguien golpea ligeramente el marco de la puerta y todos giramos la cabeza.

—¿Va todo bien por aquí? —pregunta Callum con una extraña suavidad.

Nadie habla, y él suspira.

—Supongo que Reed os ha contado lo de la declaración.

Easton frunce el ceño y mira a su padre.

—¿A ti te parece bien?

—No, pero es decisión de tu hermano y lo apoyaré, pase lo que pase —replica. Sus ojos severos nos insinúan que todos deberíamos hacer lo mismo.

—¿Puedo quedarme un momento a solas con Reed? —pregunto con firmeza.

Al principio nadie se mueve, pero entonces aprecian mi expresión. No sé exactamente qué ven, pero de repente reaccionan.

—Venga, chicos, bajemos a la cocina y busquemos algo para cenar —dice Callum a sus hijos. Antes de irse me mira—. Ella, ya he hablado con Steve para que te deje pasar la noche aquí. He mandado a Durand a tu hotel para que recoja tu uniforme.

—¿Y le ha parecido bien? —suelto, sorprendida.

—No le he dado muchas opciones. —Callum esboza una sonrisilla irónica. Después, sale de la habitación y cierra la puerta.

En cuanto me quedo a solas con Reed, me resulta imposible contener mi ira.

—¡Esto es de locos! ¡Tú no la has matado! ¿Por qué dirías que lo has hecho?

Él se sienta a mi lado lentamente.

—Es la mejor opción, nena. Cinco años en la cárcel no es el fin del mundo. La alternativa es estar encerrado el resto de mi vida, y eso *sí* sería el fin del mundo. No puedo jugármela.

—Pero eres inocente. Puedes ir a juicio y...

—Perder —acaba él con una voz inexpresiva—. Perderé.

—Eso no lo sabes.

—La declaración de Ruby Myers me perjudica demasiado. Contará al jurado que amenace a Brooke con matarla. —Parece frustrado—. No sé por qué esa mujer miente sobre mí, pero su declaración me meterá entre rejas.

—Entonces, demostremos que miente —respondo, desesperada.

—¿Cómo? —susurra en voz baja, derrotado—. Ha firmado una declaración jurada. —Reed me toma la mano y la aprieta—. Voy a aceptar el acuerdo, Ella. Sé que no quieres, pero necesito que me apoyes.

«Nunca», pienso para mis adentros, pero solo consigo emitir un débil gemido.

—No quiero perderte.

—No lo harás. Solo son cinco años. El tiempo vuela, si no, ya verás. —De repente vacila y se pasa una mano por su pelo oscuro—. A menos que...

Entrecierro los ojos.

—¿A menos que qué?

—A menos que hayas cambiado de opinión acerca de esperarme —concluye con tristeza.

Lo miro boquiabierta.

—¿Bromeas?

—No te culparía. —Me aprieta los dedos entre los suyos—. Y no espero que lo hagas, tampoco. Si quieres que rompamos lo enten...

Lo interrumpo con un beso furioso cargado de incredulidad.

—No pienso romper contigo —susurro, enfadada—. Así que borra ese pensamiento de tu estúpida cabeza, Reed Royal.

En lugar de responderme, me atrae hacia él y me cubre la boca con la suya. Su gran cuerpo me empuja hacia la cama mientras me besa con tanta pasión que me deja sin aire. Sus manos se cuelan dentro de mis pantalones; yo estoy ocupada quitándole la camiseta. Separa los labios de los míos durante un instante cuando se la saco por la cabeza, pero enseguida vuelve a besarme. Coloca una mano entre mis piernas y mezo la parte inferior de mi cuerpo contra su dura y larga erección.

Nos tiramos encima del colchón y su cuerpo presiona el mío. Me quito la camiseta. Me abre las piernas con un muslo al tiempo que se lleva mis pechos a la boca y se entrega con devoción a mis pezones. Un pequeño tirón de sus dientes consigue que me arquee y grite su nombre.

—Reed, por favor.

Continúa su camino hacia abajo, lamiendo, y entonces esa exquisita presión desaparece y me da un tipo de beso distinto, uno que me enloquece de deseo hasta que me rompo en mil pedazos. A continuación, se coloca de rodillas y coge un preservativo de la mesita de noche. Estoy tan aturdida que ni siquiera había pensado en eso, pero él sí. Reed no es un chico destructivo. Nunca ha destruido nada ni a nadie en su vida. Siempre ha sido una persona protectora, incluso en este momento en el que pelea contra su propio deseo por mantener el control.

Estiro el brazo y lo guío entre mis piernas. Introduce la ancha corona en mi cuerpo, pero esta vez no hay dolor. Tiene la frente y el cuerpo cubiertos en sudor y tiembla mientras se esfuerza por dejar que yo marque el ritmo. Despacio, con ternura y desesperación, me penetra una y otra vez hasta que la fricción aumenta y crea una bomba de placer que estalla de nuevo.

Después, entierra la cabeza en mi cuello.

—Te quiero, nena. Te quiero muchísimo.

—Yo también te quiero.

Me alegra que no me mire, porque no puedo evitar que las lágrimas se agolpen en mis ojos. Lo acerco a mí con fuerza y lo abrazo como si pudiese mantenerlo aquí, a salvo para siempre.

Me despierta un par de veces más a lo largo de la noche para decirme con sus manos, boca y cuerpo lo mucho que me quiere, cuánto me necesita y que no puede vivir sin mí. Yo le respondo de la misma forma hasta que ambos estamos demasiado exhaustos como para mantener los ojos abiertos.

Llega un punto en que ya no sé si creemos lo que decimos. Somos un enredo de emociones salvajes y desesperación que intenta encontrar la paz a través de nuestros cuerpos. No importa cuánto nos esforcemos por olvidarlo; no podemos.

Reed irá a la cárcel, y yo siento que voy a morir.

Por la mañana, Easton y Reed me llevan al colegio. Apenas muestro interés durante el entrenamiento del equipo de baile porque casi toda mi atención se dirige al otro lado del gimnasio, donde los jugadores de fútbol americano hacen pesas. Clavo los ojos en la espalda de Reed hasta que Jordan me echa la bronca.

—Sé que el criminal de tu novio está allí, pero ¿podrías prestar atención al equipo de baile durante un mísero segundo?

—No sé ni siquiera qué hago aquí —contesto a gritos—. Layla ya no está lesionada. —Señalo a la chica de último año que se rodea el tobillo con esparadrapo.

Jordan frunce los labios y se lleva las manos a su diminuta cintura.

—Accediste a unirte al equipo, no a quedarte un fin de semana para ir a un partido fuera de casa.

—¡Tu equipo me importa una mierda!

Un grupo de chicas detrás de mí jadea y me arrepiento al instante de haber perdido los nervios. La verdad es que *sí* me importa el equipo. Puede que todo empezara como un pacto con el diablo, pero me encantó bailar en el partido fuera de casa. Incluso estoy dispuesta a soportar a Jordan si eso significa hacer lo que más me gusta.

Sin embargo, es demasiado tarde. Mi ataque hace que los ojos de Jordan echen chispas.

—Entonces lárgate —ordena, y señala con el brazo en dirección a los vestuarios—. Estás oficialmente fuera del equipo.

—Me parece bien.

Siento que la mentira me quema la garganta al decirla en voz alta, pero no pienso dejar que Jordan vea que estoy destrozada, así que cojo la botella de agua y cruzo el gimnasio.

Solo permito que mis emociones salgan a la superficie al entrar en los vestuarios. Las lágrimas se arremolinan en mis ojos. Quiero pegarme por haber arremetido contra Jordan y el equipo. Por lo general, se merece que la pongan en su sitio, pero no en lo referente al equipo de baile. De hecho, no es una mala capitana y, por lo que he visto, solo hace lo mejor para el grupo. Gritarle ha sido un error. Ahora no habrá manera de que me deje volver.

Reed se encuentra conmigo en mi taquilla antes de ir a clase y escudriña mi cara con una mirada penetrante.

—¿Qué ha pasado en el entrenamiento? ¿Te ha dicho algo Jordan?

Está alterado y dispuesto a defenderme. Le doy unas débiles palmaditas en los bíceps para indicar que puede estar tranquilo.

—No, he sido yo —admito—. Me he desahogado con ella y me ha echado del equipo.

Reed suspira.

—Oh, nena, lo siento.

—Da igual —miento de nuevo—. No tiene mucha importancia. De todos modos, se suponía que solo iba a bailar con ellas una sola vez.

Cojo los libros y cierro la taquilla.

—De acuerdo. —Pasa una mano por mi pelo y me rodea el cuello con los dedos—. ¿Nos vemos a la hora del almuerzo?

—Sí. Te guardaré un sitio. O podemos compartir uno; me sentaré en tu regazo.

Reed se inclina y me besa con tanta pasión que me hace olvidar la pelea con Jordan, que no debemos tener contacto físico en el colegio y mis preocupaciones sobre el futuro. Puede que incluso haya olvidado mi nombre durante unos segundos.

Cuando por fin separa su boca de la mía, tengo los ojos vidriosos y me tiembla todo el cuerpo. Me doy cuenta entonces de que las campanas que suenan en mi cabeza son las del timbre del colegio. Las clases están a punto de empezar.

—Estás preciosa ahora mismo. —Se inclina hacia adelante y me susurra al oído—: He oído que las visitas íntimas en la cárcel tienen mucho morbo.

Toda mi felicidad se desvanece al instante.

—No digas cosas así.

De repente, se pone serio.

—Lo siento, pero...

—Deberías sentirlo.

—... si no puedo bromear sobre ello, lo más probable es que me ponga a llorar, y eso no es una opción.

Parece tan miserable que me siento mal por echarle la bronca. Dios. Esta mañana estoy que salto a la más mínima. Pero es que me niego a aceptar que Reed irá a la cárcel. No puedo dejar que eso suceda.

No *puedo*.

Como no tengo entrenamiento de baile después de clase, soy libre para actuar en lo que yo llamo la Operación Justicia. Pido a Val que me acompañe, no solo porque necesito su ayuda, sino porque espero que, cuando estemos a solas en el coche, me cuente qué está pasando entre ella y Wade. Sé que quedaron para hablar, pero no me ha dado detalles.

—Entonces, ¿cómo fue la charla con Wade? —pregunto mientras salimos del aparcamiento del colegio.

—Fascinante.

Su tono de voz no presagia nada bueno. Ladeo la cabeza y estudio su perfil.

—No tengo claro si lo has dicho con sarcasmo o no.

—Sí y no. —Suspira—. Todas las cosas que dijo fueron correctas, pero no sé si...

—¿Si lo crees? —termino la frase.

—Sí. O si estoy dispuesta a tener algo con él. De si quiero tener una relación.

—¿Es porque todavía sigues enamorada de Tam?

—No, creo que ya lo he superado. Pero no estoy segura de querer estar... *debajo* de Wade.

Las dos nos reímos.

—¿Quieres que no haga más preguntas? Porque si es así, me callaré. Pero si quieres hablar, estoy dispuesta a escucharte.

Pensar en los problemas de Val me aleja de los míos.

—No, no quiero que dejes de preguntarme. No creo que Wade y yo estemos ahora mismo en él estado mental idóneo para hacernos bien el uno al otro. Él es divertido y todo eso, pero *solo* quiere pasárselo bien. No puedo llegar a ninguna parte con él —explica con una leve sonrisa. Esta vez me mira, así que veo su expresión divertida.

—Creo que Wade esconde su verdadera personalidad y que tiene miedo a mostrarla —sugiero.

—Puede —responde, dubitativa.

—¿Irás al Baile de Invierno con él? Reed me ha dicho que te lo ha pedido.

Ella hace una mueca.

—No, me quedaré en casa. Odio el Baile de Invierno.

—¿Tan malo es? Todos los de Astor piensan que es lo mejor del mundo.

—Estamos en el sur de Estados Unidos. Toda ocasión que te permita arreglarte y pasearte es motivo de celebración.

—¿Para ti no?

—No. Odio esas cosas. ¿Steve te dejará ir con Reed?

—Eh... lo dudo. No he hablado con él al respecto, pero no creo que le parezca bien. Además, ni siquiera tengo vestido. No me dijiste que necesitaría uno.

Ambas compartimos una sonrisa. Cuando nos conocimos, Val me dijo que necesitaría vestidos para cada evento, desde bodas hasta funerales, pero no para un baile escolar.

—Tendrás que ocuparte de ello —dice.

—Mmm.

Ese es todo el entusiasmo que demuestro. Bailar, los vestidos y las fiestas no me interesan ahora mismo, no hasta que encuentre pruebas para sacar a Reed de este embrollo. No pienso permitir que un chico inocente vaya a la cárcel. Puede que al resto de los Royal le parezca bien, pero a mí no.

Diez minutos más tarde, detengo el coche junto a la acera, delante de un edificio no muy alto. Apago el motor y miro a Val.

—¿Preparada?

—Recuérdame otra vez por qué estamos aquí.

—Necesito hablar con alguien.

—¿Y no puedes llamar?

—No creo que conteste a mis llamadas —admito, y fijo mi atención en la calle, a través de la ventanilla.

Todas las declaraciones de las que nos ha hablado Reed son ciertas o, al menos, recogen una parte de la verdad, pero insiste en que esta no. Además, ninguno de nosotros recuerda haber visto a esta camarera en el piso de arriba. Así que decidí buscarla. Quiero que me mienta a la cara.

—Este sitio me da mala espina —observa Val mientras se inclina sobre el cambio de marchas para mirar el edificio de apartamentos a través de mi ventanilla.

Tiene razón. Todos los edificios parecen desgastados y antiguos, la acera de cemento está resquebrajada y abollada, y los hierbajos crecen sobre la tela metálica que rodea el aparcamiento que hay entre los edificios. Sin embargo, yo he vivido en condiciones mucho peores.

—¿Crees que deberíamos llamar a la puerta o esperamos a que salga? —pregunto.

—¿Sabes cómo es físicamente?

—Sí, es una camarera que vino a casa una vez. La reconocería si la viese.

—Entonces esperemos. Si no contesta al teléfono, no creo que te abra la puerta.

—Tienes razón.

Mis dedos repiquetean sobre el volante. Estoy impaciente.

—¿Alguna vez has pensado que Reed es culpable? —pregunta Val en voz baja al cabo de unos pocos minutos.

—Sí, lo he pensado. —Lo pienso todo el tiempo.

—¿Y?

—No me importa. —Quiero ser clara con Val sobre este tema, así que abandono mi vigilancia durante un segundo—. No creo que lo hiciera, pero si fue un accidente y, durante la pelea, ella se cayó y se golpeó la cabeza, entonces no veo por qué Reed debería ser castigado por ello. Quizá eso me convierta en una persona terrible, pero lo apoyo.

Val sonríe y me cubre la mano con la suya.

—Solo para que lo sepas: yo también.

—Gracias. —Le doy un apretón y me giro hacia la ventana justo a tiempo para ver que la puerta del apartamento 5B se abre—. ¡Ahí está!

Salgo precipitadamente del coche y casi me doy un cabezazo contra la acera por las prisas.

—Señora Myers —la llamo.

La mujer bajita de pelo oscuro se detiene tras la tela metálica.

—¿Sí?

—Soy Ella Harper. —Me alivia ver que no me reconoce. Me aliso la americana (una que he arruinado al arrancar la insignia del Astor Park con la esperanza de que me hiciese parecer una periodista)—. Soy periodista. Trabajo en *The Bayview News*. ¿Tiene un minuto?

De repente, su cara muestra un aspecto serio.

—No. Estoy ocupada.

Ella se da la vuelta, pero yo grito su nombre.

—Ruby Myers, me gustaría preguntarle varias cosas acerca de la declaración que dio sobre el asesinato de Brooke Davidson.

Solo le veo el perfil cara, pero está pálida y parece afectada. Siento que la sospecha se apodera de mí.

—No... no tengo nada que decir —tartamudea.

A continuación, agacha la cabeza y se apresura a llegar a su coche, aparcado a tres espacios de distancia.

Observo cómo se monta y sale rápidamente del aparcamiento.

—¿Lo has visto? —pregunta Val.

Me giro y la veo a mi lado.

—¿Qué? ¿Que soy una detective horrible? —Quiero dar una patada en el suelo como si fuera un niño malcriado—. Ni siquiera he podido sonsacarle una respuesta.

—No. ¿Has visto su coche?

—Dios, ¿tú también? Reed no para de meterse conmigo por no diferenciar una camioneta de un coche. ¿Era una furgoneta?

—Era un Lincoln Navigator que cuesta sesenta mil de los grandes. Todavía conservaba el brillo del concesionario, así que es nuevo. Me habías dicho que era camarera, ¿no? ¿Crees que acaba de encontrar un montón de dinero?

—¿Piensas que alguien le ha pagado por mentir sobre Reed?

—Puede.

Le doy vueltas a la idea durante un momento y, después, siseo entre dientes.

—Solo hay una persona que tiene algo que ganar si acusan a Reed.

—¿Quién?

Miro a Val a los ojos.

—Mi madrastra.

Capítulo 28

Ella

Después de dejar a Val en casa me apresuro a volver al hotel. Tardo dos segundos en encontrar a Dinah, que está tumbada en el sofá cuando irrumpo en la habitación. Tiene los ojos vidriosos y el pelo ligeramente alborotado.

—¿Dónde está Steve? —pregunto, y echo un vistazo a mi alrededor. Si voy a enfrentarme a ella y a acusarla de haber pagado a Ruby Myers no quiero que haya público. Steve se mostraría hostil con ella y Dinah cerraría el pico.

Dinah levanta un hombro y su corto camisón se desliza hacia abajo por su esbelto brazo.

—¿Quién sabe? Lo más probable es que con una prostituta de dieciséis años en el muelle. Ya sabes que le gustan jóvenes. Me sorprende que no haya reptado hasta tu cama todavía.

Sus palabras me repugnan tanto que siento un nudo en la garganta.

—¿Haces algo aparte de estar sentada todo el día?

—Claro que sí. Hago la compra, voy al gimnasio. A veces me tiro a tu hermanastro, a Gideon —dice entre risas, borracha.

Me acerco al sofá con los brazos cruzados, pero una parte de mí vacila. Mi plan era llegar y enfrentarme a ella, pero no sé ni por dónde empezar. ¿Cómo podría haber sobornado a Myers? Con dinero en efectivo, ¿verdad? Me pregunto si Steve me dejaría ver sus extractos bancarios. ¿O acaso Dinah siempre va con un fajo de dinero encima?

En lugar de acusarla de entrada, decido utilizar otra estrategia. La gente ebria está más desinhibida. A lo mejor puedo aprovecharme y sacarle algo de información sin que se dé cuenta, así que me siento en el extremo opuesto del sofá y espero a que diga algo más.

—¿Cómo ha ido el entrenamiento del equipo de baile? No pareces muy sudada.

Me encojo de hombros.

—Eso es porque lo he dejado.

—¡Ja! —exclama demasiado alto. Me señala con un dedo tembloroso—. Le dije a Steve que te habías unido al equipo para acostarte con tu novio.

Me vuelvo a encoger de hombros.

—¿A ti qué te importa lo que haga con Reed?

—Nada, solo que disfruto haciendo la vida imposible a los Royal. Tu infelicidad es un pequeño extra especial.

—Qué buena persona —contesto sarcásticamente.

—Las buenas personas no llegan a ninguna parte —espeta.

Sin embargo, su expresión se desmorona y, por primera vez desde que he entrado, me doy cuenta de que, además de oler como una destilería, tiene los ojos rojos.

—¿Estás bien? —pregunto, incómoda.

—No, no estoy bien —gruñe Dinah, aunque esta vez su voz tiembla un poco—. Echo de menos a Brooke. La echo de menos de verdad. ¿Por qué tenía que ser tan codiciosa y estúpida?

Intento ocultar mi sorpresa. ¡No puedo creer que sea ella la que saque el tema! Vale, esto es perfecto. Meto la mano en el bolsillo a escondidas y trasteo con el teléfono. ¿Tengo una aplicación para grabar? ¿Puedo hacer que Dinah admita algo que la incrimine?

—¿A qué te refieres?

De repente, tiene una mirada distraída.

—Ella dijo que tú eras como nosotras. ¿Lo eres?

—No —suelto sin querer, y me arrepiento de inmediato. Mierda. Debería haber dicho que sí.

Pero Dinah parece demasiado ensimismada como para darse cuenta de que he dicho que no.

—Ten cuidado con los Royal. Te acogerán y, luego, te apuñalarán por la espalda.

Esta vez, elijo mis palabras con más cuidado.

—¿Y eso?

—Es lo que me pasó a mí.

«¿Antes o después de que te acostases con Gideon? ¿Antes o después de que decidieses destruirlos?», pienso para mis adentros.

—¿Qué te ocurrió? —pregunto.

Juguetea con uno de los pesados pedruscos que tiene en los dedos.

—Conocía a Maria Royal. Era la reina de Bayview, y todos la querían, pero nadie veía lo infeliz que era. Excepto yo.

Frunzo el ceño. ¿A qué se refiere?

—Le dije que sabía de dónde venía y lo sola que una se puede sentir cuando no ha nacido en este círculo. Fui amable con ella —murmura Dinah—. Pero ¿crees que lo agradeció?

—¿No?

—No, claro que no. —Da un manotazo a la mesita de café y yo me estremezco, sorprendida—. Los Royal son como la manzana del cuento de hadas, perfecta por fuera pero podrida por dentro. Maria no provenía de una familia adinerada. Era una pobretona del muelle que se abrió de piernas en el momento adecuado con el hombre adecuado, Callum Royal. Cuando se quedó embarazada, él tuvo que casarse con ella. Pero ella no estaba satisfecha con la devoción de Callum. Siempre quería más, y pobre de la mujer que se interpusiera en su camino hacia la dominación absoluta de los hombres de su círculo. Era una zorra manipuladora a la que le gustaba jugar a dos bandas. Con las mujeres, era cruel y vengativa, y las desprestigiaba constantemente. En cambio, para los hombres solo tenía buenas palabras y elogios.

Vaya… Este es un lado de Maria Royal del que nunca había oído hablar. Reed y sus hermanos la recuerdan como una santa. De pronto, recuerdo uno de los comentarios que me hizo Steve cuando me sacó del colegio: «Nadie es un santo».

Por otra parte, Dinah no es precisamente una persona de fiar y lo más seguro es que haya sobornado a alguien para que Reed vaya a la cárcel. Sería una estúpida si creyese algo de lo que dice.

Además, aunque Maria hubiese sido una zorra, la obsesión de Dinah con los Royal sigue sin tener sentido.

—¿Brooke y tú se la teníais jurada a los Royal porque Maria fue borde contigo una vez? —pregunto con incredulidad.

Ella suspira profundamente.

—No, cielo. Maria Royal representa a todas las zorras ricas que se mueven en este círculo. Ya te has encontrado a ese tipo de chicas en el colegio. Las que creen que su mierda no apesta.

Como Jordan Carrington. Supongo que, en cierto modo, el monólogo de Dinah no es una completa locura. La diferencia entre nosotras es que a mí no me importa Jordan lo más mínimo, pero es evidente que a Dinah sí le importaba la opinión de Maria.

—Una vez intenté acercarme a ella, pero me atacó. Me llamó puta y dijo que yo no era como ella.

—Lo siento.

No lo digo con bastante sinceridad, porque Dinah empieza a llorar. Unas lágrimas enormes le empiezan a caer por la cara cuando solloza:

—No, no lo sientes. Tú no lo entiendes. Todavía crees que los Royal son maravillosos. La única que me entendía era Brooke, y ahora está muerta. Está muerta.

Esa es la entrada perfecta, así que me lanzo a la piscina.

—¿Mataste a Brooke porque ella intentaba hacerse con tu trozo del pastel?

—No, joder, yo no la maté. —La ira tiñe las palabras de Dinah—. Fue tu adorado Reed quien lo hizo.

—No es verdad —replico entre dientes.

—Sí, tú sigue diciéndote eso a ti misma, cielo.

La miro directamente a la cara; tiene una expresión socarrona.

—¿Pagaste a Ruby Myers para que dijera que Reed amenazó con matar a Brooke? ¿Lo hiciste?

Dinah esboza una sonrisa fría e inexpresiva.

—¿Y qué más da si lo hice? ¿Cómo lo probarás?

—Sus registros financieros. Los investigadores de Callum descubrirán la verdad.

—¿Tú crees? —Suelta una risa corta y furiosa y me coge de la barbilla—. Los recursos de los Royal no comprarán la libertad de Reed. Haré todo lo que esté en mi mano para ver a ese puto asesino en la cárcel, aunque sea lo último que haga.

Me libero de ella un manotazo y me alejo del sofá.

—¡No harás que Reed cargue con la culpa! —escupo—. Demostraré que has sobornado a Ruby Myers, y quizá también que mataste a Brooke.

—Adelante, princesa. No encontrarás nada en mi contra. —Se termina la copa y la rellena.

Me da asco ver su horrible cara, con esa expresión de superioridad, así que me dirijo a mi habitación y doy un portazo.

Llamo a Reed en cuanto estoy lo bastante calmada como para sujetar el teléfono sin que se me caiga de las manos.

—¿Qué tal? —pregunta.

—He ido a casa de Ruby Myers y...

—¿¡*Qué!?* —grita, tan alto que tengo que alejar el móvil de la oreja—. ¿Estás de coña? ¿Qué intentas? ¿Conseguir que te maten?

—Ambos sabemos que su declaración es falsa —replico. Después, bajo el tono de voz y susurro—: Dinah está metida en esto, hasta el fondo. Prácticamente ha admitido que ha sobornado a Myers.

—Maldita sea, Ella, no te metas en esto. Mi padre tiene investigadores que trabajan en el caso y no hemos obtenido nueva información. Si Dinah está involucrada, inmiscuirte solo servirá para que te hagan daño, y no pienso dejar que eso pase.

—No puedo quedarme de brazos cruzados.

Camino con pasos firmes hasta la ventana y abro las cortinas. Los empleados de la limpieza siempre las cierran por alguna estúpida razón.

Reed suspira.

—Mira, lo sé. Sé que es duro para ti, pero tienes que aceptar que esto es lo mejor para todos. Si me declaro culpable, todo habrá terminado. En lugar de un año de incertidumbre y varios más de recursos y de airear todos nuestros trapos sucios, acabaremos con esto de una vez por todas. —Baja la voz y añade—: No durará tanto.

Las lágrimas se agolpan en mis ojos.

—Pero esto no está bien. Y no quiero que te vayas ni siquiera un día.

—Lo sé, nena.

¿Seguro? Noto indiferencia en su voz, como si ya hubiera empezado a poner cierta distancia entre nosotros.

—Te quiero —digo, algo desesperada.

—Yo también te quiero —contesta. Tiene la voz ronca, baja y grave—. No peleemos. Intentemos dejar este tema a un lado y disfrutar del tiempo que me queda aquí. Todavía estamos juntos y volveré antes de que te des cuenta. —Se detiene un momento antes de asegurar—: Todo irá bien.

Sin embargo, ya no lo creo.

Al día siguiente, intento actuar como si nada terrible sucediera en nuestras vidas, como si Reed no hubiera anunciado que pasará, como mínimo, cinco años en la cárcel. Como si mi corazón no se rompiese cada vez que lo miro.

Tiene razón en una cosa: si pasamos las cerca de cinco semanas que nos quedan obcecados en el horrible futuro que nos espera es como si su condena empezara hoy mismo.

Así que continúo con mi rutina en el colegio y actúo como si no pasase nada malo, pero, cuando suena la última campana, estoy cansada de fingir y lista para ir a casa.

Me encuentro en el aparcamiento cuando una voz aguda grita mi nombre. Me tenso al instante. Genial. Es Jordan.

—Tenemos que hablar —dice a unos diez metros.

Intento abrir el coche, pero llega a mi lado antes de que pueda escapar. Me giro con un suspiro.

—¿Qué quieres?

Un brillo maligno ilumina sus ojos.

—Que me devuelvas el favor.

Siento que todos los músculos de mi cuerpo se tensan como si fueran cuerdas. Mierda, tenía la esperanza de que se hubiera olvidado. Sin embargo, debería haber sabido que Jordan Carrington jamás olvida nada, sobre todo si le da ventaja.

—De acuerdo. —Finjo una sonrisa—. ¿A quién tengo que pegar con cinta adhesiva a la puerta del colegio?

Jordan pone los ojos en blanco.

—Como si fuese a dejar que una novata se encargara del trabajo sucio. —Sacude una de sus manos, con una manicura perfecta, y continúa—: De hecho, creo que incluso te gustará. Apenas requiere esfuerzo por tu parte.

Eso hace saltar todas mis alarmas, e insisto:

—¿Qué quieres?

Jordan esboza una sonrisa de oreja a oreja.

—A Reed Royal.

Capítulo 29

Ella

Tardo unos segundos en digerir las palabras de Jordan. Entonces, soy incapaz de reprimir una carcajada. ¿Quiere a Reed? Ajá, claro. Ni en sueños, zorra.

—No sé a qué te refieres, pero, sea como sea, Reed no está disponible —contesto alegremente—. Así que tendrás que pensar en otra cosa.

Ella levanta una ceja.

—Es eso o nada.

Yo sonrío.

—Entonces elijo nada.

Jordan se ríe al oír mi respuesta, o quizá de mí.

—Disculpa, ¿he dicho nada? Me refería a que si no cumples tu parte del trato, tu vida social se convertirá en «nada». Es decir, le contaré a tu padre que le mentiste acerca del equipo de baile para poder tirarte a tu novio en el hotel. Estoy bastante segura de que te castigará de por vida cuando se entere. —Pestañea—. O a lo mejor recoge todas sus cosas y os mudáis a otro estado. De hecho, puede que se lo recomiende. Incluso le daré algunos panfletos de algunos colegios muy buenos que hay en el norte.

Maldita sea. Seguro que Steve me obligaría a cambiarme de colegio. Si descubre que mentí sobre el partido y que pasé la noche con Reed, se pondrá hecho una fiera.

—Entonces —dice con una sonrisa—, ¿te comento los detalles?

—¿Qué quieres hacer con Reed? —pregunto entre dientes.

—Quiero que me lleve al Baile de Invierno.

Me quedo boquiabierta. ¿Habla en serio? Jordan pone los ojos en blanco ante mi sorpresa.

—¿Qué? Tampoco es que *tú* puedas ir con él, a menos que tu padre de repente esté de acuerdo con que salgas con un asesino.

240

La miro fijamente y entrecierro los ojos.

—¿Y qué hay de tu discursito sobre no querer estar con un asesino?

Ella se encoge de hombros.

—He cambiado de opinión.

—¿Sí? ¿Por qué? —murmuro.

—Porque Reed nunca ha sido más popular que ahora. —Sacude su oscuro y brillante pelo y se lo coloca detrás de los hombros—. Cuando lo detuvieron, su estatus social cayó en picado, pero ahora todas estas patéticas chicas no hacen otra cosa que hablar de él. Al contrario que a ti, que eres basura social, a mí la jerarquía me importa. —Vuelve a encogerse de hombros—. Así que quiero ir al baile con Reed. Ese es el favor.

Suelto una risa incrédula.

—¡No pienso prestarte a mi novio durante una noche!

Me mira con frustración.

—Es un trofeo, estúpida. ¿No lo pillas?

«¡Reed no es un trofeo!», quiero gritar. Es un ser humano. Es inteligente, atractivo y dulce cuando deja a un lado su fachada de chico duro. Y es *mío*. Esta chica está loca si piensa que aceptaré el trato.

Jordan suspira cuando ve mi expresión inamovible.

—Es más, ¿qué te parece si a eso le añado un puesto en el equipo de baile?

—¿Qué demonios significa eso?

—Significa que dejaré que regreses al equipo —replica, exasperada—. Joder, ¿acaso eres tonta? Ambas sabemos que no querías dejarlo. Te comportaste como una estúpida zorra sin razón, así que puedes volver si quieres.

Titubeo. Me lo pasé realmente bien en ese estúpido equipo.

—Y no te pediré ningún favor más —añade con una sonrisa demasiado brillante—. Solo quiero a Reed cogido de mi brazo en el Baile de Invierno.

¿*Solo* quiere eso? Dios, pide *tan* poco... Apoyo las manos en las caderas.

—¿Y después qué?

—¿A qué te refieres?

—¿Qué pasará después del baile? ¿Crees que va a ser tu novio o algo? Porque no será así.

Jordan resopla.

—¿Quién quiere un novio que estará en la cárcel durante el resto de su vida? Quiero ser la Reina del Copo de Nieve, nada más.

—¿Reina del Copo de Nieve? —repito, perpleja.

—Todos los que asisten al Baile del Invierno votan a un rey y una reina. Como en fin de curso. —Se recoloca el pelo tras los hombros—. Quiero ser reina.

Claro, cómo no.

—O sea, ya soy candidata, pero ir con Reed me asegurará el puesto. Un montón de gente ha dicho que lo votará porque les da pena.

Los chicos del Astor Park son raros de cojones. Observo su cara.

—¿Si acepto estaremos en paz?

—Así es —contesta.

Me trago mi irritación, abro la puerta del coche y me coloco en el asiento del conductor.

—¿Entonces qué? —Jordan espera a un lado del descapotable con expectación.

—Lo pensaré —suelto. Después, enciendo el motor para ahogar el sonido de su risa.

Reed

Al llegar a casa del entrenamiento, encuentro a Ella acurrucada en su cama; lleva puestos mis viejos pantalones de chándal y una camiseta minúscula. Me sorprende verla aquí.

—¿Sabe Steve que estás aquí? —pregunto con cautela.

Ella asiente.

—Le he dicho que necesitaba estudiar para un examen de Química con Easton. —El libro de Química está a su lado, pero no veo a mi hermano por ninguna parte.

Sonrío.

—¿Tienes que estudiar de verdad o es solo una excusa?

—No, es verdad —responde con pesar—. Pero ambos sabemos que el tonto de tu hermano no va a ayudarme. Pensé que si estudiaba aquí, al menos podría verte. Aunque Steve está abajo, así que no tenemos que hacer ruido.

Me acerco a la cama para darle un beso rápido.

—Deja que me ponga unos pantalones de chándal y te ayudaré. Di Química el año pasado, así que me acuerdo de todo.

Antes de que me meta en el baño, ella se levanta y dice:

—Espera. Tengo que contarte algo.

Recorro con la mirada su minúscula camiseta. Saber que solo me quedan unas pocas semanas a su lado hace que el fuego que siento en mi interior arda con más fuerza cada vez que poso los ojos en ella.

—¿Me lo puedes decir sin camiseta?

Ella sonríe.

—No.

—Vale, como quieras. —Me tiro sobre la cama, me tumbo de espaldas y cruzo los dedos sobre el abdomen—. ¿Qué pasa?

Ella se aclara la garganta.

—Tienes que llevar a Jordan al Baile de Invierno.

Me levanto con rapidez.

—¿Estás loca? —suelto, y la miro sorprendido—. Ni siquiera sabía que íbamos a ir. Pensé que haríamos otra cosa los dos solos. —Odio el Baile de Invierno.

—Creía que todo el mundo iba. —Ella me tira su móvil—. ¿Ves?

Lo cojo y miro el perfil de Instagram del Astor Park, lleno de fotos de la preparación del Baile de Invierno. El colegio está obsesionado con este acontecimiento y yo me alegro, porque eso aparta el foco de atención de Ella, de mis hermanos y del caso.

—Las chicas van porque es el evento social del semestre. Los chicos, para echar un polvo después del baile —digo sin rodeos.

—Qué bonito. Bueno, tú no tendrás que acostarte con Jordan. El trato es que la lleves al baile, nada más.

—¿Trato? —Pierdo la concentración porque la camiseta de Ella se levanta y vislumbro un poco de piel de su cintura.

—Por dejarme estar en el equipo de baile e ir al partido.

Ahogo un gruñido.

—¿Eso es lo que le prometiste? ¿Que la llevarías al Baile de Invierno?

—No, pero tengo que saldar mi deuda con ella.

—¿Por qué quiere ir conmigo? Pensaba que me odiaba.

—No creo que te odie. Tiene que ver con querer llamar la atención de una forma rara: tú vas con ella y ella te pasea como un perro con correa. Como si fueseis la Bella y la Bestia.

—Jordan es la Bestia, ¿verdad?

Ella me retuerce un pezón a modo de respuesta. Y, mierda, sí que duele.

—Oh, y quiere que la coronen Reina del Copo de Nieve o alguna mierda así —añade Ella—. Cree que si vas con ella, tendrá más posibilidades.

Cojo sus dedos y me los llevo a la boca.

—No quiero ir al baile con Jordan. Si voy, tú eres quien tiene que sujetar la correa.

—No soy una sujetacorreas.

Coloco su mano en la base de mi cuello.

—Soy tuyo. Todos la gente del Astor Park lo sabe.

Sus mejillas se tiñen de un rosa adorable.

—Yo también soy tuya, pero he hecho un trato.

—¿Por qué tienes que saldar tu deuda con ella? Nadie te obliga a hacerlo.

Me recorre la clavícula con los dedos y siento un hormigueo por la columna vertebral.

—Porque un trato es un rato. Siempre cumplo con mi palabra.

—Los pactos con el diablo no cuentan.

—Si no lo haces, le contará a Steve que mentí acerca del partido —admite Ella, y aleja la mano—. Y ha dicho que intentará convencerlo de que me mande a otro colegio. Quizá en otro estado.

Lo del colegio podría soportarlo, sobre todo porque no estaré por aquí a partir de enero. Pero ¿que se mude a otro estado? De ninguna manera. Eso significaría que ni siquiera podría visitarme. Además, mis hermanos la necesitan, y ella a ellos. Esta es su familia y no se merece que la separen de ella.

Por desgracia, puedo imaginarme a Steve haciendo algo tan drástico. Desde que mi padre le contó lo de la declaración, ha sido más permisivo y deja que Ella pase tiempo aquí, pero no quiere que salgamos juntos. Lo ha dejado más que claro. Si se enterara de que perdió la virginidad conmigo tras el partido, me mataría.

Se levanta y me pasa una pierna por la cintura.

—Tienes que hacerlo, Reed. Por favor.

Algo que he aprendido de Ella es que, si se empeña en algo, no hay nada que la haga cambiar de opinión. Es así de terca. Cumplirá su parte del trato con Jordan sin importar las consecuencias, y supongo que estas no son tan terribles.

La agarro de las caderas y la mantengo quieta.

—¿Hay algo más que deba saber sobre este trato? ¿Qué espera de mí?

Coge el móvil y comprueba sus mensajes.

—Ha dicho que deberías llevar puesto algo, pero no recuerdo qué.

—¿Has aceptado antes de preguntármelo? —inquiero, y alzo una ceja.

—No, te lo juro. Le he dicho que solo aceptaría si tú lo hacías.

Me coloca una mano en el pecho y mueve las caderas. Cierro los párpados, pero me oigo responder:

—Siempre llevamos esmoquin. ¿Qué diablos quiere que lleve? —Otro pensamiento asalta mi cabeza. Abro los ojos—. ¿Tú también irás o me dejarás a merced de Jordan?

—Oh, nunca te abandonaría de ese modo. He pensado en ir con Wade. Val no irá, así que puedo vigilarlo.

Eso sí que no. Este plan cada vez me gusta menos.

—Wade no puede mantener cerrada la bragueta —gruño.

—Lo sé. ¿Por qué crees que Val no asistirá?

—¿Entonces se supone que yo tengo que ir con el diablo hecho mujer y tú estarás con un chico cuya misión es tirarse a todas las chicas disponibles en la costa del Atlántico?

—Confía un poco más en tu amigo —me reprende Ella—. Sabe de sobra que no tiene que ligar conmigo.

—Más le vale —respondo, malhumorado.

Ella se inclina para besarme, pero se echa hacia atrás antes de que pueda meterle la lengua.

—¿Entonces lo harás?

—Sí, lo haré —gruño—. Aunque todavía me resulta imposible creer que te parezca bien que vaya a un baile con *Jordan*.

—Eh, al menos no es con Abby —refunfuña—. Puedo soportar que vayas con Jordan porque sé que la odias, pero me molestaría mucho que fueras con Abby.

—¿Porque es mi ex?

—Porque es tu ex.

—Pero es mi *ex*. Eso significa que no quiero volver a salir con ella y que no he querido hacerlo desde hace mucho tiempo; y tampoco pienso hacerlo en el futuro. Es ese tipo de ex.

Ella emite un sonido gutural.

—Más vale que así sea.

Se me escapa la risa.

—Me gusta la Ella celosa. —Entonces, se me ocurre otra cosa. El Baile de Invierno es en dos días y esta es la primera vez que saca el tema—. ¿Tienes vestido?

—¿No puedo comprar uno en el centro comercial?

—Oh, nena. Todavía no has aprendido la lección, ¿eh? —La levanto de mi miembro dolorido y la dejo a un lado de la cama. Me dirijo al armario y saco una sudadera para ella—. Póntela. Hablaremos con mi padre.

—¿Ahora mismo? Las tiendas están cerradas.

Permanece quieta, así que le paso la sudadera por la cabeza.

—El Baile de Invierno es como el baile de fin de curso con esteroides. Estas chicas gastan más dinero en sus vestidos que mucha gente en coches. —Le meto los brazos por las mangas y las doblo—. No quiero que lo pases mal esa noche.

—Joder, Val tenía razón. Tenéis un vestido especial para todo. Entonces, ¿dónde debería comprarlo, si no es en el centro comercial? ¿Sabes de algún sitio donde haya muchos, muchos vestidos rebajados?

—No, yo no, pero lo más seguro es que mi padre sí.

Lo encontramos con Steve en su estudio. Los dos hombres están inclinados sobre algunos papeles que parecen bocetos de aviones.

—¿Tenéis un minuto? —pregunto, y llamo a la puerta.

Steve me fulmina con la mirada al ver a Ella con mi ropa.

—No ha pasado nada —me siento obligado a murmurar—. Hablábamos sobre el Baile de Invierno y Ella me ha dicho que no tiene vestido.

—¿Vais a ir al Baile de Invierno juntos? —pregunta mi padre, y nos mira.

—De ninguna manera —responde Steve, claramente tenso.

Ella fulmina a su padre con la mirada.

—No iremos juntos. Reed llevará a Jordan Carrington y yo iré con Wade.

Steve se relaja de inmediato.

—De acuerdo.

No muestro mi desagrado al ver su evidente alivio.

—Bueno, en cualquier caso, Ella necesita un vestido —murmuro.

—¿Tan importante es? —exclama ella, exasperada—. Tengo vestidos.

—No sé —interviene mi padre despacio—, pero supervisé el baile hace varios años y recuerdo ver muchos vestidos de diseñador. Si Reed dice que necesitas un vestido, entonces supongo que tiene razón. —Se frota la barbilla y se vuelve hacia Steve—. Tú saliste con aquella mujer... Patty, Peggy...

—¿Perri Méndez? —dice él—. Sí, era la propietaria de Bayview Boutique.

—Todavía lo es. La vi en la cena de la Cámara de Comercio hace varias semanas. Veamos si puede hacer algo. —Mi padre le hace un gesto a Ella para que se acerque—. Siéntate y mira la página web de Perri. Busca un vestido que te guste y te lo compraremos.

Ella toma asiento.

—¿Qué tengo que buscar?

—Lo más elegante que encuentres —le recomiendo—. En este estado se celebran muchos concursos de belleza.

Usa el ratón y observa las fotos hasta detenerse en una página.

—Me gusta este.

No veo a cuál se refiere porque tapa la pantalla con la mano.

—Guarda la foto. Se la mandaré a Perri —le dice mi padre.

—Gracias.

—Te dije que él se encargaría —exclamo con una sonrisa.

Ella se levanta de la silla y ambos nos dirigimos a la puerta, pero la tensa voz de Steve nos detiene.

—¿Adónde vais?

—A mi habitación. No te preocupes, Easton ya está ahí —responde Ella. Sus pies ya atraviesan el umbral de la puerta.

Steve frunce el ceño.

—Dejad la puerta abierta. A tu nuevo novio no le gustaría saber que pasas tanto tiempo con Reed.

Mi padre parece frustrado y yo miro a Ella, totalmente perdido. «¿Nuevo novio?» ¿Qué demonios le cuenta a Steve?

Ella me arrastra al piso de arriba y me lo explica por el camino.

—Steve piensa que Wade es mi nuevo novio porque tuvimos aquella cita falsa. Y supongo que, al ir al baile juntos, cree que somos pareja oficialmente.

—No sois pareja —le recuerdo.

—Claro que no.

En cuanto estamos solos no pierdo el tiempo: le quito la sudadera y la beso para recordarle con mi boca con quién sale exactamente.

—No hemos dejado la puerta abierta —murmura ella.

—Lo sé —respondo con la cara en su pecho—. ¿Quieres que pare?

—Dios, no.

Tenemos unos cinco minutos para liarnos antes de que Easton aparezca por la puerta.

—No he interrumpido nada, ¿verdad? —pregunta, pero no suena arrepentido en absoluto—. He oído que estoy viendo la televisión con vosotros.

Ella le tira un cojín a la cara, pero se mueve para dejarle sitio. Yo pulso el botón del mando. Cuando la pantalla se enciende, mi chica se acurruca bajo mi brazo.

No me queda mucho tiempo antes de ir a la cárcel y pasar una noche con Jordan no es precisamente cómo me gustaría aprovechar mi valioso tiempo, pero tendré que aguantarme. Por el bien de Ella.

Porque mi objetivo durante las semanas que nos quedan juntos es hacer feliz a Ella Harper todos los segundos de cada día.

Capítulo 30

Ella

El viernes por la noche, Steve me lleva a la casa de los Royal sin dejar de gruñir durante todo el camino.

—En mis tiempos, el chico iba a la casa de la chica, no a la casa de su mejor amigo para recogerla allí.

—Era más fácil que atravesar toda la ciudad para recogerme en el hotel —replico, y me encojo de hombros. También quiero ver a Reed vestido de esmoquin, pero eso me lo guardo para mí.

Mientras atravesamos la verja de la mansión de los Royal, pienso en cómo es mi vida ahora en comparación con cuando llegué. Hace unos meses me desnudaba en un club de mala muerte llamado Daddy G's. Hoy estoy sentada en un coche muy caro, llevo un vestido que, según Val, cuesta más que un año de matrícula en el Astor Park y unos zapatos con cristalitos de marca incrustados. Val pronunció el nombre del diseñador de joyas tres veces, pero todavía no he conseguido repetirlo correctamente. Parezco una Cenicienta de carne y hueso, con su vestido de gala y sus zapatos de cristal, aunque no estoy segura de si en este caso el hada madrina es Callum o Steve.

Steve rodea la fuente del patio con el deportivo. Abro la puerta en cuanto nos detenemos delante de las escaleras de la entrada, pero el vehículo es tan bajo que me cuesta salir con tantas capas de chifón. Él se ríe.

—Espera, te sacaré.

Me levanta y me deja sobre mis tacones de diez centímetros.

—¿Qué te parece? —pregunto, y estiro los brazos.

—Estás preciosa.

Me sonrojo ante su halago. Pensar que mi padre me mira con orgullo y fascinación es surrealista.

Me agarra del brazo y me ayuda a subir las anchas escaleras de la entrada. Veo que Reed baja en cuanto entramos. Está tan guapo con su esmoquin negro que tengo que obligarme a no salivar.

—Hola, Reed. Te queda bien el traje —saludo débilmente, porque Steve permanece de pie a mi lado.

—A ti también te queda bien el vestido —replica él con indiferencia. Sin embargo, su mirada abrasadora dice otra cosa.

—Estaré en el despacho de Callum —nos dice Steve—. Ella, ven en cuanto llegue tu acompañante.

Desaparece por el pasillo y eso me sorprende, porque sé que no le gusta que me quede a solas con Reed. Y con razón. En cuanto se va, Reed se inclina sobre mí y posa la boca en mi cuello. Me da un beso justo en la zona en la que se toma el pulso y hace que me tiemblen las rodillas.

A continuación, me acorrala contra la pared y continúa su exploración de toda la piel convenientemente expuesta por encima del escote en forma de corazón y sin tirantes. Llevo mi mano a su camisa de algodón. La idea de desnudarlo parece más tentadora a cada segundo que pasa. Por desgracia, el rugido de un motor en el exterior rompe nuestra burbuja.

Al oír la bocina, Reed levanta la cabeza de mi pecho a regañadientes.

—Tu acompañante ha llegado.

—¿No hay beso en los labios? —Sonrío e intento recuperar el aliento.

Me presiona con el pulgar en la comisura de la boca.

—No quiero estropearte el pintalabios.

—Hazlo —lo invito.

Sus labios se curvan.

—Hay muchas partes de tu cuerpo que me gustaría besar ahora mismo.

Detiene la mano sobre mi pecho, todavía húmedo por sus besos. Jadeo cuando un largo dedo se cuela por debajo del corpiño apretado del vestido y me roza el pezón.

—Eh, tío, ¿estás abusando de mi chica? —pregunta Wade en cuanto entra por la puerta, sin llamar.

Reed suspira, aparta la mano de mi escote y se aleja.

—Expreso lo mucho que aprecio el escultural cuerpo de mi novia.

Tomo aire con calma antes de girarme hacia Wade. Gracias a Dios, el corpiño de mi vestido es lo bastante grueso como para que mis excitados pezones no se vean a través de la seda.

—Si eres mi acompañante, más te vale haberme traído un ramillete de flores increíble. Alguien me contó que se puede saber la medida del pene de un tío según la cantidad de flores que compre.

Wade se detiene y baja la vista a la larga caja blanca que tiene en las manos.

—¿Se dice eso de verdad?

Reed y Wade intercambian una mirada de preocupación y yo casi me muero de la risa.

—Eres una mujer malvada. —Wade pasa por mi lado sin ni siquiera darme la caja.

Todos nos damos la vuelta al oír una pisadas en las escaleras. Easton y los gemelos aparecen, cada uno vestido con su propio esmoquin. Sawyer asiente cuando nos ve a Wade y a mí.

—Por fin. Que empiece el espectáculo. Nosotros tenemos que recoger a Lauren.

Todos nos marchamos. Easton y yo nos quedamos los últimos. Sonriente, sacude la falda de mi vestido y dice:

—Pensé que elegirías algo *sexy* y ajustado.

—He llevado ropa atrevida mucho tiempo, pero nunca me he vestido como una princesa.

Sacudo el vestido del que me enamoré nada más sacarlo de la caja. Los hombros desnudos me dan la apariencia *sexy* que quiero, pero, aunque tuviera un cuello alto y manga larga, la voluminosa falda y las miles de capas de chifón que ondean alrededor de mis piernas al andar me seguirían volviendo loca.

Easton sonríe.

—Siempre haces lo contrario a lo que espera la gente. Las chicas se morirán de envidia cuando te vean.

—Me limito a hacer lo que quiero. Ellas deberían hacer lo mismo.

No he elegido el vestido porque quiera dar una lección a la gente del Astor, sino porque era precioso; y, si este es el único Baile de Invierno al que iré con Reed, a pesar de que técnicamente no sea mi acompañante, quiero llevar el vestido más bonito del planeta.

—No importa. Si llevases un vestido ajustado, te llamarían zorra. Ahora te llamarán otra cosa, pero yo cuidaré de ti mientras Reed esté fuera.

Al oír la declaración de Easton, una cálida sensación inunda mi interior. No porque necesite que me cuiden, sino porque siento que ha crecido un poco. Si me detengo a pensarlo, me doy cuenta de que Easton necesita alguien a quien cuidar y proteger. Yo no seré esa persona, pero hasta que la encuentre ambos podemos cuidar el uno del otro.

—Y yo también te protegeré —le prometo.

—Trato hecho.

Nos estrechamos la mano. Steve y Callum salen cuando llegamos al patio.

—¿Os vais ya? —pregunta Callum.

—Sí —responde Easton.

Wade se detiene delante del Bugatti de Steve. Pasa una mano por encima del capó sin atreverse a tocar la carrocería.

—Creo que debería dejarme conducir esto, señor O'Halloran. Por el bien de su hija.

—Creo que debería dejar de respirar sobre mi vehículo de dos millones de dólares, señor Carlisle, y llevar a mi hija al baile.

Dios mío. Miro a mi padre con la boca abierta.

—¿Dos millones? —repito.

Todos los hombres me miran como si esa pregunta fuese ridícula, pero ellos son los ridículos. ¿Dos millones de pavos por un coche? Esta gente tiene demasiado dinero.

—Al menos lo he intentado. —Wade se dirige a su coche, sonríe y me abre la puerta—. Su carruaje la espera.

—Eh, escucha —dice Wade un cuarto de hora más tarde, mientras matamos el tiempo en la cola de los coches que esperan para entrar al club de campo—. Quiero que sepas que puedes acudir a mí si tienes algún problema.

Frunzo el ceño.

—¿A qué te refieres?

—Al próximo semestre —aclara—. Después de que Reed... eh... se vaya.

—¿Qué problemas crees que puedo tener? Pongamos que me olvido de llevar un tampón encima: ¿tendrás alguno en tu taquilla?

Gira la cabeza hacia mí de repente.

—¿Reed guarda tampones en su taquilla para ti?

—No, idiota, pero es igual de estúpido que lo que acabas de decir. Puedo cuidarme yo solita. —Sus palabras me recuerdan de forma inquietante a las de Easton y no puedo evitar desconfiar—. ¿Te lo ha pedido Reed?

Wade mira por la ventana.

—¿Qué?

—No te hagas el tonto.

Encoge un poco los hombros.

—Vale, puede que sí.

—¿Dará instrucciones desde su celda como un capo de la mafia?

El instinto sobreprotector de Reed probablemente empeore cuando no pueda verme todos los días. Supongo que debería agobiarme, y probablemente muchas chicas se sentirían así, pero a mí me consuela. No dejaré que controle mi vida, pero el gesto no me importa.

—No sé. A lo mejor. —A Wade no parece preocuparle. Se mueve y me mira con picardía—. Así que... ¿visitas íntimas?

Pongo los ojos en blanco.

—¿Qué os pasa a los tíos con las visitas íntimas?

—No sé —repite—. Dan morbo.

Tiene la mirada perdida mientras recrea alguna fantasía que incluye celdas y juegos sexuales.

Como no quiero quedarme sentada a su lado mientras él se imagina una escena porno, pregunto:

—Hablando de morbo, ¿qué pasa entre Val y tú?

Sus labios se contraen en una fina línea.

—¿Te ha comido la lengua el gato? —le provoco, pero su boca permanece cerrada.

Habla de todo menos de Val, ¿eh? Muy interesante.

—Vale, no digas nada, pero que sepas que Val es una chica increíble. No juegues con ella.

No es una clara amenaza, pero a estas alturas Wade ya debería conocerme. Iré a por él si hace daño a Val.

—¿Es eso lo que crees? —explota—. ¿Que *yo* soy el problema? Mujeres... —murmura, y después añade algo en voz baja que no consigo entender.

Levanto una ceja, pero él sube el volumen de la música y yo dejo el tema porque su arrebato de ira es respuesta suficiente. Cuando llegamos al club de campo de Bayview, ya ha recuperado su buen humor habitual. Olvida la tensión y su característica sonrisa fácil aparece de nuevo en su cara.

—Siento haberme puesto así. Entre Val y yo... las cosas son complicadas.

—Perdona por entrometerme. Adoro a Val y quiero que sea feliz.

—¿Y qué hay de mí? —pregunta, haciéndose el ofendido—. ¿No quieres que yo sea feliz?

—Claro que sí. —Estiro la mano y aprieto la suya—. Quiero que todos seamos felices.

—¿Incluso Jordan?

—Sobre todo ella —respondo mientras aparca delante del club—. Creo que dejaría a la gente más tranquila si fuera feliz.

Él bufa en señal de desacuerdo.

—Lo dudo. Se alimenta del miedo y la infelicidad de los demás.

El aparcacoches me abre la puerta antes de que pueda responder, pero el análisis de Wade es correcto, lo cual resulta deprimente. Jordan parece especialmente feliz cuando toda la gente a su alrededor es miserable.

—Ten cuidado. Es mi bebé —le dice Wade al aparcacoches cuando le arroja las llaves. Después, da una palmadita al capó y me guiña el ojo—. Los coches son menos complicados que las mujeres.

—Pero un coche no puede hacerte una visita íntima —le recuerdo.

Él esboza una sonrisilla.

—Bien dicho.

No he estado nunca en el club de campo, así que no sé cómo es sin los colores azul y dorado del Astor Park, pero esta noche está precioso. Largas telas blancas cuelgan del centro hacia el exterior y hacen que la sala parezca una carpa lujosa. De la tela blanca cuelgan diminutas luces de navidad. Mesas redondas cubiertas de manteles blancos decoran la estancia y las sillas llevan brillantes lazos gigantes de colores azul y dorado. A pesar de la larga cola de coches, el lugar está sorprendentemente vacío.

—¿Dónde está todo el mundo? —pregunto a mi acompañante.

—Ahora verás —responde Wade crípticamente y me lleva a una mesa en la entrada. Tras la mesa, un hombre y una mujer ataviados con trajes negros se levantan cuando nos acercamos.

—Bienvenidos al Baile de Invierno del Astor Park —dice la mujer—. ¿Me pueden indicar sus nombres, por favor?

—Wade Carlisle y Ella... —Se detiene y me mira confuso—. ¿Royal? ¿Harper? ¿O'Halloran?

—Tengo una Ella Harper. —La mujer me ofrece una bolsa de seda y una pequeña botella de sidra espumosa sin alcohol con mi nombre.

—¿Qué es esto? —pregunto despacio.

Wade lo coge todo y me aleja de la mesa para que la pareja de detrás pueda recoger sus cosas. Guarda la botella en un bolsillo y las bolsas de seda en otro.

—Te dan quinientos dólares en fichas para que juegues aquí.

«Aquí» resulta ser una sala llena de mesas de juego cubiertas de fieltro y repleta de tanta gente que hace que me agobie. Las chicas van ataviadas con preciosos vestidos. Muchos de ellos son bastante atrevidos, con aberturas en el costado. Los chicos llevan esmoquin negro. Parece el escenario de una película.

—Ojalá Val estuviese aquí —susurro.

Creo que Wade dice «Sí, ojalá», pero no estoy completamente segura.

—¿Entonces uso las fichas para jugar a estos juegos? —pregunto moviendo la mano en dirección a las mesas de casino, con la intención de olvidarnos de que Val no está aquí.

—Sí, y después apuestas por cosas.

Deambulamos por la sala. Hay dos mesas, una en la que se juega a póker y otra de *blackjack*.

—¿Qué tipo de cosas?

—Viajes, joyas, actividades...

—¿Quién las paga?

—Todo son donaciones. Pero las fichas las paga un padre o un tutor, supongo.

—¿Por eso no hay baile?

En el interior de la sala veo una mesa llena de bolsos, sobres y cestas. Parece una mesa de sorteo de un bingo, solo que mucho más elegante.

—Se baila en la zona del comedor.

Recuerdo vagamente un pequeño cuadrado entre las mesas.

—Pero esa zona es muy pequeña.

—Nadie baila. Claro, ¿cómo no? ¿Quién quiere bailar cuando puedes apostar?

—¿Cuándo se empezó a celebrar este baile?

—¿Hace unos diez años? —Wade da una palmada en la espalda a los jugadores de fútbol americano cuando pasamos junto a ellos—. Ningún tío bailaba, y muchos dejaron de venir, así que alguien inteligente montó esto del casino y ¡bum! Los chicos volvieron.

Nos detenemos delante de una mesa. Hay desde bolsos hasta joyería, también letreros con las palabras «Aspen», «Las Vegas» y «Puerto Vallarta» escritas en ellos. Deben de ser los viajes a los que Wade se refería.

—Nada de esto vale quinientos dólares —digo señalando los números en negrita al final de cada hoja explicativa.

—Ya, bueno, se supone que debes ganar las fichas y después tu acompañante te da las suyas.

—Eso es sexista —murmuro en voz baja.

Wade resopla.

—Astor Park no es muy progresista. ¿Ahora te das cuenta?

Me pregunto si Val no ha venido por eso. Además del vestido, está el coste añadido de comprar fichas por valor de quinientos dólares para adquirir lo que imagino que son cosas inútiles.

—No mola si eres una estudiante becada.

Wade frunce el ceño.

—No tienes por qué jugar.

Me giro y observo la sala.

—Tampoco veo a Liam Hunter aquí. ¿No es un estudiante becado, como Val?

Wade abre mucho los ojos cuando se da cuenta de quién asiste realmente a estos bailes benéficos.

Todo esto apesta a niños ricos que mantienen a los pobres fuera de su mundo, y el material mágico que cubría esta sala se rompe en mil pedazos.

Miro hacia la puerta con impaciencia.

—¿Dónde está Reed?

Lo tolero todo mejor cuando él está cerca, aunque, si se sale con la suya, no se quedará demasiado tiempo.

Intento desechar esa idea.

Wade se encoge de hombros y dice:

—Llegará tarde. A Jordan le encanta hacer una buena entrada triunfal.

Capítulo 31

Reed

—Llegas tarde —estalla Jordan al tiempo que abre la puerta de la mansión.

Compruebo mi reloj.

—Un minuto tarde —respondo, y pongo los ojos en blanco. Su tono exigente me enerva, pero, pese a todo, el pacto con el diablo que hizo Ella merece la pena, así que no moriré por mostrar un poco de educación—. ¿Estás lista? —pregunto cortésmente.

Jordan me da un repaso de arriba abajo.

—¿Por qué no llevas una corbata dorada?

No es la pregunta que esperaba y bajo la mirada a la corbata negra por la que me he decantado.

—Creo que no tengo ninguna corbata dorada.

Sus ojos se entrecierran y forman una fina línea.

—Parte del trato era que llevases una corbata de color oro que hiciese juego con mi vestido.

Me fijo en que recorre con una mano su cuerpo, ataviado con lo que parece un tejido dorado. Es una tela finísima. Dios, ¿se le ven los pezones? Intento no mirar fijamente, pero no resulta fácil.

Veo que el rostro de Jordan refleja satisfacción antes de apartar la mirada de ella.

—¿Te gusta lo que ves?

—¿Tus tetas? Todas las chicas tienen un par, Jordan.

Su sonrisa de suficiencia se transforma en una mueca.

—Dile a Ella que esto no formaba parte del trato y que aún me debe un favor.

La puerta empieza a cerrarse en mis narices. Estampo una mano en el marco de madera y empujo para entrar. «Sé bueno, Reed. No te pasará nada por ser amable con esta tía».

—Estás guapa —logro decir.

—Ah, eso está mejor. —El demonio me una palmadita en el brazo y, con mucho esfuerzo, consigo no estremecerme—. No ha costado tanto, ¿verdad?

Sí lo ha hecho, y no quiero que ni ella ni ninguna chica que no sea Ella Harper me toque, pero eso no se lo digo. En su lugar, repito mi pregunta:

—¿Estás lista?

Estaba cabreada porque he llegado tarde, así que espero que responda que sí y nos pongamos en marcha de inmediato, pero no lo hace.

—No nos iremos hasta que no te pongas una corbata dorada.

Joder. ¿Qué demonios le pasa a esta chica?

—No tengo ninguna e, incluso si lo hiciese, no conduciría durante veinte minutos para ir a casa a por ella. Coge tu bolso o lo que necesites y vámonos.

Ella levanta la barbilla.

—No, nos haremos unas fotos primero. Mamá —grita—. Reed Royal ha llegado. Estamos listos para las fotos.

Me pellizco el puente de la nariz y rezo para tener paciencia. No voy a posar como un maniquí para que Jordan inmortalice esta farsa de cita.

—Nadie me había dicho nada de fotos. Estoy aquí para llevarte al baile, ese era el trato.

—El trato es lo que yo diga que es —contesta Jordan.

—Ambos sabemos que Ella es la única persona del mundo que cumpliría su parte del trato. El resto de la gente de Astor te mandaría a la mierda. —Incluido yo mismo, pero no quiero meterme en líos, así que trato de no insultarla—. Estoy aquí, dispuesto a llevarte al baile. Me sentaré contigo durante la cena y te daré mi bolsa de fichas para que compres lo que quieras, pero ya está. O discutimos durante las próximas dos horas o nos vamos a la fiesta. Puede que incluso lleguemos a la cena si nos damos prisa.

—Me merezco una foto —insiste.

Como si esa hubiera sido la señal, el señor Carrington aparece por la esquina con una cámara en la mano.

Suspiro. Si no doy mi brazo a torcer, estaremos aquí toda la noche.

—Vale. Nos hacemos un foto y nos marchamos.

—Cinco.

—Una.

La cara confusa de su madre es un poema.

—Bueno, quizá podamos hacer unas pocas al lado de la repisa de la chimenea, ¿no? —sugiere la mujer en voz baja.

—Empezaremos ahí —accede Jordan.

—Un par de reglas —murmuro para no avergonzarla delante de sus padres, que ya se preguntan qué demonios pasa—. En la foto no nos besaremos, nos abrazaremos ni haremos cosas de pareja.

—Me rodearás con los brazos y te gustará —suelta, y después me coge de la manga para acercarme a su costado.

Le quito la fina tela de la mano con calma.

—Ten cuidado. Un Tom Ford no es barato.

El esmoquin está hecho a medida. Nos compramos uno nuevo todos los años. Mi padre cree firmemente que hay que vestirse para la ocasión.

—¿Preparados? —pregunta la señora Carrington, y señala a su marido para que se acerque con la cámara.

Mientras se coloca bien para posar, Jordan intenta rozarme la entrepierna con el trasero y yo me esfuerzo en evitar que nuestra ropa entre en contacto. Después, nos hacemos las fotos y caminamos hacia la puerta.

Mark Carrington se aclara la garganta para hablar cuando estamos a punto de irnos.

—Señor Royal, no estoy contento con el acompañante que ha elegido mi hija dada su situación actual, pero, a la vez, quiero que sea feliz.

—Papá —protesta Jordan.

Su padre la ignora y me mira a los ojos. Lo respeto.

—No se preocupe —le aseguro—. Estará en casa a las diez.

Salgo por la puerta y bajo las escaleras mientras Jordan bufa en señal de descontento detrás de mí.

—La fiesta no termina hasta medianoche, gilipollas.

Sujeto la puerta del coche abierta para ella.

—Qué pena que le haya dicho a tu padre que volverás antes.

—Y después está la celebración tras la fiesta —añade entre dientes.

Espero a que se meta en el vehículo y miro al horizonte. Su vestido es tan corto que se le ven las bragas, y no es algo que quiera ver.

—Yo solo acepté ir al Baile de Invierno —replico al tiempo que cierro la puerta de golpe.

—¿Vas a estar así durante el resto de la noche? —pregunta Jordan mientras yo me acomodo en el asiento del conductor.

—Sí.

—Eso no formaba parte del trato.

—El trato lo hiciste con Ella, no conmigo. Voy a esforzarme lo mínimo posible.

—Eres lo peor. Tú y esa escoria sois el uno para el otro.

Piso los frenos en mitad del camino para coches de la casa. Mis esfuerzos por ser educado tienen un límite y, si insulta a Ella, me comportaré de otro modo.

—Llámala escoria otra vez y la cita se anula. Te sacaré del Rover a rastras y te dejaré a un lado de la carretera.

—No harías eso —protesta, indignada.

—Claro que sí. —De hecho, me encantaría hacerlo.

—Deberías dar las gracias por que me vean contigo.

—¿En serio? Si no fuese por ti, ahora mismo estaría con Ella.

—Tú... —farfulla—. Limítate a conducir.

Debe de darse cuenta de que estoy al límite de mi paciencia. Suelto el freno y me incorporo a la carretera. Son las siete menos diez. Me pregunto si ya habrán servido la cena. ¿Habrá ganado Wade fichas para Ella? Es un jugador de póker horrible. Seguramente a Ella tampoco se le da bien. Tiene una cara demasiado expresiva. Por otra parte, Easton no tiene disciplina.

Aprieto más el acelerador.

La verja del club de campo nunca me ha parecido tan acoge dora. Cuando llegamos, el aparcacoches está tan aburrido por la falta de tráfico que casi se ha dormido. Cierro la puerta con fuerza e, inmediatamente, se pone de pie y se apresura en ayudar a que Jordan salga. Ella debe de enseñarle buena parte de su ropa interior, porque los ojos se le salen de las órbitas.

Cuando entramos, la mesa de la entrada está desierta.

—No puedo creer que no haya nadie para darme mis fichas —exclama Jordan con indignación.

Antes de que monte una escena, me acerco a la mesa, encuentro una caja y saco dos bolsas de fichas.

—Aquí las tienes —digo, y se las coloco en las manos. Después, la empujo sin demasiada suavidad hacia las puertas del casino. Todo el mundo gira la cabeza cuando entra, que es probablemente lo que pretendía, porque sus hombros se enderezan y su cara adquiere una extraña expresión de satisfacción. Escudriño la sala en busca de Ella. La encuentro riendo en la esquina más alejada de la puerta mientras Wade le susurra algo al oído. Otros dos jugadores, McDonald Samson y Greg Angelis, merodean a su izquierda. Esta noche soy el acompañante de Jordan, pero la fuerza que me atrae hacia Ella es irresistible.

Abandono a Jordan en la entrada mientras se regodea en la atención de sus compañeros y me acerco a la chica más hermosa de la sala. En cuanto me ve, se aleja del grupo y esboza una amplia sonrisa.

Me siento mejor enseguida.

—¿Son imaginaciones mías o se le ven las tetas a Jordan con ese vestido? —Greg entrecierra los ojos en dirección a mi acompañante.

—¿Por qué no te acercas y lo compruebas? —sugiero, y rodeo la cintura de Ella con un brazo.

Me encantaría que todos se marcharan para estar a solas con mi chica. Me queda poco tiempo de libertad y quiero disfrutarla con Ella y mis hermanos.

Le planto un beso en los labios. Si intentara hacer algo más pasional, acabaría llevándomela al rincón más oscuro, le levantaría la bonita falda de su vestido y le haría al menos seis del millón de cosas subidas de tono que se me pasan por la cabeza cada vez que la toco.

—¿No se supone que eres el acompañante de Jordan? —dice Ella.

—No me lo recuerdes. La he traído, ¿no?

Sin embargo, mi novia me observa con terquedad y me doy cuenta de que no podré escaquearme de esto.

Wade me lanza una mirada compasiva y dice:

—¿Qué os parece si jugamos al póker?

Aliviado, acepto su oferta.

—Sí, me parece bien.

Antes de que encontremos una mesa libre, Rachel Cohen —la tía que Wade se tira a mediodía— se acerca ataviada con un vestido rojo ajustado con aberturas en el costado.

—¡Wade, cielo! ¡Te he echado de menos! —La guapa morena le sacude la corbata con el dedo y sonríe con picardía—. ¿Quieres que vayamos a un sitio más tranquilo para... eh... charlar?

Todos observamos con verdadero asombro como el chico que nunca dice que no baja la mirada a los pies y pasa el peso de su cuerpo de una pierna a otra, incómodo, mientras busca una manera de rechazar a la pobre chica con delicadeza.

—No puedo ahora, cariño. Voy a jugar al póker.

—Oh, vale. ¿Nos vemos luego, entonces?

Por lo visto, Rachel no tiene muchas luces, porque no pilla el mensaje.

Wade nos pide ayuda con la mirada y Ella es la única que responde:

—Vaya, Rachel, creo que Easton tiene problemas con sus cartas.

La morena se alegra.

—¿En serio? Antes he estado con él y no me ha dicho que necesitara ayuda.

—Está avergonzado. Dile que te mando yo. —Ella da una palmada en la espalda a Rachel.

—Vale —responde la chica animadamente. Entonces, da un par de pasos y se da media vuelta—. Si quieres unirte a nosotros luego me parece bien. Nos vemos, Wade.

Esperamos varios segundos antes de mirar a mi colega.

—¿En serio? —exclama McDonald—. ¿Esa tía se te lanza a los brazos y dices que no? ¿Ya no tienes pelotas o qué?

Wade frunce el ceño.

—No, no es eso. Simplemente no tengo ganas.

—Tío, siempre tienes ganas —replica McDonald.

Greg y yo asentimos, extrañados, pero Ella sonríe a Wade de oreja a oreja, como si supiese algo que nosotros no. Supongo que tiene que ver con Val, aunque creía que Wade lo había superado.

—Joder. Da igual. —Wade agarra a Ella del brazo—. Nena, esta noche soy tu acompañante y no te voy a abandonar. —La arrastra a una mesa cercana y nos grita con la cabeza girada hacia atrás—: Eh, perdedores, ¿venís o qué?

—Lo dejo —le digo a Wade un poco más tarde, cuando pierdo mis últimas fichas en una de las mesas de póker.

Él frunce el ceño.

—Solo te has jugado cien pavos.

—Le he dado el resto a Jordan.

Él gruñe.

—¿Vale la pena estar atado a ella toda la noche?

—¿Quién está atado? No la he visto desde hace una hora.

Es posible que mi acompañante tenga un problema de ludopatía, porque no se ha movido de la mesa de dados desde que hemos llegado. No me quejo en absoluto. Cuanto menos tiempo pase con ella, mejor.

—Y, aunque estuviera pegada a mí todo el tiempo, vale la pena —admito. La primera vez que hice el amor con Ella fue la mejor noche de mi vida. Es un momento que recordaré todas las noches durante los cinco años que pase en mi solitaria celda—. Si no te ves capaz de hacer algo parecido por Val, entonces puede que ella no sea la chica adecuada para ti.

—Tengo dieciocho años, tío. ¿Quién ha dicho que tenga que encontrar a la mujer de mi vida ahora?

Wade mira sus cartas y frunce el ceño, pero no creo que sea porque tiene una mala mano. Se está enamorando de Val y lo está llevando mal.

Lo dejo en paz porque esto es algo con lo que tiene que lidiar él solo. Puede que atarse a alguien de forma permanente a los dieciocho años sea demasiado pronto, pero yo no puedo imaginar un futuro sin Ella.

Solo espero que ella sienta lo mismo, ya que estaremos separados durante los próximos cinco años. ¿Me esperará? Sé que preguntarlo es egoísta, pero ¿es *demasiado* egoísta?

—¿Estás bien? —me susurra el objeto de mis pensamientos y deseos al oído.

Supongo que frunzo el ceño tanto como Wade.

—Sí, estoy bien. Me he distraído un momento.

Ella me da un apretón en el hombro.

—Vale. Oye, me voy un rato con Lauren. Ya sabes, por eso de que técnicamente no soy tu acompañante y me está fulminando con la mirada.

Cinco segundos después de que Ella se haya marchado, alguien me da un golpecito en el hombro. Me doy la vuelta y veo a Abby Wentworth de pie ante mí.

Mi pecho se relaja al verla en un vestido rosa pálido y con su largo pelo rubio suelto. Lo que me atrajo de ella fue lo tierna y delicada que es. Me recordaba muchísimo a mi madre, y estar cerca de ella era... reconfortante.

Sin embargo, ahora que estoy con una chica tan llena de fuego, no creo que pudiera volver a salir con alguien que tiene la fuerza de un soplo de vapor.

Y menos con una chica que dijera toda la mierda que Abby le contó sobre mí a la policía. Al recordarlo, me tenso.

—¿Qué tal? —pregunto a mi ex.

—¿Podemos hablar? —Incluso su voz es delicada. Todo en Abby es muy frágil.

—No tengo nada que hablar contigo —gruño, y mis amigos me miran sorprendidos. Todos están al tanto de mi debilidad por ella, pero eso se acabó. Lo único que siento por Abby ahora es pena.

—Por favor... —ruega.

Al final, me levanto solo porque no quiero avergonzarla delante de todo el mundo, pero, en cuanto nos alejamos lo bastante, la fulmino con la mirada.

—Le dijiste a la policía que te *había hecho daño* —susurro.

Los ojos pálidos de Abby se abren como platos.

—Oh. Yo... yo... —Traga saliva y su expresión se desmorona—. ¡Me hiciste daño! —gimotea—. ¡Me rompiste el corazón!

La frustración crece en mi interior.

— Por el amor de Dios, Abby, estamos hablando de mi *vida*. Leí tu declaración. Insinuaste que había abusado de ti físicamente y ambos sabemos que eso es mentira.

Otro quejido de angustia sale de su garganta.

—Lo... lo siento. Sé que no estuvo bien, pero te juro que volveré y firmaré otra declaración. Dejaré claro que tú nunca...

—No te molestes —espeto—. No quiero que digas nada más, ¿me oyes? Ya has hecho bastante daño.

Ella se estremece como si la hubiese golpeado.

—Reed —susurra—. Yo... yo te echo mucho de menos, ¿vale? Echo de menos lo que había entre nosotros.

Mierda. De repente, me siento muy incómodo. ¿Qué mierdas respondo a eso? Rompimos hace más de un año.

—¿Va todo bien aquí?

Salvado por el diablo. Nunca me he alegrado tanto de ver a Jordan Carrington y puede que solo por eso ponga una mano en el brazo de mi acompañante como si *de verdad* lo fuese.

—Sí, todo va bien —respondo, tenso.

Abby sacude la cabeza con fuerza. Por primera vez desde que la conozco sus ojos destilan ira.

—¡*Nada* va bien! —le suelta a Jordan. Es también la primera vez que la oigo levantar la voz—. ¡No puedo creer que hayas venido con él esta noche! ¿Cómo has podido, Jordan?

Su amiga ni siquiera parpadea.

—Ya te he explicado por qué...

—¿Por tu estúpida *imagen*? —Abby está furiosa y tiene las mejillas más rojas que un tomate—. ¿Porque quieres que te coronen reina de un estúpido baile? Te dije que no quería que vinieses con él, ¡y has ignorado completamente lo que siento! ¿Qué amiga hace eso? ¿Y a quién le importa tu estúpido estatus social? —Se ha puesto a gritar y casi toda la sala nos mira—. Yo estaba con Reed porque lo amaba, ¡no porque ayudara a mi reputación!

Jordan muestra indiferencia.

—Estás montando un espectáculo, Abigail.

—¡No *me importa*!

Todos nos estremecemos al oír el tono ensordecedor de su voz.

—¡No te lo mereces! —grita Abby entre respiraciones agitadas—. ¡Y *tú* tampoco!

Me lleva un segundo darme cuenta de que Ella está a mi otro lado.

—¿Por qué tuviste que mudarte aquí? —le gruñe Abby a Ella—. ¡Reed y yo estábamos bien antes de que vinieses! Y después apareciste *tú*, con tu ropa barata, tu maquillaje de mierda y tus... tus... maneras de *puta*...

Jordan sonríe burlonamente

—¡Lo has arruinado todo! Te *odio*. —Su mirada desesperada y furiosa vuelve a clavarse en mí—. Y también te odio a ti, Reed Royal. ¡Espero que te pudras en la cárcel durante el resto de tu estúpida vida! —concluye sin aire.

El silencio reina en la sala. Toda la gente fija la mirada en mi desquiciada exnovia. Cuando se da cuenta, jadea, horrorizada, y se cubre la boca con la mano.

Después, sale por la puerta y su vestido rosa de princesa se agita tras ella.

—Bueno... —Jordan parece divertida por la situación—. Siempre supe que no era la mosquita muerta que fingía ser.

Ni Ella ni yo respondemos. Observo la puerta por la que Abby acaba de marcharse y siento como se forma un extraño nudo en mi garganta.

—¿Deberíamos ir tras ella? —pregunta Ella, pero no suena como si quisiese hacerlo.

—No —contesta Jordan por mí en un tono altanero y con la cabeza alzada. Me agarra del brazo con ademán posesivo y me aleja de Ella—. Vamos, Reed. Quiero bailar. Así practicamos para cuando nos coronen rey y reina.

El arrebato de ira de Abby me ha dejado demasiado sorprendido, así que dejo que Jordan me arrastre.

Capítulo 32

Reed

—Ha sido… intenso —murmura Ella cuando entramos en mi habitación un par de horas más tarde.

La miro fijamente. «Intenso» se queda bastante corto.

La noche entera ha sido un desastre, desde las fotos para las que Jordan y sus padres me han obligado a posar hasta el arrebato de ira de Abby en una sala repleta de gente. Me he sentido muy aliviado cuando Jordan no me ha presionado para llevarla a la fiesta de después del baile. Supongo que ha quedado satisfecha con la estúpida tiara de la reina del Copo de Nieve y ni siquiera he tenido que participar en el vomitivo vals del rey y la reina, porque Wade ha ganado el título de rey. La única parte buena de la noche ha sido ver a Wade manoseando el culo de Jordan durante su gran baile mientras ella le susurraba que parase.

Ella y yo hemos podido escaparnos a las diez y, como Steve no vendrá a por ella hasta las once, tenemos una hora entera para estar solos. Sin embargo, ambos estamos un poco aturdidos cuando nos sentamos juntos en el borde de mi cama.

—Me siento mal por ella, joder —admito.

—¿Por Abby?

Asiento con la cabeza.

—Bueno, pues no deberías —responde Ella sin rodeos—. Odio tener que decirte esto, pero creo que Abby delira un poco.

—¿Un poco? —Suspiro.

—Vale, mucho. —Me aprieta la mano—. Pero no es culpa tuya. Rompiste con ella y, desde entonces, no le has dado falsas esperanzas. Es ella quien no es capaz de pasar página.

—Lo sé.

Sin embargo, soy incapaz de quitarme de la cabeza la imagen de los tristes ojos de Abby.

Estos últimos años, no he mostrado demasiado aprecio por nadie, solo me he preocupado de mí mismo. Me enorgullecía ser un cabrón sin sentimientos. ¿Es el karma? ¿Acaso pasar cinco años en la cárcel es el castigo por haber pegado a tantos tíos y haber herido a tantas chicas? He intentado actuar como si no pasara nada. He ido a clase, jugado a fútbol americano y asistido al Baile de Invierno. Hasta ahora he actuado como si todos los días fueran un día cualquiera en la vida de un joven estudiante, pero no puedo seguir fingiendo que todo va bien. Abby, el asesinato de Brooke... Mi vida no va bien.

Todas las noches, me tumbo en la cama y miro al techo. Me pregunto cómo sobreviviré en una celda. Lo peor es la espera.

—¿Reed? ¿Qué pasa?

Tomo aire y miro a Ella a los ojos, que reflejan su preocupación. No hay palabras dulces que puedan mitigar el dolor, así que lo suelto de golpe, como si arrancase una tirita.

—Voy a declararme culpable antes.

Ella se gira tan rápido que pierde el equilibrio. Me estiro y la ayudo a sentarse bien, pero ella se libera de mi agarre y se pone de pie.

—¿Qué has dicho?

—Que voy a declararme culpable antes. Aceptaré empezar la condena la semana que viene en lugar de la primera semana de enero. —Trago saliva—. Es lo correcto.

—¿Pero qué dices, Reed?

Me paso una mano por el pelo.

—Cuanto antes entre, antes saldré.

—No digas tonterías. Podemos solucionar las cosas. Dinah ha pagado a Ruby Myers, y eso significa que hay pruebas nuevas...

—No hay pruebas nuevas —la interrumpo.

Me mata que se aferre al sueño de que, por arte de magia, aparecerá una prueba que me libre del cargo. Su incapacidad de aceptar que iré a la cárcel o de entender por qué quiero que todo esto se termine me dice todo lo que necesito saber: no puedo pedirle que me espere durante cinco años. Soy un capullo egoísta por solo pensarlo. Se lo perderá todo. ¿Cómo será su último año en el colegio si la gente piensa que su novio es un asesino? ¿Y qué hay de la universidad? Puede que sea un gilipollas, pero no hasta tal punto. Al menos, no con ella.

Levanto una muralla alrededor de mi corazón, esa mierda inútil, y me miro a los pies porque soy incapaz de mirar su hermoso y pálido rostro cuando pronuncio el resto de palabras a las que le doy vueltas en la cabeza:

—Deberíamos darnos un tiempo. Yo estaré en la cárcel, y tú aquí fuera.

La habitación se queda en silencio y, al final, no puedo evitar dirigir la vista hacia ella. Permanece inmóvil con una mano sobre la boca y los ojos abiertos como platos.

—Quiero que disfrutes de tus años en la universidad. Se supone que es la mejor época de tu vida. —Hablo con amargura, pero me obligo a hacerlo—. Si conoces a alguien, no deberías pensar en mí.

Entonces me detengo porque no puedo seguir con las mentiras que debería decir: que no pensaré en ella, que lo nuestro no iba en serio y que no la quiero. Si las digo, todo habrá terminado de verdad. No volveremos jamás; no habrá manera de que me perdone.

«Sé un hombre», me digo a mí mismo. «Déjala».

Tomo otra bocanada de aire y reúno valor, pero, antes de que abra la boca, Ella salta a mi regazo y sus labios chocan contra los míos. No es un beso, sino que se parece a una bofetada en la cara. Es como si me estuviera reprendiendo por todo lo que acabo de decir y por las cosas horribles que todavía permanecen en mi garganta.

A pesar de que no debería, estrecho su cintura entre mis brazos y dejo que me bese. Las lágrimas caen entre nuestros labios. Me trago las suyas, mis palabras y nuestra desesperación y le devuelvo el beso hasta que ella llora demasiado como para seguir besándome. Presiono su cara contra mi torso y noto que sus lágrimas empapan mi camiseta.

—No quiero oírte decir todas esas tonterías —susurra.

—Solo quería decirte que no quiero que te sientas culpable si pasas página —respondo con la voz ronca.

Ella me hinca el dedo en el pecho.

—No tienes derecho a decirme cómo debo sentirme. Nadie lo tiene: ni tú, ni Steve, ni Callum.

—Lo sé. Solo digo que... —Dios, no sé ni para qué me esfuerzo.

No quiero que salga con nadie más, no quiero que siga adelante. Quiero que piense en mí cuando yo piense en ella. Pero también odio la idea de que esté sola, que quiera estar conmigo y no pueda tenerme; todo porque hice algo estúpido.

—Intento ser mejor persona —digo al fin—. Intento hacer las cosas bien contigo.

—Has decidido qué era correcto para ti sin preguntarme —replica rotundamente.

Me esfuerzo por encontrar las palabras para explicar en qué posición me encuentro, pero, a continuación, sus manos se posan sobre mi cinturón y las buenas intenciones se esfuman de mi cabeza.

—E... Ella —tartamudeo—. No.

—No, ¿qué? —me provoca. Sus hábiles manos bajan la cremallera de los pantalones del traje y se deslizan dentro para agarrar mi miembro— ¿Que no te toque?

—No.

Esta vez, soy yo quien se aleja. Mi cuerpo tiembla por la excitación, pero no voy a poner mis deseos egoístas por encima de los suyos.

—Qué pena, porque ya lo estoy haciendo. —Me agarra de la muñeca y la coloca encima de su estómago—. Y tú también me estás tocando. ¿De verdad quieres que alguien más me toque de esta forma? ¿En serio te parecerá bien?

Las imágenes que evocan sus palabras son terribles. La mano que tengo sobre su trasero se cierra en un puño.

—No —murmuro—. No me digas eso.

—¿Por qué? Tú me lo has dicho a mí. Nunca me parecería bien que «pasases página» con otra chica, jamás. Ese tipo de traición arruinaría lo que tenemos; no que te marches durante cinco años, ni siquiera que estuvieras con un montón de chicas como Daniel, Jordan, Abby o Brooke. Lo que odiaría es que pasaras página, que siguieses adelante un día, aunque fuese solo una hora...

—Intento hacer las cosas bien contigo —repito. Mierda, estos días no he podido pensar en otra cosa que no fuera ella.

—Hacer las cosas bien conmigo significa no rechazarme, no dictar cómo debo sentirme. Te quiero, Reed. No necesito que me digan que soy muy joven para saber lo que siento. Puede que ahí fuera haya alguien más al que podría querer, pero no me importa esa persona: te quiero a ti. Quiero estar *contigo*. Quiero esperarte a *ti*. ¿Qué quieres tú?

Su fiero discurso hace que me resulte imposible mantenerme en mi posición. Las palabras se me escapan de la boca antes de que pueda detenerme.

—A ti. A nosotros. Para siempre.

—Entonces no me alejes de ti. No me digas lo que debo sentir, pensar o a quién querer. Si de verdad vas a declararte culpable, no deberás sentirte demasiado avergonzado como para verme. No podrás dejar de escribirme. No podrás rechazar mis visitas. Esta es nuestra cuenta atrás, nuestra espera. Cada día nos acerca. O lo hacemos juntos o no lo hacemos. —Sus ojos azules brillan como un par de zafiros derretidos—. Así que, ¿qué eliges?

«Sé un hombre». Eso es lo que realmente me dice con sus palabras. Sé un hombre y compórtate como un miembro de nuestro equipo. Del equipo de Ella y Reed.

La agarro de la barbilla con mi mano libre y la beso con ferocidad.

—Estoy dispuesto, nena.

Después, le arranco el caro vestido que lleva puesto y le enseño exactamente lo *dispuesto* que estaré. Durante el resto de nuestras malditas vidas.

Capítulo 33

Ella

El sábado por la mañana, Steve anuncia que volvemos al ático.

—¿Hoy? —repito, y coloco mi vaso de zumo de naranja en la encimera.

Él apoya los codos sobre la superficie y me sonríe.

—Esta noche, en realidad. ¿A que son muy buenas noticias? Ya no tendremos que estar encerrados en estas cinco habitaciones.

La verdad es que la idea de marcharme suena tentadora. Me aburre vivir en este hotel. Hace un año, ni se me habría ocurrido pensarlo, pero Steve tiene razón: necesitamos que haya más espacio entre nosotros. Steve y Dinah han empezado a pelearse constantemente. Aunque al principio sentía algo de compasión por Dinah a veces, ahora me da asco verla. No solo sobornó a Ruby Myers, sino que sé que está involucrada en el asesinato de Brooke de alguna forma. Por desgracia, no puedo probarlo.

Reed le contó mis sospechas a Callum, pero hasta ahora su ejército de investigadores no ha encontrado nada. Necesitan hacerlo *pronto*, porque, si Reed se sale con la suya, firmará la declaración de culpabilidad el lunes por la mañana e irá a la cárcel en cuanto la tinta se seque.

Puede que haya alguna prueba en el ático.

Steve ladea la cabeza.

—¿Qué dices? ¿Preparada para mudarte?

Me lanza una sonrisa de cachorrito llena de esperanza que me recuerda mucho a Easton. Steve no es tan malo. Supongo que lo intenta con ganas. Por eso, no puedo evitar devolverle la sonrisa.

—Sí. Me parece bien.

—Genial. ¿Por qué no empaquetas lo necesario? El hotel mandará el resto de cosas. Dinah ha llamado para que limpien el ático antes de que lleguemos.

Estoy a punto de responder cuando me vibra el teléfono. Es Reed. Cubro discretamente la pantalla con la mano para que Steve no lo vea.

—Es Val —miento—. Apuesto a que quiere saber cómo fue el Baile de Invierno.

—Qué bien —responde Steve, distraído.

—Hablaré con ella arriba para no molestarte —digo antes de salir de la cocina.

Él asiente, con la cabeza en otras cosas. El mayor defecto de Steve es que, si el tema de conversación no tiene que ver con él, pierde el interés con rapidez.

Contesto al teléfono en cuanto llego a mi cuarto, justo antes de que salte el buzón de voz.

—Hola —saludo en voz baja.

—Hola. —Se detiene—. He hablado con mi padre sobre la camarera. He pensado que debía contártelo.

—La camarera... Ah —exclamo al entender que se refiere a Ruby Myers. Mi pulso comienza a acelerarse—. ¿Qué te ha dicho? ¿Hay pruebas de que alguien la haya sobornado?

—Ha pedido un préstamo —replica en tono seco—. Su madre falleció inesperadamente y tenía un pequeño seguro de vida. Myers lo usó para la señal del coche. No hay indicios de nada sospechoso.

Reprimo un grito de frustración.

—No puede ser. Dinah prácticamente admitió que la había sobornado.

—Entonces ha sido muy discreta al hacerlo, porque tengo una copia de los papeles del préstamo.

—Dios, sé que Dinah está involucrada en esto. —Una oleada de pánico me recorre el cuerpo. ¿Por qué no han avanzado nada los investigadores? *Tiene* que haber algo que no señale a Reed.

—Aunque fuera así, su avión no aterrizó hasta horas más tarde de la hora de la muerte de Brooke.

Las lágrimas se agolpan en mis ojos y se me seca la garganta. Me tapo la boca con una mano, pero se me escapa un sollozo.

—Tengo que irme —logro decir. Consigo que mi voz solo tiemble levemente—. Steve quiere que haga la maleta para que regresemos al ático esta noche.

—Vale. Te quiero, nena. Llámame cuando te hayas instalado.

—Lo haré. Yo también te quiero.

Cuelgo deprisa y entierro la cara en la almohada. Cierro los ojos y dejo caer las lágrimas durante un minuto, puede que dos. Después, me digo que ya me he compadecido de mí misma lo bastante y que debo levantarme para preparar la maleta. Brooke murió en ese ático. *Tiene* que haber algún tipo de prueba allí.

Y yo pienso encontrarla.

Horas más tarde, Steve me lleva al vestíbulo del moderno rascacielos. Dinah ya espera al ascensor dentro. Apenas ha dicho una palabra durante el camino. ¿Estará nerviosa por volver a la escenario del crimen? La observo detenidamente por el rabillo del ojo para detectar cualquier indicio de culpabilidad.

—Te quedarás en la habitación de invitados —parlotea Steve mientras nos metemos los tres en el ascensor—. La redecoraremos, claro.

Yo frunzo el ceño.

—¿No dormía...? —Bajo la voz, aunque estamos en un lugar estrecho y Dinah puede oírlo todo—. ¿No dormía Brooke ahí antes de... morir?

Steve copia mi gesto.

—¿Es cierto eso? —pregunta, y se vuelve hacia Dinah.

Ella asiente visiblemente tensa y replica con voz firme:

—Vendió su apartamento después de que Callum le pidiese matrimonio, así que iba a quedarse en el ático hasta la boda.

—Ya veo. No lo sabía. —Steve me mira de nuevo—. ¿Te parece bien quedarte en esa habitación de todas formas, Ella? Como ya te he comentado, la redecoraremos.

—Sí, vale.

Es muy morboso, pero tampoco es que Brooke hubiese fallecido en ese cuarto.

«No, murió justo *ahí*», pienso cuando entramos al pijo salón. Mi mirada se clava al instante en la repisa de la chimenea y un escalofrío me recorre el cuerpo. Steve y Dinah también miran en esa dirección.

Steve es el primero en darse la vuelta. Arruga la nariz y dice:

—Este lugar apesta.

Tomo aire y me doy cuenta de que tiene razón. El aire está viciado. El apartamento huele a una mezcla de amoniaco y calcetines viejos.

—¿Por qué no abres la ventana? —sugiere Steve a Dinah—. Yo encenderé la chimenea para que esto empiece a caldearse.

Dinah tiene todavía los ojos fijos en la repisa. Entonces, emite un sonido angustiado y se marcha corriendo por el pasillo. Una puerta se abre y se cierra. Observo cómo se va. ¿Es culpabilidad? Mierda, ¿cómo sé yo si alguien se siente culpable? Yo también correría a mi habitación si hubiera matado a alguien, ¿no?

Steve suspira.

—Ella, ¿puedes encargarte de las ventanas?

Me alegra que algo desvíe mi atención de la escena del crimen, así que asiento y me dirijo hacia ellas con rapidez. Cuando paso por la repisa, siento otro escalofrío. Dios, que sala tan horripilante. Tengo la sensación de que esta noche no pegaré ojo.

Steve pide comida a domicilio y el repartidor llega unos quince minutos más tarde. El aroma a especias invade el apartamento. Seguramente me habría parecido que olía bien si no fuera porque siento que el estómago se me retuerce por la ansiedad. Dinah no sale de su habitación y tampoco responde cuando Steve la llama para cenar.

—Creo que tenemos que hablar sobre Dinah —comenta Steve. Delante tiene un plato de fideos que desprenden vapor—. Seguro que te preguntas por qué no me he divorciado de ella aún.

—No es asunto mío. —Empujo un pimiento verde en mi plato y observo el rastro que deja en la salsa de soja. No he pensado mucho en su matrimonio. Sigo demasiado obsesionada con el inminente encarcelamiento de Reed.

—Estoy arreglando algunas cosas —admite—. Necesito que todo esté en orden antes de empezar con el papeleo.

—De verdad que no es asunto mío —repito con más fuerza por si eso lo ayuda a captar mejor el mensaje. No me importa lo que Steve haga con Dinah.

—¿Estarás bien viviendo aquí? Pareces...

—¿Asustada? —termino la frase por él.

Él sonríe ligeramente.

—Sí, es tan buena palabra como cualquier otra.

—Estoy segura de que podré superarlo —miento.

—Puede que debamos buscar otro sitio. Tú y yo solos.

Me iré a la universidad en un año, pero respondo con un «claro» porque no quiero ver su decepción. Ahora mismo no puedo lidiar con las emociones de nadie excepto las mías.

—He estado pensando que podrías tomarte un año sabático y no ir a la universidad tras acabar el colegio. O quizá podríamos contratar a un tutor e irnos al extranjero.

—¿Qué? —replico, sorprendida.

—Sí —asiente. Suena entusiasmado con el plan—. Disfruto viajando y, como Dinah y yo nos divorciaremos, sería genial que tú y yo hiciésemos varios viajes juntos.

Lo miro con incredulidad y él se sonroja un poco.

—Bueno, al menos piénsalo.

Cierro la boca con fuerza en torno al tenedor para no soltar nada hiriente o, peor aún, apuñalarlo con el cubierto por tener esa idea tan ridícula. No pienso irme del estado de Carolina del Norte hasta que Reed también pueda hacerlo.

Me retiro tras la cena. Steve me lleva a la habitación de invitados, al otro lado del pasillo junto al comedor. Está lo bastante bien, decorada en tonos crema y dorados. El diseño y la composición no son muy diferentes a los de la habitación del hotel en la que hemos estado viviendo. Tengo mi propio baño, lo cual está genial.

El único inconveniente es que una mujer muerta durmió aquí.

Aparto ese pensamiento de mi cabeza y saco de las maletas los uniformes del colegio, unas cuantas camisetas y unos vaqueros. Mis zapatos y la chaqueta van al armario. Junto a la cama, tras la mesilla de noche, encuentro un enchufe para mi cargador de móvil. Lo conecto y, a continuación, me tumbo en la cama y miro al techo.

Mañana buscaré pistas para Gideon, aunque dudo mucho que las encuentre en esta habitación. Dinah no dejaría las pruebas de su chantaje fuera de su vista.

Sin embargo, si Brooke dormía aquí, quizá habría considerado que esta habitación era igual de segura, ¿no?

Salto de la cama y miro debajo. El suelo de madera está limpio y no veo ninguna tablilla suelta bajo la cual se pudiera esconder algo. ¿Y debajo del colchón? Me lleva varios intentos echarlo a un lado, pero no hay nada a excepción del canapé. Dejo que el colchón caiga en su sitio y haga algo de ruido.

Busco rápidamente en la mesilla y encuentro un mando, cuatro pastillas contra la tos, una botellita de crema y un par de pilas. En la cómoda, hay varias mantas en el cajón de abajo, almohadas extra en el del medio y nada en el de arriba.

El armario está vacío. Dinah o la policía han debido de llevarse la ropa de Brooke.

Paso una mano por la pared y me detengo para inspeccionar el cuadro de arte abstracto que cuelga sobre un fino aparador que hay frente a la cama, pero no hay ninguna caja fuerte tras él. Me tumbo de nuevo, frustrada. En esta habitación solo hay cosas normales. Si nadie me hubiera dicho que Brooke durmió aquí, no lo habría sabido.

Sin nada que buscar, vuelvo a pensar de nuevo en Reed. La gran habitación se transforma en un lugar opresivo, como si una niebla pesada se hubiera instalado en ella.

Me digo que las cosas irán bien. Cinco años no son nada; esperaría el doble con tal de volver a tenerlo cerca. Podremos escribirnos cartas y quizá hablar por teléfono. Lo visitaré tanto como me dejen. Creo que puede controlar su carácter si se esfuerza. Tiene un gran incentivo, porque un buen comportamiento podría ayudarlo a reducir la condena.

Mamá siempre decía que no hay mal que por bien no venga. Lo decía siempre que nos mudábamos a otro sitio, pero yo la creía de todas formas. Incluso cuando murió, supe que yo sobreviviría, y lo hice.

Reed no se está muriendo, aunque es como si volviera a perder a alguien. Él solo se irá de *vacaciones* una larga temporada. Será como si se fuese a la universidad en California y yo me quedara aquí; tendríamos una relación a distancia. Llamadas, mensajes, correos, cartas... Es prácticamente lo mismo, ¿verdad?

Como me siento un poco mejor, me levanto y cojo el móvil, aunque olvido que no había dejado la maleta a un lado y me tropiezo con ella. Doy un chillido y caigo sobre la mesita. La lámpara que está encima se tambalea peligrosamente. Intento agarrarla, pero estoy demasiado lejos y se cae al suelo.

—¿Va todo bien? —pregunta Steve desde el pasillo. Suena preocupado.

—Sí. —Contemplo los restos de la lámpara—. Bueno, no. —Suspiro y abro la puerta—. He tropezado con la maleta y te he roto la lámpara —admito.

—No te preocupes. Vamos a redecorar la habitación, ¿recuerdas? —Levanta un dedo—. No te muevas. Iré a por una escoba.

—Vale.

Me inclino y empiezo a tirar los trozos grandes a la basura. Entonces veo algo blanco que sobresale por debajo de uno de los fragmentos. Arrugo la frente, confundida, y cojo el papel. Por cómo está doblado, con rapidez, y por dónde estaba, me doy cuenta de que alguien debió esconderlo debajo de la base de porcelana blanca. Puede que sean las instrucciones, ¿no? Seguramente.

Mi mano está a medio camino de la basura cuando la palabra «Maria» llama mi atención. Desdoblo el papel con curiosidad y empiezo a leer. Jadeo, sorprendida.

—¿Qué tienes ahí?

Mi cabeza se gira hacia la puerta, por donde entra Steve con una escoba en la mano. Quiero mentir y decir «nada», pero mis cuerdas vocales se niegan a funcionar y soy incapaz. Tampoco puedo esconder el papel porque todos los músculos de mi cuerpo están paralizados.

Steve parece preocupado de nuevo, apoya la escoba contra el marco de la puerta y se acerca.

—Ella, dímelo —ordena.

Lo miro asustada, con los ojos abiertos como platos. Después, levanto el papel y susurro:

—¿Qué demonios es esto?

Capítulo 34

Ella

El papel cruje cuando lo sujeto entre mis manos temblorosas. Mi mente da vueltas a los pocos párrafos que he leído... y ni siquiera he terminado. Antes de que parpadee, Steve me quita la carta de la mano. Al pasar los ojos por las primeras líneas, su cara palidece.

—¿De dónde has sacado esto? —exclama.

Tengo la boca tan seca por la sorpresa y el horror que siento que hasta me duele al hablar.

—Estaba escondida en la lámpara. —No puedo apartar la mirada de él—. ¿Por qué la escondiste? ¿Por qué no la destruiste?

Es probable que esté tan o más pálido que yo.

—Yo... yo no la escondí. Estaba en la caja fuerte. Se... —De pronto, se detiene y maldice—: Esa zorra escurridiza.

No dejan de temblarme las manos.

—¿Quién?

—Mi mujer. —Maldice de nuevo y sus ojos se oscurecen con amargura—. Mis abogados debieron darle los códigos de la caja fuerte tras mi muerte. —Cierra la mano y arruga el papel—. Debió de ver esto y... no, tuvo que ser Brooke. —Mira alrededor de la habitación, visiblemente aturdido—. Ella se quedó aquí. Ella fue la que la escondió. Debió de robársela a Dinah.

—¡No me importa quién la escondió! —grito—. ¡Lo que importa es si lo que dice la carta es cierto! —Respiro de forma entrecortada—. ¿Es cierto?

—No. —Se detiene—. Sí.

Me río con ironía.

—Bueno, ¿sí o no?

—Sí. —Su nuez se mueve al tragar saliva—. Es cierto.

La ira y el asco recorren mi cuerpo. Dios mío. No puedo creer lo que estoy oyendo. Esta carta cambia *todo* lo que sabía de Steve, Callum y los Royal. Si es cierto, Dinah tenía todo el derecho de enfadarse con Maria, incluso de odiarla.

—Deja que lea el resto —ordeno.

Steve da un paso hacia atrás, pero yo le arrebato el papel antes de que lo ponga fuera de mi alcance. La hoja se rompe por la esquina, que permanece en los dedos de Steve.

—Ella... —dice débilmente.

Pero yo estoy demasiado ocupada leyendo.

Querido Steve:

No puedo seguir viviendo con estas mentiras. Me están destrozando. Cada mirada de Callum me parte el corazón. Esta no es la vida que imaginaba para mí y no puedo seguir así.

Mis hijos son la luz de mi vida, pero ni siquiera ellos brillan lo bastante como para borrar la oscuridad que hay en mi alma. Las manchas de nuestras acciones siempre permanecerán ahí. No sé qué hacer.

Si confieso, nuestras familias se romperán. Callum me abandonará; vuestros lazos de amistad se quebrarán.

Si sigo callada, no viviré. Te lo juro. No puedo seguir.

¿Por qué te aprovechaste de mí? ¡Conocías mi debilidad! La explotaste.

Ya no creo que Callum me haya sido infiel e, incluso si lo ha sido, debo aprender a convivir con ello. No podemos seguir así, Steve, escondiendo la verdad a Callum. Necesito contárselo. Debo hacerlo. De lo contrario, no seré capaz de vivir conmigo misma.

Sin embargo, aunque no puedo vivir sin Callum, tampoco sé si puedo estar sin ti. Haces que sienta cosas, que me sienta viva de formas que no pensaba que fueran posibles. Todas las noches, al cerrar los ojos, veo tu cara y siento tus caricias.

Cuando esa mujer está cerca, la rabia me quema
por dentro. ¿Por qué te casaste con ella? No está a tu
nivel. Saber que pasas de una a la otra me da asco.
Me pides que deje a Callum, pero no puedo confiar
en ti, Steve. No te creo. Ya no creo en nadie.
No tengo otra opción. Me las has arrebatado to-
das. No intentes detenerme.

Maria

Al acabar dejo que la carta caiga sobre la alfombra. Esto es...
de locos. ¿Cómo pudo Steve hacerle eso a Callum? ¿Cómo pudo
hacerlo Maria?

—Necesito contárselo a Reed —digo de golpe.

Steve se lanza hacia delante antes de que coja el teléfono de
la mesita de noche.

—No —ruega—. No se lo puedes decir. Los destruirás. Esos
chicos adoran a su madre.

—Por lo visto, tú también —respondo con amargura—.
¿Cómo *pudiste* hacer eso? ¿¡Cómo pudiste!?

—Ella...

El miedo, la esperanza y la desesperación se arremolinan en
mi interior y me dificultan pensar y respirar.

—Te acostaste con la mujer de Callum —lo acuso.

La mandíbula de Steve se tensa durante un momento. Tiene
la cara demacrada. Asiente bruscamente; ni siquiera puede decirlo en voz alta.

—¿Por qué?

—Siempre la he querido —admite con voz ronca—. Y, a su
manera, ella también me quería a mí.

—Eso no es lo que pone en esta carta.

—Sí me quería —insiste—. La vimos a la vez, pero Callum
llegó antes.

Lo miro con la boca abierta. Dios mío, suena como un niño
pequeño al que le han quitado su juguete.

—¿Así que, mientras Callum estaba ocupado en salvar tu
empresa, tú le dijiste a Maria que él la engañaba? —Estoy hecha
un lío y mis pensamientos se enredan unos con otros, pero creo

que empiezo a encajar todas las piezas—. ¿Así te la llevaste a la cama?

Sus ojos se quedan fijos en algún punto por encima de mi hombro.

—¿Le era Callum infiel de verdad? —inquiero—. ¿Era eso cierto?

Es incapaz de mirarme a los ojos, así que sé que no lo era. La frágil relación que estábamos construyendo se rompe en mil añicos. No puedo respetarlo ni puede caerme bien. Se acostó con la mujer de su mejor amigo. Peor, le dijo a Maria que su marido la había traicionado. ¡Y ella se suicidó! Steve O'Halloran llevó a esa pobre y desquiciada mujer al suicidio.

Tengo ganas de vomitar solo de pensarlo. Me inclino, recojo la carta y me aferro a ella con fuerza.

—Se la llevaremos a Callum. Él piensa que su mujer se suicidó por su culpa. Los chicos también. Tienes que contarles la verdad.

La ira destella en los ojos de Steve durante un segundo.

—No —suelta—. Esto se queda entre nosotros. Ya te lo he dicho antes. Arruinaría la vida de esos chavales.

—¿Crees que no se sienten ya muertos por dentro porque su madre se suicidó? La única persona a la que esta carta arruinará será a *ti*. Y, francamente, Steve, no me importa si lo hace. ¡Los Royal tienen que saber la verdad!

Tras eso, agarro el teléfono, paso por delante de él y me dirijo rápidamente hacia la puerta.

—¡No te atrevas a marcharte, joder!

Su voz enfurecida me hace sentir una punzada de miedo. Echo a correr y llego al salón, pero, de repente, alguien tira de mí hacia atrás. El impulso me hace caer de culo en la alfombra, tan solo a unos pocos centímetros de distancia de la chimenea donde Brooke falleció...

Y, al instante, me viene a la cabeza el pensamiento más horrible del mundo.

—¿Fuiste tú? —exclamo sin rodeos.

Steve no me contesta. Solo se acerca a mí y respira con fuerza. Tiene las facciones arrugadas por la frustración que siente.

—¿Mataste a Brooke? —pregunto en un débil y tembloroso susurro, horrorizada.

—No —gruñe—. No lo hice.

Sin embargo, lo veo. Veo el destello de culpa en sus ojos.

—Dios mío —susurro—. Lo hiciste. La mataste y trataste de culpar a Reed. Tú la *asesinaste*...

—¡Fue un accidente! —ruge.

El volumen ensordecedor hace que me encoja. Me tambaleo al ponerme de pie y trato de distanciarme lo máximo posible, pero Steve se acerca y todo cuanto puedo hacer es retroceder hasta que mi espalda choca contra la chimenea.

—¡Fue un puto accidente, vale! —Los ojos de mi padre reflejan un punto de locura. Están rojos, entrecerrados y me aterrorizan.

—¿C-cómo? —tartamudeo—. ¿Por qué?

—¡Me acababa de bajar de un avión después de estar meses atrapado en una isla! —Se pone a gritar—. ¡Llego a casa y veo a Reed saliendo del ático! ¿Qué demonios se supone que debía pensar? Ya sabía que mi mujer se tiraba al mayor de los hijos de Callum. —Su respiración es agitada—. ¿Pero también a Reed? ¿Crees que iba a dejar que pasase? ¿Después de todo lo que había vivido?

—Reed nunca ha tocado a Dinah —murmuro.

—¡No lo sabía! —Exhala profundamente; está aterrado—. Cogí el ascensor del servicio para llegar al ático. Iba a encarar a la zorra de mi mujer por ser infiel. A la puta que intentó *matarme*.

Su furia contamina el aire e intensifica el miedo que hierve en mi sangre. Intento dirigirme a un lado, pero él se acerca de nuevo. Estoy atrapada entre su cuerpo furioso y la dura piedra de la chimenea.

—¡Entré y ella estaba *aquí*, y miraba esta maldita foto nuestra!

Agarra la fotografía enmarcada de la repisa y la tira a la pared encima de mi cabeza. Trozos de cristal caen sobre nosotros y varios se enganchan a mi pelo. Mi corazón late tan deprisa que temo que falle. Tengo que salir de aquí, lo *necesito*. Steve acaba de confesar un asesinato. Está totalmente desquiciado.

No quiero estar aquí cuando termine de perder el control.

—Y me enfadé, como lo habría hecho cualquier otro hombre. Como tu querido Reed. La agarré del pelo y le estampé la frente contra la repisa. Nunca había golpeado a una mujer, pero Dios, Ella, esa mujer lo pedía a gritos. Tenía que pagar por lo que me había hecho.

—Pero no era Dinah —susurro.

Su cara refleja vergüenza y parte de la ira que había en él se disipa.

—Eso no lo sabía. Pensaba que era ella. Parecen la misma persona vistas desde atrás, maldita sea. Ellas... —Se detiene un instante, como si le faltara el aire—. Vi su cara cuando cayó hacia delante, pero ya era demasiado tarde. No pude agarrarla y se golpeó con la repisa. —Jadea, consternado—. ¡Se seccionó la maldita médula espinal!

—Yo... —Trago saliva con fuerza—. Vale. Entonces fue un accidente y tienes que contarle a la policía lo que sucedió exactamen...

—¡No vamos a involucrar a la policía! —grita y levanta una mano como si fuese a golpearme.

Me preparo, pero el golpe nunca llega. En lugar de eso la gran mano de Steve cae a un costado.

—No me mires así —me ordena—. ¡No voy a hacerte daño! Eres mi hija.

Y Dinah es su mujer, pero a ella *sí* iba a hacerle daño. Se me vuelve a disparar el pulso. No puedo quedarme aquí, no puedo.

—Tienes que contar la verdad —ruego a mi padre—. Si no lo haces, Reed irá a la cárcel.

—¿Crees que no lo sé? Durante semanas, he pensado en cómo librarle de eso. Puede que no quiera que se acueste con mi hija, pero no quiero que vaya a la cárcel.

«¿Entonces por qué no lo has salvado?», quiero gritar, pero ya sé la respuesta. No importa lo que trate de decir ahora, Steve iba a dejar que Reed cargase con la muerte de Brooke porque a Steve O'Halloran solo le importa él mismo. Es lo único que siempre le ha importado.

—Tú y yo... —empieza a decir. Sus ojos adquieren un brillo vibrante—... lo solucionaremos juntos. Por favor, Ella, sentémonos y hablemos. Pensemos en cómo salvar a Reed. Quizá podamos echarle la culpa a Dinah...

—¡Y una mierda!

Steve se gira al escuchar la voz de Dinah. Nunca me había alegrado tanto de verla. La distracción que supone es la oportunidad que necesito para alejarme de la chimenea. Corro hacia la mujer rubia como si me fuera la vida en ello. Es probable que así sea.

—¿Tú mataste a Brooke? —espeta Dinah, y clava la mirada, horrorizada, en su marido.

Le tiembla la mano. Vislumbro algo negro y reconozco lo que agarra: una pequeña pistola negra.

—Baja la pistola —advierte Steve, molesto.

—¡Tú mataste a Brooke! —repite ella. Esta vez no es una pregunta.

Me pego al costado de Dinah y ella me sorprende al hablarme con un tono suave.

—Ponte detrás de mí, Ella.

—¡Baja la pistola!

Él se dirige hacia adelante, pero Dinah levanta más el arma, decidida.

—No des un paso más.

Steve se detiene.

—Baja la pistola —exclama por tercera vez. Ahora su voz es suave y controlada.

—Ella, llama a Emergencias —me ordena Dinah sin despegar los ojos de Steve.

Sin embargo, estoy demasiado asustada como para moverme. Me da miedo que dispare la pistola por accidente y reciba una bala.

—¡Por el amor de Dios, Dinah! ¡Estáis siendo ridículas! ¡La muerte de Brooke fue un accidente! Y, aunque no lo fuera, ¿a quién le importa? ¡Era veneno! ¡Era escoria!

Él vuelve a abalanzarse hacia nosotras y Dinah aprieta el gatillo.

Todo sucede tan rápido que no le encuentro el sentido. Primero, Steve está de pie y, un instante después, está en la alfombra y se agarra el brazo izquierdo mientras gime de dolor.

Me retumban los oídos como si hubiera jugado una ronda entera a las escopetas de feria. Nunca había escuchado un disparo en directo y me deja sorda. Me preocupa que me hayan estallado los tímpanos. Me siento terriblemente mal, como si fuera a vomitar sobre mis pies, y el corazón me late más rápido que nunca.

—Me has disparado, zorra —murmura Steve, que mira fijamente a Dinah.

En lugar de hacerle caso, Dinah se gira hacia mí con calma y repite su petición anterior:

—Ella, llama a Emergencias.

Capítulo 35

Reed

—¿Qué pasa? —suelto en cuanto respondo a la llamada.

—¡Tienes que venir al ático! —jadea Ella, y toma aire profundamente—. Ven ahora. Trae a Callum, a todos, pero sobre todo a Callum.

—Ella...

La llamada se corta. Me ha colgado. De todas formas, no pierdo ni un segundo: me ha llamado y me necesita, nos necesita a todos, así que me levanto de la cama y salgo de la habitación. Llamo a la puerta de Easton, a la de Sebastian y grito en dirección al piso de abajo para avisar a mi padre.

—¡Papá! A Ella le ha pasado algo. —Intento llamarla de nuevo, pero no contesta.

—¿Qué pasa? —Easton sale de su habitación cuando paso corriendo junto a su puerta.

—Es Ella. Algo va mal.

Salto los escalones de las escaleras de cinco en cinco. Por encima y por debajo de mí, oigo puertas que se abren y pisadas que vienen en mi búsqueda. Mi padre se reúne conmigo al final de las escaleras.

—¿Qué pasa? —pregunta, preocupado.

—Ella tiene algún problema. Nos necesita.

—¿A nosotros? —Una expresión confusa cruza su rostro.

Le enseño el teléfono.

—Acaba de llamarme. Me ha dicho que vayamos todos.

Abre los ojos como platos, pero no pierde el tiempo.

—Hablaremos en el coche, vamos.

Echamos a correr y nos metemos en el Mercedes de mi padre. Yo me sitúo en el asiento del copiloto, mientras que East y los gemelos se colocan en la parte de atrás. Mi padre aprieta el acelerador y apenas espera a que se abra la verja para salir. Mientras tanto, llamo una y otra vez a Ella. Me contesta al quinto intento.

—No puedo hablar, Reed. La policía está aquí. ¿Dónde estás?

Me tenso.

—¿La policía?

—¿Quién habla? —pregunta mi padre desde el asiento del conductor.

—Es Ella —contesto—. ¿Por qué está la policía ahí?

—Te lo explicaré cuando llegues. —Suena muy tensa y cuelga de inmediato.

—¡Joder! —Golpeo el móvil contra la pierna. Me estoy cansando de que haga eso.

East se inclina hacia adelante y coloca la cabeza entre los asientos.

—¿Qué te ha dicho?

Mi padre se salta un semáforo en rojo, gira a la derecha bruscamente a unos ochenta kilómetros por hora y se mete por otra calle sin cuidado. Me apoyo contra la puerta y miro la hora. Estamos a diez minutos de la ciudad. Le mando un mensaje a Ella. «Llegamos en 10 mins».

—¿Qué te ha dicho? —me repite East al oído.

Tiro el móvil al salpicadero y me giro para mirar a mi hermano. Los gemelos están pálidos y callados, pero East está desesperado.

—Ha dicho que teníamos que ir todos al ático. —Me detengo y me giro hacia mi padre—. Y ha pedido expresamente que papá también viniera.

—¿Por qué demonios quiere que vaya yo? —murmura, confuso, sin apartar los ojos de la carretera.

Otro giro brusco hace que todos nos desplacemos hacia la izquierda antes de recolocarnos en nuestros asientos.

—No tengo ni idea.

—Steve —suelta East—. Tiene que ser sobre él.

A mi padre se le tensa la mandíbula.

—Llama a Grier. Que se encuentre con nosotros en el ático.

No es una mala idea. Llamo a mi abogado, que, a diferencia de Ella, sí contesta al teléfono.

—Reed, ¿en qué puedo ayudarte?

—Tienes que encontrarte con nosotros en la casa de Steve —le ordeno.

Hay un breve silencio hasta que contesta:

—¿Qué demonios has hecho?

Me alejo el móvil de la oreja para mirar el altavoz desconcertado.

—Este puto tío cree que he hecho algo.

Mi padre emite un ruido de frustración con la garganta.

—Te has declarado culpable de homicidio involuntario, claro que cree que has hecho algo.

Yo frunzo el ceño, pero vuelvo a colocarme el móvil en la oreja.

—Es Ella. Le ha pasado algo y mi padre cree que deberías ir.

—Después, le cuelgo, porque hemos llegado al bloque de apartamentos y hay coches de policía por todos lados.

Mi padre se queda boquiabierto al verlos.

—¿Qué demonios...?

Salgo del coche antes de que se detenga del todo, con el corazón en un puño.

—Reed, ¡vuelve aquí! —grita mi padre—. Espera un maldito segundo.

Oigo más puertas que se cierran y eso me indica que mis hermanos me siguen de cerca. La gente que está en el vestíbulo es un borrón al que no presto atención mientras corro hacia los ascensores. Milagrosamente, las puertas de metal se abren en cuanto me detengo.

Espero a que los dos hombres uniformados salgan con impaciencia y me meto. Mis hermanos entran cuando las puertas ya han empezado a cerrarse.

—Ella está bien, hermano —me asegura East sin aire.

—¿De verdad? —Lo miro—. Son las diez y media y hay una docena de coches de policía ahí fuera. Ella me ha llamado asustada, diciendo que necesitaba que viniéramos todos.

—Pero ha llamado —apunta.

El mundo ha debido de irse a la mierda si East es ahora el calmado. El corazón me late tan deprisa que parece que vaya a salirse de mi pecho. Me paso una mano por el pelo y deseo que el ascensor suba más rápido.

—¿Qué creéis que ha pasado? —pregunta Sawyer en voz baja.

—Probablemente Dinah haya hecho algo —imagina su gemelo. Estampo el puño contra las puertas. Eso es exactamente lo que me temo.

—Si haces eso otra vez, puede que nos quedemos atascados aquí —me advierte East.

—Vale, entonces tendré que pegarte a ti en la cara.

—Y luego Ella se enfadará contigo. Le gusta mi bonita cara.

—Se da golpecitos en su mejilla.

Los gemelos sueltan una risa nerviosa. Cierro las manos en puños y pienso en pegar un puñetazo a los tres. Por suerte para ellos, las puertas del ascensor se abren y yo echo a correr.

Hay dos oficiales de policía en el corto pasillo que lleva a la puerta de doble batiente del ático. El hombre alto y delgado posa una mano en la puerta y la mujer lleva una mano a la pistola.

—¿Adónde vais? –pregunta uno de ellos.

—Vivimos aquí —miento.

Los dos oficiales se miran el uno al otro. Siento que mis tres hermanos se tensan detrás de mí. No me importaría pegar a estos dos policías. Voy a ir a la cárcel de todas formas. Me lanzo hacia adelante, pero, en cuanto reduzco la distancia, una cara familiar aparece tras la puerta.

La detective Schmidt contempla la escena con atención. Acto seguido, abre la puerta por completo.

—Está bien. Pueden entrar.

No cuestiono mi repentina buena suerte. Entro rápidamente, paso por delante de los retratos de Dinah y me dirijo hacia el salón. Llamo a mi chica a voces.

—¡Ella!

Al fin la veo, junto a Dinah. Están en el sofá que da a las puertas de la terraza. Corro hacia ella y la levanto del sofá.

—¿Estás bien?

—Estoy bien —asegura—. ¿Dónde está Callum?

¿Por qué le urge tanto ver a mi padre? Paso las manos por sus brazos y la miro. No parece que le pase nada malo. Está pálida y fría y tiene el pelo enredado, pero no parece herida.

La abrazo con fuerza contra mi pecho y pego su cara a mi corazón, que late a un ritmo desenfrenado.

—¿Seguro que estás bien, nena?

—Sí. —Me devuelve el abrazo.

Observo por encima de ella a Dinah, cuyo rostro normalmente inmaculado está cubierto de lágrimas. Tiene los ojos rojos y el pelo alborotado.

—¿Qué coño...? —suelta East, tan confuso como yo—. ¿Has...? ¿Alguna de vosotras ha disparado a Steve?

Me doy la vuelta y me doy cuenta de que he pasado por delante de Steve. Está tirado junto a la base de la chimenea, con la espalda apoyada contra la piedra. Está esposado.

Ella tiembla.

—¿Qué demonios pasa? —grita papá.

Las arrugas de angustia del rostro de Dinah se alisan y un brillo calculador aparece en sus ojos. Se apoya contra el sofá y coloca un brazo sobre el respaldo.

—Steve ha intentado silenciar a Ella cuando ha descubierto que fue él quien mató a Brooke, y yo la he salvado. Ya me lo agradecerás luego.

Oigo un par de tacos y observo a Ella.

—¿Es eso cierto?

Ella traga saliva y asiente despacio.

—Sí, todo.

Hay otras cosas importantes que Dinah ha dicho, pero lo que me impacta es que Steve ha intentado matar a Ella. Mi cerebro no puede asimilar tanta información.

—¿Estás herida? —repito mientras escudriño su cuerpo en busca de heridas.

—Estoy bien. Lo juro. —Me aprieta la mano—. ¿Y tú? ¿Estarás bien?

Todavía estoy intentando procesarlo todo y me limito a asentir como un idiota, pero su tono de voz urgente y grave consigue hacerme reaccionar al fin. Esta nueva noticia hace que encajen todas las piezas.

Las lágrimas de Dinah.

Ella pidiendo desesperadamente que viniésemos todos.

El intento de asesinato de Ella a manos de Steve.

Por fin lo comprendo todo.

—¿Steve ha intentado culparme del asesinato de Brooke?

Ella hace una pequeña mueca que me lo confirma y me enfurezco hasta casi quedarme ciego. Me lanzo hacia la chimenea sin ni pensarlo. Ni siquiera soy consciente de ello.

Escucho vagamente que me llaman, pero toda mi atención está centrada en el hombre que me ayudó a aprender a montar en bici y que jugaba con mis hermanos y conmigo al fútbol. Dios, si hasta me dio mi primer preservativo...

Un médico se arrodilla a su lado y le toma la tensión mientras el detective Cousins espera a un lado.

Ella aparece junto a mí y coloca una mano en mi brazo en señal de advertencia.

—No lo hagas —susurra.

De alguna forma, encuentro la fuerza de voluntad necesaria para no abalanzarme contra Steve. No hay nada que desee más ahora mismo que dar una paliza a mi padrino, pero cierro los ojos y consigo contenerme un poco.

—¿Por qué? —pregunto a Steve—. ¿Por qué lo hiciste?

Mis hermanos forman un muro detrás de mí y mi padre se coloca a mi otro costado. Los ojos de Steve pasan de Seb a Sawyer, se fijan en Easton, después se clavan en mí y, por último, no se apartan de mi padre.

—Fue un accidente —murmura Steve.

—¿Qué fue un accidente? —pregunta mi padre. Su voz está teñida de dolor—. ¿Tratar de matar a tu propia hija? ¿O intentar incriminar a mi hijo? ¿Cuánto tiempo llevabas aquí? ¿Te tirabas también a Brooke?

Steve sacude la cabeza.

—Las cosas no son así, hombre. Ella era como una enfermedad, hacía que Reed y tú os enfrentaseis.

Mi padre estira el brazo y una lámpara se rompe a escasa distancia de la cabeza de Steve. Todos nos encogemos.

—Nunca nos hemos enfrentado. Una mujer nunca se interpondría entre nosotros.

—Brooke, sí. Y Dinah también. —Steve fulmina con la mirada a la rubia sentada a unos tres metros de nosotros—. Todas las mujeres con las que hemos estado, Callum, han querido destruirnos. Dios, incluida tu mujer.

Ella emite un sonido leve de angustia. Papá y yo la miramos pero aparta la vista con rapidez.

—¿Qué pasa? —pregunto con voz ronca.

Ella coge aire.

—Ella —le ruega Steve desde la chimenea—. No necesitan saberlo.

Ella vuelve a tomar aire.

—Mierda —maldice Steve, y después mira al detective Cousins—. Sácame de aquí, ¿vale? Solo es una herida superficial, no necesito atención médica. Simplemente llévame a la cárcel. Por el amor de Dios, ya me has leído mis derechos.

Entonces comprendo lo que Steve tiene miedo de admitir, lo que Ella debe de haber descubierto.

—Es sobre mi madre, ¿verdad? —digo, y encojo los hombros. No sé si le pregunto a Steve, a Ella, a mi padre o al universo. Lo único que sé es que en cuanto menciono a mi madre la cara de Steve se queda lívida. Ella me agarra de la mano, pero no me mira a los ojos.

—Steve y tu madre tuvieron una aventura —susurra.

El silencio se apodera de todos los presentes, incluso el detective Cousins parece sorprendido, y él ni siquiera la conocía. Ella lo ignora y mira consternada a mi padre.

—Maria le escribió una carta en la que decía que no podía vivir con la culpa. La encontré en la habitación donde Brooke se quedó. Ella intentó esconderla. —Por fin, sus ojos tristes se posan en mí y, después, en mis hermanos—. No fue culpa vuestra —concluye. Se le quiebra la voz al pronunciar la última palabra.

Papá se tambalea hacia atrás y se apoya en la esquina de una mesa.

Mi cerebro no registra nada de lo que Ella dice. No son más que vocales y consonantes; no las comprendo, no tienen sentido para mí. Sawyer y Seb están paralizados y yo me siento igual, completamente horrorizado por esta revelación.

El único que consigue moverse es Easton.

—¡Cabrón! ¡Cabrón! —grita, y corre en dirección a Steve.

El detective Cousins se interpone entre ambos. Los gemelos echan a East hacia atrás. Mi padre se pone firme y camina hacia adelante.

Todo mi ser quiere abalanzarse sobre Steve, pegarle por lo que me ha hecho a mí, a mi madre y a mi familia. Sin embargo, la delgada mano de Ella está posada en mi hombro y me mantiene a raya.

Una vez le dije en broma que ella sujetaba mi correa, pero es verdad. Soy mejor persona cuando está cerca de mí, estoy más calmado, soy más noble. Después de todo lo que ha pasado esta noche, no quiero que sufra más porque le dé una paliza a su padre.

—¿Cuánto tiempo? —exige saber mi padre, y clava su mirada enfurecida en su mejor amigo.

Steve se pasa una mano por la boca.

—Ella vino a mí.

—¿Cuánto? —ruge de nuevo mi padre.

Cousins pide ayuda por radio:

—Necesito refuerzos aquí. Tengo a cinco Royal y quieren venganza.

Steve no apartan los ojos de Callum.

—Solo fue una vez. Ella se aprovechó de mí.

Mi padre suelta un sonido ahogado y se gira hacia Ella.

—¿Cuánto?

—No lo sé. Solo he encontrado esta carta —contesta, y señala un trozo de papel arrugado con la esquina izquierda arrancada.

La reconozco de inmediato. Mamá tenía un juego de papel para cartas y sobres personalizado. Decía que todas las damas de verdad mandaban notas de agradecimiento escritas a mano en lugar de hacer llamadas, y que nunca mandaban mensajes ni correos.

Mi padre quita la hoja a Ella de la mano y lee el contenido. Después, con gran esfuerzo, la dobla cuidadosamente y se la devuelve. Yo le doy un golpecito en el brazo y deja caer la carta en mi mano.

—Te mereces arder en el infierno —susurra mi padre a Steve. Su cuerpo entero tiembla cuando intenta contener su furia—. Te he apoyado durante muchísimo tiempo. Te he defendido cuando alguien ha cuestionado tu honor y lealtad. —Respira profundamente—. No puedo ni mirarte a la cara.

Solo me permito echar un vistazo rápido a la carta, pero ver la letra de mi madre me encoge el corazón. Todo este tiempo he pensado que yo era el culpable de su muerte. Easton también se culpaba a sí mismo y los gemelos estuvieron destrozados durante meses. La familia se desmoronó. Odiábamos a mi padre y nos odiábamos a nosotros mismos. Cuando Ella llegó sin avisar, también la odiamos a ella y la tratamos como si fuera basura. Una noche, East y yo la abandonamos en el arcén de la carretera y la obligamos a regresar a casa a pie. La seguimos desde la distancia porque no somos unos *completos* gilipollas, pero le hicimos creer que estaba sola.

No entiendo cómo pudo perdonarme, cómo ha llegado a quererme.

Mientras me pierdo en mis pensamientos, mi padre pasa por delante de East, esquiva al detective Cousins y pega un puñetazo a Steve en la mandíbula con tanta fuerza que el sonido retumba por todo el salón. Esta vez, cuando Steve se pasa una mano por la boca, su cara se llena de sangre.

—Ya basta. Está bajo custodia policial —dice el detective Cousins con brusquedad.

Mi padre no aparta los ojos de Steve.

—Cabrón. ¿Te acostabas con mi mujer, has matado a Brooke y has tratado de echarle la culpa a mi hijo?

—Papá —digo con la voz ronca—. No merece la pena.

Y es cierto. Steve ya no importa. Lo único que importa es que sigo vivo, que todos los que me importan están vivos y nadie les ha hecho daño. No iré a la cárcel y Ella volverá a casa con nosotros. Ese es su lugar. Superaremos esto, del mismo modo que superamos el suicidio de mi madre y el desmoronamiento de nuestra familia y vencimos a nuestros propios demonios.

Tomo la mano de Ella y le doy un apretón.

—Vámonos —digo.

—¿Adónde? —pregunta ella.

—A casa.

Se queda en silencio durante un momento.

—Me parece bien.

—Sí —coincide Easton, y se coloca al otro lado de Ella—. Tu habitación está hecha un desastre.

—Porque ves los partidos de fútbol americano allí —murmura ella mientras nos la llevamos—. Espero que la limpies en cuanto volvamos.

Easton se detiene en la puerta del ático y la mira con incredulidad.

—Soy Easton Royal. Yo no limpio mierda.

Mi padre suspira y los gemelos ríen. A decir verdad, incluso parece que la policía se esfuerza por no reír.

Aprieto la mano de Ella y salimos, seguidos de mis hermanos. Dejamos atrás un pasado terrible y tormentoso, pero un futuro brillante está por llegar.

No volveré a mirar atrás jamás.

Capítulo 36

Reed

Halston Grier tarda cuarenta y ocho horas en conseguir una vista para mí. Esta vez no me molesta que asignen mi caso al juez Delacorte. Hay algo increíblemente irónico en que sea él quien deba desestimar los cargos contra mí después de haber intentado sobornar a mi padre.

—Dada tu historia con este juez, te recomiendo que parezcas arrepentido en la vista —me aconseja Grier mientras esperamos a que Delacorte aparezca. La vista debería haber empezado hace quince minutos, pero el juez está enfurruñado en la parte de atrás de la sala e intenta retrasar lo inevitable.

La advertencia de Grier es innecesaria. No he sonreído mucho desde que recibí la llamada de Ella el sábado por la noche.

—Todos en pie, preside el honorable juez Delacorte.

—Honorable mis narices —murmura East en voz alta detrás de mí.

Grier mira hacia delante, pero la abogada adjunta, Sonya Clark, se da la vuelta para fulminar a mi hermano con la mirada. Por el rabillo del ojo veo que Easton hace el gesto de cerrarse los labios con cremallera. Ella está a su lado y se sienta extrañamente cerca de Dinah. Supongo que ambas formaron un lazo extraño la noche que Steve admitió haber asesinado a Brooke al creer que se trataba de su mujer.

Sigo pensando que Dinah es una víbora, pero joder, le estoy agradecido. Sí, chantajeó a mi hermano, pero también ha salvado la vida de Ella. Si no hubiese cogido la pistola de la caja fuerte y hubiese acudido en su ayuda, las cosas podrían haber acabado de forma muy distinta. Gracias a Dinah, Ella está sana y salva y Steve O'Halloran estará entre rejas con los cargos del crimen por el que todos me culpaban.

Cada vez que lo pienso quiero dar un puñetazo a algo. El cabrón iba a dejar que me pudriese en la cárcel por algo que no había hecho. Sé que es el padre de Ella, pero nunca podré perdonarlo por lo que hizo, y creo que Ella tampoco podrá.

Grier da un tirón a mi chaqueta para recordarme que me ponga en pie. Lo hago sin quejarme y después espero a que el alguacil nos diga que podemos tomar asiento.

Con su toga negra y el pelo canoso, el juez Delacorte da el pego como hombre honorable, pero todos sabemos que es escoria y que esconde los crímenes que el violador de su hijo comete.

Delacorte toma asiento y empieza a mirar los documentos de los abogados. Mientras tanto, la sala entera está en pie. Qué capullo.

Después de diez minutos de reloj, el alguacil se aclara la garganta. Su cara roja muestra vergüenza. No es culpa suya que su jefe sea un completo idiota. A todos nos da pena.

El sonido llama la atención del juez Delacorte. Alza la cabeza, nos mira y asiente.

—Pueden sentarse. ¿El Estado tiene alguna moción que presentar?

Hay mucho revuelo mientras la gente se sienta. El fiscal permanece en pie. Tiene que ser duro admitir que te equivocabas respecto a las pruebas y que casi mandas a un chaval inocente a prisión.

—Así es.

—¿De qué se trata? —Delacorte ni se molesta en esconder su impaciencia. Le irrita estar aquí aunque sea su trabajo.

El fiscal anuncia estoicamente:

—La fiscalía desea retirar los cargos.

—¿Con qué base?

Está todo explicado en el papeleo que le han entregado, pero, como odia su vida, intenta hacer infelices a los demás.

—Con la base de que nuevas pruebas sugieren que se ha acusado a la persona equivocada. Tenemos a otro sospechoso en custodia.

—¿Y estas nuevas pruebas son el testimonio de la novia del primer acusado y la mujer separada del nuevo acusado?

—Sí.

Delacorte resopla en su asiento.

—¿Y la oficina del fiscal considera esto creíble? Es evidente que no quiere dejarme libre de culpa. Miro a Grier algo preocupado y él niega con la cabeza casi imperceptiblemente. Vale, si él no está nervioso entonces me tranquilizaré.

—Así es. Tenemos una grabación en la que el señor O'Halloran confiesa el crimen. Las declaraciones de las víctimas coinciden con las pruebas físicas iniciales en la escena, al igual que las declaraciones tras el incidente relatadas a los detectives Cousins y Schmidt y al oficial Thomas, en las que el señor O'Halloran admite que había confundido la identidad de la fallecida con su esposa.

—¿Está completamente seguro de que tienen a la persona correcta? La última vez que estuve aquí juró que el señor Royal había cometido ese violento crimen. De hecho, teníamos programada una vista para sentencia porque él iba a declararse culpable. ¿Estaba equivocado entonces o ahora? —dice Delacorte con sarcasmo.

Las mejillas del abogado enrojecen.

—Estábamos equivocados entonces —responde y, a pesar de su vergüenza, habla con firmeza.

Es evidente que el juez Delacorte no quiere decantarse en mi favor. Quiere que me pudra en prisión. Pero por desgracia para él, no le quedará otra que acostarse esta noche con el sabor de la derrota en la boca.

Coge su martillo.

—Moción aprobada —exclama—. ¿Algo más, abogado?

—Sí, una cosa más. —El fiscal se da la vuelta y le susurra algo a su abogado adjunto.

Grier empieza a recoger las cosas.

—¿Ya hemos terminado? —pregunto.

Mi abogado asiente.

—Sí. Felicidades: quedas oficialmente libre de todo esto.

Por primera vez desde que he entrado en el juzgado, respiro de verdad.

—Gracias. —Estrecho su mano, aunque la persona a quien debería agradecer esto está detrás de mí. Grier, de hecho, creía que debía declararme culpable a pesar de mi inocencia.

East se alza sobre la pequeña barandilla, pero su mano se queda en el aire tras las palabras del fiscal.

—Queremos presentar cargos contra Steven George O'Halloran.

Tomo aire al ver que Steve sale de una sala adjunta acompañado por un guardia uniformado. Se dirige a la mesa de la defensa, pero su mirada inexpresiva no busca ni una vez la mía o la de su hija.

—Léalos, abogado —dice el juez Delacorte en tono de aburrimiento, como si fuera el pan de cada día. Supongo que para él lo es, pero no para nosotros. No para Ella.

Miro por encima del hombro y veo que su expresión es una mezcla de horror y pena. Le murmuro a East:

—Sácala de aquí.

Mi hermano asiente, está de acuerdo con que no necesita oír todos los cargos contra su padre.

—Venga, Ella, vamos. Ya hemos terminado —sugiere en voz baja.

Sin embargo, Ella se niega a marcharse. De entre toda la gente que está cerca de ella, coge la mano de Dinah. Y Dinah, la cazafortunas y chantajista, aprieta la mano de mi chica. Se apoyan mutuamente mientras el fiscal lee la acusación.

—Steven George O'Halloran, conocido de aquí en adelante como el acusado, en el condado de Bayview y el estado de Carolina del Norte, cometió intencionadamente un asesinato en segundo grado que resultó en la muerte de Brooke Anna Davidson.

—Que el acusado dé un paso al frente.

Me quito de en medio y observo con sorpresa y aturdimiento que Grier saca otra carpeta. Dios. No estaba recogiendo sus cosas, sino que apartaba mi caso y se preparaba para defender a Steve.

El padre de Ella se abotona la chaqueta cuando se aproxima al banco. Parece seguro y tranquilo, pero todavía evita mirarme a los ojos.

—¿Cómo se declara? —pregunta Delacorte.

—No culpable —dice Steve en voz alta y clara.

Aprieto las manos en un puño. Y una mierda que no es culpable. Quiero acabar con él, estampar su cara contra la mesa de madera hasta que sea un destrozo irreconocible. Quiero...

Una mano me agarra de la muñeca. Miro hacia arriba y veo la adorable e infeliz cara de Ella. Entonces me percato de lo que estaba a punto de hacer. Cierro los ojos y apoyo la frente contra la suya.

—¿Lista para volver a casa?

—Sí.

La cojo de la mano y salimos de la sala. Mi familia camina detrás de nosotros y dejamos atrás a Steve. En el exterior, algunos reporteros se acercan a nosotros, pero los chicos Royal somos grandes e intimidamos. Formamos un círculo protector en torno a Ella y dejamos a un lado a la carroña mientras salimos del juzgado.

Papá se reúne con nosotros al lado de su Mercedes.

—Vendrás con nosotros a casa, Ella.

—¿Definitivamente? —pregunta con cuidado.

Él sonríe.

—Sí, definitivamente. Grier está rellenando los papeles de la custodia ahora mismo. —Su sonrisa se desvanece con rapidez—. Utilizaremos los problemas legales de Steve como argumento para solicitar una decisión urgente.

Veo la tristeza en los ojos de mi padre. Esta traición nos ha afectado mucho a todos, pero especialmente a él. Steve es, o era, su mejor amigo, pero el capullo estaba dispuesto a dejar que yo fuese a la cárcel por un crimen que él cometió.

Mi garganta se seca al recordar la otra traición. Tuvo una aventura con mi madre.

Si lo pienso, me dan ganas de vomitar. Desearía que ninguno de nosotros hubiese leído la carta, pero por otro lado sé que debíamos hacerlo. Durante mucho tiempo me culpé por la muerte de mi madre; me preguntaba si mis peleas y mi temeridad la empujaron al suicidio. East pensaba que su adicción a las pastillas era lo que la llevó al límite.

Al menos ahora sabemos la verdad: mamá se suicidó porque no podía soportar la culpa por haber tenido una aventura con el mejor amigo de papá. Creía que papá le era infiel, Steve se lo había hecho pensar.

Puto Steve. Espero no tener que volver a ver a ese hombre en mi vida.

—¡Ella!

Al muy cabrón debían de pitarle los oídos, porque aparece de repente en las escaleras del juzgado.

—Oh, mierda —murmura Easton.

Los gemelos repiten la maldición y añaden otras de su repertorio. Me planteo agarrar a Ella, cargarla sobre el hombro, meternos en el coche y alejarnos a toda prisa, pero me lo pienso demasiado y se acerca rápidamente por el aparcamiento.

Papá da un paso adelante, amenazador, y se coloca entre Ella y su padre.

—Deberías irte —le ordena.

—No. Quiero hablar con mi hija. —Steve se inclina a un lado y ruega—: Ella, escúchame. La otra noche estaba drogado. Creo que Dinah me echó algo en la bebida. Sabes que nunca te haría daño. Y tampoco hice daño a Brooke. Entendiste mal lo que dije aquella noche.

El dolor se refleja en la cara de ella.

—¿De verdad? ¿Eso es lo que vas a argumentar?

—Tienes que confiar en mí.

—¿Confiar en ti? ¿Bromeas? ¡Mataste a Brooke y trataste de culpar a Reed! No sé quién eres ni quiero saberlo.

Ella abre la puerta del coche y se mete dentro. Cierra de un portazo y solo entonces nos movemos los demás. Los gemelos y Easton se van en el Rover de Sawyer y yo me meto en el coche de papá con Ella.

Mi padre se queda con Steve, pero sus voces furiosas se oyen a través de las ventanillas cerradas del Mercedes. No me importa una mierda lo que dicen. Confío en que papá mandará a la mierda a Steve y él se quedará allí el resto de su vida.

Ella me mira con ojos tristes mientras la rodeo con el brazo con suavidad.

—Fuisteis horribles conmigo cuando llegué —empieza.

Yo me encojo.

—Lo sé.

—Pero cambiasteis de opinión y yo… sentí que, por primera vez, tenía una familia.

Las lágrimas caen por sus mejillas. Tiene las manos cerradas con fuerza sobre el regazo y los nudillos se le han puesto blancos; las cubro con mi mano y siento las cálidas gotas que caen sobre ellas.

—Cuando Steve llegó se lo hice pasar mal, pero en el fondo pensaba que era guay que se ilusionase tanto por querer ser mi padre.

Sus reglas eran ridículas, pero las chicas del colegio decían que era lo normal y a veces me hacía sentir que se preocupaba de verdad. Me trago el nudo de la garganta. Sus palabras están llenas de dolor y no sé cómo hacer que desaparezca.

—Pensaba —continúa, aunque tiene que detenerse para tomar bocanadas de aire, como si le faltara—, a veces pensaba que mi madre se equivocó al llevarme por todo el país, saltando de una relación mala a otra peor. Pensaba que quizás hubiese sido mejor crecer con Steve. Una O'Halloran, no una Harper.

Oh, Dios. La subo a mi regazo y pongo su cara mojada en mi cuello.

—Lo entiendo. Quiero a mi madre, pero a veces yo también pensaba cosas malas de ella. Entiendo que no pudo vivir consigo misma, pero debería haberlo intentado. Porque la necesitábamos. —Acaricio el pelo de Ella y le doy un beso en la sien—. No creo que estar enfadados o sentirnos resentidos con nuestras madres por habernos decepcionado sea desleal.

Su pequeño cuerpo tiembla.

—Quería que él me quisiera.

—Oh, nena. A Steve le pasa algo raro. No creo que sea capaz de querer a nadie excepto a sí mismo, pero esa es su imperfección, no la tuya.

—Lo sé, pero duele.

La puerta del conductor se abre y papá entra al coche.

—¿Va todo bien? —pregunta en voz baja.

Nuestras miradas se encuentran en el espejo retrovisor. Yo me quedo en silencio porque sé que la pregunta no va dirigida a mí. Ella tiembla, suspira y alza la cabeza.

—Sí, soy un desastre, pero estaré bien.

Se baja de mi regazo, pero mantiene la cabeza apoyada en mi hombro. Papá sale del aparcamiento y conduce a casa.

—Una vez le dije a Val que tú y yo somos espejos —me susurra Ella—, que nos complementamos de alguna forma rara.

Sé exactamente a lo que se refiere. Por los sentimientos complicados hacia nuestras madres, por su debilidad y fragilidad, por su fuerza secreta y el amor que nos dieron, por su egoísmo que nos afectó a todos… Todas esas cosas se nos comen por dentro, pero de alguna forma esos hilos enrevesados se han unido para completarnos.

Ella me completa. Yo la completo *a ella*.

El futuro me asustaba. No sabía dónde terminaría, si la ira y la amargura en mi interior desaparecerían algún día, si llegaría a sentirme digno de encontrar a alguien que viese más allá del capullo que pretendía ser para el resto del mundo.

Sin embargo, ya no estoy asustado y he encontrado a alguien que me ve de verdad. Yo también la veo a ella. Ella Harper es lo único que veré, porque es mi futuro. Es mi acero, mi fuego y mi salvación.

Ella es mi todo.

Capítulo 37

Ella

Una semana más tarde

—¿Qué es esto? —pregunto cuando salgo del baño vestida con mi ropa de estar por casa favorita, una camiseta de Reed y unos pantalones cortos.

Hoy el entrenamiento de baile ha sido más largo de lo habitual, así que le había dicho a Reed que volviese a casa sin mí. Al regresar, le he pedido que esperara porque quería darme una ducha, aunque él asegura que no le importa si estoy sudada.

Entro en mi habitación y encuentro un montón de folletos de colores sobre la cama. En casi todos hay fotos de adolescentes agarrando libros contra su pecho.

—Elige uno —dice Reed sin apartar la mirada del televisor.

Cuando me acerco veo que son de universidades, unas diez en total.

—¿Un qué?

—Elige a qué universidad iremos.

—¿Los dos? —Abro uno con curiosidad. «La Universidad de Carolina del Norte», reza el tríptico, «ha concedido títulos universitarios desde el siglo XVIII».

—Claro. —Se pone a mi lado y aplasta la mitad de los brillantes panfletos debajo de su cuerpo tonificado.

—¿Quieres que elijamos juntos? —pregunto, sorprendida.

—Sí. Dijiste que querías bailar, y hay un par que ofrecen buenas carreras de arte. —Rebusca entre la pila y coge un folleto rojo y blanco—. La Universidad de Greensboro de Carolina del Norte y la de Charlotte de Carolina del Norte ofrecen carreras de baile. Ambas están acreditadas por la Asociación Nacional de Escuelas de Danza.

Un calor familiar me recorre el cuerpo.

—¿Has buscado *tú* todas estas cosas?

—Claro.

Me muerdo el labio inferior para no llorar. Esto es una de las cosas más bonitas y consideradas que alguien ha hecho por mí. No logro esconder mis emociones porque Reed se mueve por la cama y me atrae hacia él.

—¿Estás triste por esto? —pregunta y me mira a los ojos.

—No. Es muy dulce —murmuro.

Con una sonrisa, se sienta en la esquina de la cama y me coloca entre sus piernas. Parece mitad avergonzado y mitad orgulloso.

—Era lo mínimo que podía hacer. ¿Cuáles eran tus planes de futuro antes de que mi padre te secuestrara?

—Ja, ¡así que admites que me secuestró!

Se ríe.

—Eso acabo de decir.

—Vale. Quería asistir a la universidad pública y sacarme un título de auxiliar de economía. Después tenía pensado ir a clases de contabilidad durante un par de años para conseguir un trabajo estable contando números todo el día. El plan era vestir muchos pantalones caqui, comer en la cafetería y puede que comprar un perro que me recibiera en casa.

Su sonrisa se ensancha.

—Bueno, ahora podrás ir a una universidad de arte y vivir de tu fondo fiduciario.

—¿Y tu carrera de Administración de Empresas?

Reed se encoge de hombros.

—Puedo hacerla en cualquier sitio, no es que mi padre no vaya a contratarme por dónde consigo el título. Está ansioso por que nos metamos en el negocio familiar. A Gid no le interesa, a East le gustan los coches rápidos, los gemelos son como... —Se detiene antes de pronunciar el nombre de Steve—. A los gemelos les gustan los aviones pero no les interesa dirigir la empresa.

Me separo de su abrazo y me dirijo al tocador, donde he dejado el panfleto del tablón de anuncios del Astor Park que Hailey me ha enseñado. Vuelvo con Reed y le cambio el folleto de Greensboro por el panfleto.

—¿Qué es esto? —Le da la vuelta.

—Es un circuito de boxeo *amateur*. Sé que te gusta golpear cosas, pero es mejor que no vuelvas al muelle. Aquí podrías golpear y dejar que te golpeen de forma perfectamente legal. No digo que lo hagas durante el resto de tu vida, pero...

—Me gusta —exclama Reed.

—¿Sí?

—Puedo hacer esto, ir a clase y volver a casa contigo, ¿no? Yo me derrito contra él.

—Exacto. —Sonrío—. Oh, y me ha dicho Val que te lleves a Wade. Cree que le vendrá bien que le peguen en la cara de vez en cuando.

Reed se ríe.

—¡Pensaba que ahora estaban juntos!

—Sí, lo están. —Yo también me río al pensar en nuestros mejores amigos. Hace una semana que son pareja oficial y Val ya está imponiendo reglas—. Pero ella todavía le está haciendo pagar que tontease con otra.

Reed pone los ojos en blanco.

—Las tías estáis locas.

—No es verdad —le pincho en el costado como advertencia—. Oh, y por cierto, he decidido apuntarme a clases de baile. Es lo único que me da envidia de Jordan. Y sé que llegaré a ser tan buena como ella con solo un año de clases, pero aun así creo que estaría bien.

—A mi padre le encantará.

Reed me coloca encima de él y yo me muevo contra su delicioso cuerpo. Nuestros labios se encuentran para besarse con suavidad y dulzura. Sus manos se cuelan bajo la tela de mis pantalones cortos y me aprietan contra él con más fuerza. Nos besamos hasta quedar sin respiración y después yo me aparto a un lado, porque si seguimos así acabaremos desnudos en poco tiempo.

La cena se servirá pronto y todos estamos haciendo un esfuerzo por cenar juntos, como una familia. Además, esta noche vendrá Gideon y tengo un regalo para él.

—¿Cómo llevas lo de...? —empieza a decir Reed. Como siempre, no menciona a Steve sino que utiliza palabras vagas.

—Estoy bien —le aseguro—. Y tú no deberías tener miedo de decir su nombre delante de mí. Basta con que no lo llames mi padre, porque no lo es. Nunca lo ha sido.

—No —Reed está de acuerdo—. Nunca fue tu padre. No hay mucho de él en ti.

—Eso espero.

Sin embargo, por mucho que quiera negarlo, Steve *es* mi padre, y el fondo fiduciario al que Reed se refería antes es dinero que él ha firmado para que sea mío y que Callum administrará. Ya he reducido esa cantidad a la mitad, pero ha sido por una buena causa.

Creo que Gideon estará encantado esta noche cuando se entere del acuerdo al que he llegado con Dinah. Accedió a quemar todas las pruebas de chantaje que tenía contra él y Savannah a cambio de la mitad del dinero de Steve. Sé que las destruyó porque yo estaba frente a la chimenea mientras ella encendía la cerilla y quemaba el USB, las fotos impresas y los documentos legales, papeles que tuvo la amabilidad de informare con arrogancia que nunca habría llegado a rellenar.

Fue en la misma chimenea en la que Brooke y su bebé murieron, pero intento no pensar mucho en eso. Brooke se ha ido, al igual que el bebé nonato de Callum. Nada los traerá de vuelta y lo único que podemos hacer es pasar página tras ese trágico suceso.

Estiro la mano para coger la de Reed.

—¿*Tú* estás bien? ¿Te sientes mejor acerca de todo?

—Sí —admite—. Me alivia no ir a prisión, pero todavía estoy enfadado con tu... con Steve. Con mi madre también, pero intento aceptarlo.

Lo entiendo perfectamente.

—¿Y qué me dices de Easton? ¿No te parece que está raro estos días? —Easton ha estado extrañamente apagado esta semana.

—No sé. Creo que está destrozado por dentro por una chica.

Me pongo de lado.

—¿En serio?

—En serio —confirma Reed. La comisura de sus labios se alza.

—Vaya. —Sacudo la cabeza, impresionada—. El infierno se ha congelado.

—Sí.

Antes de poder preguntarle más, Callum grita desde el recibidor:

—¡La cena está lista!

Reed me ayuda a levantarme.

—Vamos abajo. La familia espera.

Me encanta esa palabra, y también el chico que me coge de la mano y me lleva hacia la puerta para que podamos unirnos a nuestra familia.

Mi familia.

Agradecimientos

Cuando empezamos a escribir *La princesa de papel* en otoño de 2015, lo hacíamos para nosotras. Nos intercambiábamos los capítulos por correo electrónico. Las palabras fluían sobre el papel.

Sin embargo, por mucho que adoráramos el proyecto, nunca imaginamos que llegaría a tantísimos lectores de todo el mundo. Estamos muy agradecidas por cómo vosotros, los lectores, habéis acogido esta historia. Les habéis dado vida a los personajes.

También debemos dar las gracias a Margo, que nos escuchó y enseguida nos dio su opinión de la idea.

A las primeras lectoras de las novelas, Jessica Clare, Michelle Kannan, Meljean Brook y Jennifer L. Armentrout, que nos ofrecieron una crítica inestimable.

A nuestra publicista Nina, por gestionar este proyecto. ¡Sabemos que has tenido muchísimo trabajo!

Estaríamos perdidas sin Natasha y Nicole, nuestras asistentes, que nos ayudaron a no distraernos cada día.

Y, por supuesto, siempre estaremos en deuda con todos los blogueros, reseñadores y lectores que dedicaron su tiempo a leer, reseñar y alabar esta serie. Vuestro apoyo y vuestras opiniones hacen que todo esto merezca la pena.

Sigue a Wonderbooks
en www.wonderbooks.es
en nuestras redes sociales
y suscríbete a nuestra *newsletter*.

Acerca tu teléfono móvil a los códigos
QR y empieza a disfrutar de información
anticipada sobre nuestras novedades y
contenidos y ofertas exclusivas.